~~19~~
17 €

LA VIDA NEGOCIABLE

colección andanzas

Obras de Luis Landero
en Tusquets Editores

ANDANZAS

Juegos de la edad tardía
Caballeros de fortuna
El mágico aprendiz
Entre líneas: el cuento o la vida
El guitarrista
Hoy, Júpiter
Retrato de un hombre inmaduro
Absolución
El balcón en invierno
La vida negociable

LUIS LANDERO
LA VIDA NEGOCIABLE

TUSQUETS
EDITORES

1.ª edición: febrero de 2017

Diseño de la colección: Guillemot-Navares
Reservados todos los derechos de esta edición para
Tusquets Editores, S.A. – Diagonal, 662-664 – 08034 Barcelona
www.tusquetseditores.com
ISBN: 978-84-9066-371-4
Depósito legal: B. 587-2017
Fotocomposición: Moelmo
Impresión y encuadernación: CPI
Impreso en España

Índice

Primera parte

1

Señores, amigos, cierren sus periódicos y sus revistas ilustradas, apaguen sus móviles, pónganse cómodos y escuchen con atención lo que voy a contarles. Cuando yo era adolescente, cuando apenas sabía nada del mundo de los mayores ni tenía clara conciencia del bien y del mal, e ignoraba por tanto de qué manera prodigiosa puede llegar uno a convertirse en un momento, quizá sin advertirlo, como en un cara o cruz, en un canalla o en un santo, un día mi madre me llevó con ella a un lugar secreto, y yo supe que era secreto porque eso fue lo primero que me dijo en cuanto llegamos allí.

Tú eres capaz de guardar un secreto, ¿no?

Por supuesto, dije yo.

¿Seguro? Piénsalo bien antes de responder.

Seguro.

Pues escucha bien lo que voy a decirte y no lo olvides nunca. Lo que voy a decirte es un secreto entre tú y yo, y por nada del mundo debes contárselo a nadie, por nada del mundo, ¿me oyes?, y menos que nadie a tu padre, que bastante tiene ya el pobre con lo suyo para que encima sufra todavía más por mí.

Y me hizo jurar que no quebrantaría jamás aquel secreto.

Júramelo, me dijo. Di: Que me muera de repente y me vaya de cabeza al infierno para toda la eternidad si le cuento a nadie mi secreto.

Y yo lo juré exactamente así, en solemne posición de firmes, sobrecogido por la emoción de llegar a ser dueño de un secreto de mayores por primera vez en mi vida, vestido con un abrigo azul y aterido de frío, y mirando fijamente a mi madre, que se había inclinado hacia mí para tomarme el juramento, y que tenía una cara anhelante de súplica, como si más que a un hijo se dirigiera a un juez implorando clemencia.

Yo entonces ignoraba que las cosas grandes y decisivas, esas que atribuimos pomposamente al destino o a la necesidad, tienen su origen casi siempre en episodios insignificantes y hasta ridículos, y desde luego casuales, y eso fue lo que nos pasó esa tarde a mi madre y a mí. Esa tarde, como tantas otras, cuando mi madre se disponía a salir de casa (me voy al cine, a un concierto, a una exposición, a una conferencia, a dar un paseo, solía decir, ya lista para trasponer la puerta), mi padre se removió en lo remoto de su mundo y dijo:

Clara, cariño, hace muy mal tiempo, anuncian vientos y nevadas, y pronto empezará a oscurecer. Quizá sea bueno que te acompañe Huguito.

Y yo, que estaba sentado en el salón, castigado a estudiar y es de suponer que perdido en algún vago ensueño, antes de que mi madre tuviese tiempo de decir nada, me levanté y en un instante me puse el abrigo y las botas, pero con las prisas ni mi madre ni yo nos acordamos de la bufanda y de los guantes.

Tomamos un taxi y nos bajamos en un lugar céntrico, no muy lejos de la Plaza Mayor. A partir de ahí, la memoria se pierde en una maraña de calles brillantes de lluvia y luces de neón. Fue un trayecto absurdo y febril, porque tres, cuatro y hasta cinco veces, pasamos ante la misma tienda de sombreros o ante el mismo monumento ecuestre, ante una castañera que era la viva estampa de todas las generaciones de castañeras que se han sucedido en Madrid desde el principio de los tiempos, embutida en muchos y diversos ropones, junto a las brasas del hornillo, como una deidad protectora del humilde fuego de los pobres y desamparados, bajamos por escaleras que parecían conducir a lóbregas mazmorras medievales, y al rato salimos a una plaza donde brillaban y parpadeaban las luces de colores de la Navidad, pasamos bajo los mismos soportales, atravesamos varias veces la misma glorieta, siempre deprisa, muy deprisa, casi corriendo a veces, sin rumbo, sí, pero con una determinación que no admitía dudas, y eso es lo que le daba a aquella marcha su carácter absurdo.

Era un día de perros, y el viento helado soplaba a rachas erizado de gotitas de lluvia. En el curso de esa caminata, tuve ocasión de seguir en secuencias aisladas, según pasábamos una y otra vez por allí, el breve argumento que protagonizaba un grupo de señoras elegantes sentadas en torno a una mesa de una pastelería-cafetería, los abrigos de piel dejados al descuido en los respaldos de las sillas, y cómo tomaban café con pastas, y cómo humeaban las tazas y los cigarrillos, y reían y mordisqueaban una pasta o daban un sorbo de café y se echaban atrás y volvían a reír, y cómo luego se habían quedado serias y desencantadas, y cómo más tarde habían juntado las cabezas y cuchicheaban apasionadamente, y cómo al final se ponían los abrigos y se esponjaban el pelo, listas para marcharse.

¿Adónde iríamos con aquellas prisas y aquel vicioso deambular hacia ninguna parte? De vez en cuando miraba a mi madre. ¿Qué le ocurría? Aunque estaba ya acostumbrado a sus abismaciones y hermetismos, aquella tarde tenía una cara que yo no le había visto nunca. Era una cara como de loca o visionaria. Llevaba un abrigo con cuello de piel y unas botitas relucientes de color tabaco, a juego con los guantes. Pero de cualquier forma, loca o no, estaba guapa de verdad. Mi madre era menuda y frágil, y su aire triste y como ausente realzaba su belleza y la convertía sin querer en el centro ideal de todos los espacios. Por decirlo en pocas palabras, mi madre era la mujer más bonita y misteriosa del mundo. De ser eso posible, yo me habría enamorado locamente de ella. Y esto, ya desde niño. Cuando nuestras miradas se encontraban por casualidad y ella me sonreía, yo bajaba los ojos y me mordía los labios para ocultar y reprimir un gesto de pudor. Una vez la vi desnuda al pasar junto a la puerta entornada del baño y a través del espejo empañado. Fue una visión fugaz, pero al entrar en mi cuarto tuve que apoyarme en la pared y acompasar la respiración como si hubiese recorrido una enorme distancia hasta llegar allí. Luego, cuando intenté recuperar la imagen del espejo, me encontré en la memoria un feroz espantajo de ceño fruncido custodiando celosamente la entrada a aquel recuerdo.

Antes, cuando era niño, ella me contaba cuentos, me ponía adivinanzas, me cantaba canciones con una voz que parecía de plata, compartía mis juegos, y todas las noches iba a la cama para besarme y acompañarme hasta el sueño y ahuyentar así, con su presencia, los terrores nocturnos. Había una vitrina empotrada en la pared del pasillo, tan fina y delicada que era imposible cruzar ante ella, por muy tenues que fueran los pasos, sin que los cristales retemblaran un poco. Esa musiquita celestial anunciaba su llegada cuando venía a despedirse de mí. Luego, según fui creciendo, mi madre me recitaba poemas, me enseñaba a solfear, a tocar el piano, a hablar en francés, me mostraba láminas de pintores famosos, usaba mucho la palabra *belleza,* y yo la miraba y veía la belleza en ella, solo en ella, y lo demás en general me parecía aburrido y vulgar. Y cada poco tiempo, mi madre interrumpía sus lecciones y me decía: No me estás escuchando, ya te has distraído otra vez, porque ese era mi problema, que no conseguía concentrarme en las cosas. Lo intentaba, sí, pero al rato la mente se me llenaba de formas y sonidos caprichosos, nubes de tormenta evolucionando vertiginosamente sobre el mar, la lucha entre un escorpión y unos alicates, el mugido de un cuerno vikingo sonando entre la niebla.

Al principio, yo me esforzaba por quitarme de encima esos monstruos, expulsarlos de mi cabeza, pero luego empecé a pensar que por qué iba a echarlos de allí, que qué tenían de malo, y me ponía a mirar a los demás, tan dóciles y atentos, y me decía: Quizá yo no soy como ellos, quizá yo soy distinto, único, y quizá esas invenciones que me invaden son señales que me manda el destino, anuncios de cualidades innatas que hay en mí y que están ahí, esperando a salir a la luz. Y no sé en qué momento empecé a convencerme de que dentro de mí había todo un mundo por descubrir, de que en efecto yo era único, un genio en ciernes, y de que el destino tenía reservado algo bueno y especial para mí, y esta creencia la sigo sustentando hoy, tantos años después. Es verdad que la vida no me ha dado apenas ocasión de demostrar mi valía, y que mis cualidades innatas todavía no han salido a la luz, y que quizá al final toda mi genialidad se quede en nada, pero yo por ahora me reafirmo en lo mío.

Del colegio, lo que recuerdo en este momento con más fuerza es a un profesor que nos daba clase de matemáticas. Se llamaba Juan de Dios y tenía mucha carne en la cara. Parecía ciego. Y este profesor nos calificaba con unas piedrecitas de río que conseguía en su aldea natal, y que eran imposibles de falsificar. Cada vez que preguntaba la lección, si el alumno la sabía le daba una piedrecita o dos, y si no se las quitaba de las que ya tenía, de modo que quien a final de curso tuviera cinco o más piedrecitas, aprobaba, y si no suspendía. Este era su método. Yo llegué a tener cuatro allá para marzo, y entonces me ocurrió que la esperanza de conseguir la quinta era contrarrestada por el miedo a perder una y quedarme con tres, donde ya no había esperanza de llegar a cinco. Era como caminar por el filo de un abismo. El profesor decía: A ver, ¿quién quiere salir voluntario? Los que tenían muchas piedras, o solo cinco, no querían arriesgarse a perder alguna, y los que teníamos cuatro, indecisos entre el miedo y la esperanza, tampoco nos atrevíamos a salir. Ahora bien, los que tenían una o dos, o ninguna, como tenían poco que perder, esos siempre salían, pero como resulta que eran los más torpes o los menos estudiosos, casi nunca se sabían la lección ni sabían resolver el problema que el profesor escribía en la pizarra, y por tanto la clase se iba en balbuceos, reprimendas, silencios dramáticos y poco más. Luego el profesor le reclamaba una piedrecita, o si no la tenía se la apuntaba al debe, y pedía otro voluntario, y así pasaba el tiempo, y al final el problema se quedaba en la pizarra sin resolver, y la lección sin explicar. Recuerdo que a veces en el recreo, o a la salida del colegio, hacíamos un corro y cada cual sacaba y contaba y enseñaba sus piedrecitas, como los mendigos las pocas monedas que han conseguido recaudar.

Pero tanto en esa como en todas las clases, yo enseguida perdía el hilo de las exposiciones, me distraía con cualquier cosa, me adormecía, me perdía en mis ensueños. ¡Y qué lío de cuadernos y de apuntes confusos y atrasados tenía siempre! Todo lleno de tachones y de frases sin rematar. Nunca me enteraba de nada, ni de los deberes de cada día, ni de la materia que entraba en los exámenes, ni de los trabajos que había que presentar. Y por más que mi madre me ayudaba en los deberes, me explicaba las cosas despacito, me prometía regalos y me amenazaba con castigos, no había manera de que yo me reconciliara con la disciplina, con el colegio, con las cosas bellas que hay en este mundo. Y no obstante pensaba: Si yo me pusiera a estudiar, seguro que sería el número uno del colegio, y lo mismo si me pusiera a tocar el piano o a hacer versos. Pero a mí no me interesaban esas cosas, yo estaba llamado a otro tipo de tareas, de misiones, aún no sabía cuáles, y entretanto lo que me gustaba era abandonarme a mi mundo impreciso, lleno de incitaciones y de vagas promesas.

Quizá por eso, de ser cariñosa y alegre, con los años mi madre empezó a distanciarse de mí y a refugiarse en su propio mundo, a vivir en intimidad consigo misma, a salir a veces por las tardes a exposiciones, charlas y conciertos, y si no salía, se pasaba las horas leyendo novelas, escuchando música con los cascos, y por las noches el temblorcito de la vitrina ya casi nunca anunciaba sus pasos leves cuando venía a despedirse de mí. Y como por entonces empezó a sufrir de migrañas, a veces se echaba en la cama, en la penumbra de su cuarto, y allí se quedaba adormecida durante mucho tiempo. El cuarto de mi madre tenía una mesa, una chaise longue, una pequeña cama, unas estanterías con sus libros predilectos y, alineados en los bordes, una colección de animalitos de cristal. Frágiles criaturas transparentes, reales o quiméricas, que ella acrecentaba y cuidaba desde la infancia, todas distintas y llenas de juegos y reflejos de luz. Así era ella, como esos seres ideales que apenas necesitan de la materia para ser y existir. Una vez la sorprendí llorando. Estaba sentada en su cama y lloraba muy bajito, inclinada sobre las rodillas y enjugándose los ojos con el pico de un pañuelo que apretaba y amasaba nerviosamente entre los dedos. Como cuando la vi desnuda, corrí a esconderme, porque quizá lloraba por mí, por mi pereza y mi desidia, y también a mí me entraron ganas de llorar. Total que, entre unas cosas y otras, se fue volviendo triste, desapegada, ausente, y cada vez más silenciosa, como un arca cerrada, aunque seguía siendo tan dulce y tan bonita como siempre.

Pero ahora, mientras caminábamos por aquel laberinto de calles, su rostro miraba fijamente al frente con una expresión pasmada de sonámbula. En un momento dado, nos alejamos a toda prisa de aquel barrio, como si huyéramos de una catástrofe, en dirección al Manzanares, pero a medio camino ella empezó a aminorar el paso, más y más, hasta que al fin se detuvo del todo y me miró con una leve sonrisa, o más bien con una idea repentina, que le iluminó toda la cara. Entonces comenzamos a andar muy deprisa en dirección contraria y regresamos por donde habíamos venido hasta llegar al lugar en que estábamos ahora, parados justo ante la cafetería-pastelería, ella inclinada hacia mí y yo erguido ante ella, diciendo mi juramento y mirándola sin pestañear, su boca grande, de labios soñadores e intensos, labios perezosos para sonreír, su melena rubia recogida con cuidado desorden y al que el viento le había añadido un toque alocado de espontaneidad. Poco que ver conmigo, desde luego, que era más bien bajito, flacucho, ni guapo ni feo, el pelo lacio y los ojos chicos y apagados. ¿A quién habría salido yo con esa facha?

Y recuerda una cosa. Si tu padre se entera de lo que voy a decirte, tú serás el culpable de lo que le pueda ocurrir. Júramelo otra vez.

Y yo volví a jurar que jamás le revelaría a nadie mi secreto.

Porque mi padre, que era unos veinte años más viejo que mi madre, andaba mal del corazón, y cualquier movimiento le exigía mucho esfuerzo, y a pesar de eso trabajaba a todas horas, también de noche, porque las preocupaciones, y su carácter estricto y concienzudo, no lo dejaban sosegar ni dormir. Era administrador de fincas urbanas. Administraba muchas, quince o veinte, dispersas por todo Madrid, él solo, sin ningún ayudante, porque no se fiaba de nadie. Seguía haciendo su oficio como se había hecho siempre, con una máquina de escribir como única concesión a la modernidad. Y tampoco permitía que lo ayudara mi madre, en parte para evitarle cualquier molestia, y en parte porque su miedo a cometer un error, por pequeño que fuese, era obsesivo, y acaso tampoco se fiaba de ella. Revisaba mil veces los papeles, y aun así nunca quedaba del todo contento, siempre pesaroso de haberse equivocado en algo. Quizá también por eso, cuando descansaba al fin de los papeles, los guardaba todos bajo llave, en una caja fuerte a la que solo él tenía acceso y donde yo pensaba que debía de haber cosas maravillosas, y era allí donde situaba en mi imaginación los tesoros escondidos que aparecían casi siempre en las películas y en los cuentos.

Mi padre era gordo, muy gordo, desmesuradamente gordo, y daba pena verlo cada mañana salir de casa bien temprano con su cartera repleta de documentos y alejarse con su lento y esforzado bamboleo para recorrer todas las fincas y entrevistarse con los porteros, con los presidentes de las comunidades, con los vecinos, ocuparse de las averías y del mantenimiento, discutir presupuestos, despachar con abogados y jefes de obras, cobrar las mensualidades de los arrendatarios, bregar con los morosos, asistir a juntas de vecinos, arbitrar conflictos, y qué sé yo qué más. Y a pesar de aquellas jornadas agotadoras, de noche se quedaba despierto hasta muy tarde con los papeles de la contabilidad, toda la mesa llena de pilas de cuadernos, ficheros, escrituras, albaranes, recibos, tantos y tantos que tenía que dejar algunos en el suelo, aunque al alcance de la mano, y cada vez que se agachaba para rebuscar entre ellos, resoplaba agobiado, tanto por la responsabilidad como por la gordura, y siempre redactando contratos y convocatorias, y estudiando la letra pequeña de las leyes urbanísticas y de las ordenanzas municipales, y así horas y horas, de forma que a veces se quedaba dormido en el sillón, con algún escrito en la mano o con el índice señalando insomne la línea que estaba leyendo en el instante en que lo venció el sueño, pero aun así seguía trajinando y dándole vueltas a algún asunto porque a veces hablaba en alto, aunque sin levantar la voz. Decía cosas absurdas, esos bomberos van fuera de los plazos legales, ya se oyen las trompetas de las derramas, mirad al ángel que anuncia la hipoteca, cosas así. Por si fuera poco, tenía que estar localizable y disponible las veinticuatro horas del día para atender las emergencias. Pero él era incansable y vivía entregado a lo suyo como a una segunda religión.

Porque mi padre era muy religioso. Se confesaba y comulgaba todos los domingos, y para descansar del trabajo solía leer algún pasaje de la Biblia, y luego cerraba los ojos, los ponía en el cielo y meditaba sobre él. ¡Oh mundo prodigioso!, solía susurrar durante aquellos trances. Desde que tuve uso de razón, él me daba claros consejos evangélicos: Respeta a tus padres, no hurtes, no codicies los bienes ajenos, sé bueno y misericordioso, sé casto, no blasfemes ni pronuncies el nombre de Dios en vano. Y muy a menudo decía en un tono trágico y desmayado: Dios todo lo ve. Dios todo lo ve, decía a veces en sueños con voz acongojada de ultratumba. No solo bendecía la mesa antes de comer sino que cuando me daba un beso de despedida por las noches, me miraba de tal forma que parecía bendecirme con la mirada. Aunque su trabajo no le permitía ocuparse de mí, a veces me llamaba a su despacho, me ponía en sus rodillas y me contaba episodios bíblicos, parábolas y vidas de santos. Y al final siempre me decía: Y recuerda, Huguito, Dios todo lo ve.

Al principio, sin embargo, mi padre no era gordo sino más bien robusto, tipo John Wayne, y no trabajaba tanto como ahora. Es más, a veces incluso íbamos los tres juntos al cine, al circo, al zoo, a pasear, a merendar, o bien jugábamos en casa al trívial o al parchís, y en verano íbamos unos días de vacaciones a la montaña o a la playa. Una vez, en Navidad, mi madre tocó un villancico en el piano, y los tres lo cantamos a coro, mi padre y mi madre a dos voces, mirándose enternecidos, los ojos empañados de lágrimas. Aquel sí que fue un momento feliz, y ojalá que la vida se hubiese detenido y eternizado allí, como el insecto en su gota de ámbar.

Pero luego empezó a adquirir nuevos compromisos, y a ampliar el negocio, y ahí fue cuando de verdad empezamos a prosperar. Al principio vivíamos de alquiler en un piso pequeño y oscuro, del que yo apenas recuerdo nada, pero luego nos mudamos a otro mucho mejor y en propiedad, grande y luminoso, muy bien amueblado, con un salón enorme y habitaciones propias para todos, en una calle tranquila cerca de Cuatro Caminos. Una mujer venía a diario a limpiar la casa y a hacer la comida. Y entonces, en ese proceso de mejora, del mismo modo que mi madre sufrió una especie de metamorfosis, también él empezó a engordar y a engordar, a pesar de que no comía demasiado, a perder pelo, a encanecer, a cargarse de espaldas, y a no salir de casa más que para ir a trabajar, sin concederse jamás un descanso salvo para cuidar y adorar a mi madre, a la que más que amor le tenía auténtica veneración, como si también ella fuese una extensión de su fe religiosa. Cuando regresaba de sus expediciones laborales, siempre le traía a mi madre algún regalo, un libro, una música, unas flores, una miniatura de cristal, que ella recibía emocionada, al borde de las lágrimas. A veces veían juntos la televisión o escuchaban música con las manos entrelazadas —signo de un amor que tanto podía ser adolescente como crepuscular—, pero solo un rato, porque a él enseguida le entraba el ansia de volver al trabajo, y ella entonces se ponía mimosa: Un ratito más, Hugo, solo un ratito más, y se refugiaba en sus brazos, ella tan viva y tan menuda, él tan lento y enorme. La trataba como a un objeto valiosísimo y sumamente frágil al que acecharan multitud de peligros, cuidado con las espinas del pescado, cuidado con las corrientes de aire, con las aristas, con las agujas de coser, con el suelo del baño. Él velaba su sueño, sus migrañas, le hablaba en susurros, ya está, ya está, le decía en el tono que se usa con los niños cuando la asaltaba alguna pesadilla, algún mal presagio. Ah, querido, decía ella con voz desfallecida, y él le componía el pelo, le refrescaba el embozo de la sábana, la besaba en la frente, le decía que tenía que tocar más el piano, que sus manos, y toda ella, estaban hechas para la música, eran pura música, y engolaba la voz para divertirla con un alarde de solfeo.

Y también ella, cuando él trabajaba en lo suyo, entraba y se acercaba con gran sigilo y le acariciaba la cabeza y le hacía cosquillas en los costillares. ¿Por qué no lo dejas ya?, ¿por qué no descansas?, le decía. Y él, ya enseguida acabo, y se quedaban allí quietos, no sé si tristes o felices pero en cualquier caso resignados, porque de sobra sabían que él no acabaría nunca su trabajo, y que ninguno de los dos, ni los dos juntos, podían hacer nada para poner fin a aquella maldición. Por las mañanas, mi madre le daba un toque de perfección a la corbata y al peinado, le remetía la camisa, le alisaba con los dedos húmedos las cejas. No te agobies demasiado, párate a descansar, no camines deprisa, no vengas tarde, le decía ya en la puerta. Y luego se asomaba al balcón para ver cómo se alejaba con su cartera abultada de papeles y su dificultoso bamboleo, dando bandazos de lado a lado de la acera.

Cuando alguna vez lo veía por la calle, es verdad que yo me escabullía, o me hacía el distraído, para evitar encontrarme con él. Yo sabía que muchos en el barrio se reían de su figura extravagante, y que le llamaban el Bulto, y una vez, una panda de alumnos mayores del colegio, y otros del barrio, que se habían hecho fuertes en una esquina, dijeron al verme pasar, bien alto, para que yo lo oyera: Mira, ahí va el hijo del Bulto, y se echaron a reír y a hacer mímica de la gordura.

A mí me hubiera gustado desafiarlos con la mirada y detenerme ante ellos sustentando la apuesta, pero no tuve valor para tanto sino que bajé la cabeza y apreté el paso, y en cuanto desaparecí, las calles por las que transitaba ya no eran las del barrio sino las de los bajos fondos de mi alma. ¿Y a mi madre, qué le dirían? ¿Ahí va la mujer del Bulto, y soltarían de paso alguna obscenidad? Y también en ese caso hubiera pasado de largo, porque yo era un cobarde, bien a la vista estaba, y era indigno de la imagen que tenía de mí mismo. Sentí cólera y ansias justicieras, y una rabia que me dolía físicamente de tan furiosa como era. Y como esa burla se repitió varias veces, yo daba un rodeo por calles apartadas para no tener que pasar ante ellos.

Y es curioso, porque yo hubiera deseado por encima de todo salir en defensa del honor de mi padre, pero a la vez sentía un vago rencor hacia él. El Bulto, me decía a mí mismo cuando lo veía comer o trabajar. Odiaba a aquella panda de matones, pero también secretamente repudiaba a mi padre, y aquella doble enemistad agravaba aún más mi carácter, ya de por sí viciado y solitario. Pero también es verdad que él era cariñoso y benévolo conmigo. Me daba buenos consejos, se interesaba por mis estudios, me reñía con suavidad, me regalaba libros y tebeos, y los domingos me daba una moneda nueva, reluciente, sin estrenar, al tiempo que me guiñaba un ojo: Diviértete, me decía, pero recuerda que Dios todo lo ve. Y además trabajaba mucho, y su salud no era nada buena, y quizá por eso había puesto tanto empeño mi madre en que él no llegara a saber nada del secreto, porque bastante tenía ya el pobre con lo suyo como para añadirle un nuevo sufrimiento, que acaso acabara por quebrantar del todo su salud.

2

Solo entonces se dio cuenta de que habíamos olvidado la bufanda y los guantes. Ay, pobrecito mío, dijo, con el frío que hace, y me atrajo hacia ella y yo me hundí en la cálida y fresca fragancia de su cabellera, de su piel, de su ropa, en su olor a belleza, y así, abrazados, con voz susurrante me fue diciendo su secreto.

Ya eres mayor para entenderlo y no debes asustarte de lo que voy a decirte. Verás, hace algún tiempo que estoy, cómo decir, tú sabes que tengo dolores de cabeza, ¿no?

Sí...

Y sabes lo que es un psiquiatra, ¿no? Bueno, pues cuando salgo de casa por las tardes, a veces no voy a donde digo, sino a la consulta del psiquiatra.

¿Estás enferma?, pregunté.

Un poco, solo un poco. Pero si papá se entera, con lo que es él, le puede dar algo. Hasta puede que se muera del susto.

¿Estás enferma por mi culpa?

No, tonto, claro que no. Pero enseguida dijo: Oh, Dios mío, y entonces se echó a llorar y me abrazó más fuerte aún. No es nada, no es nada, dijo. Es que no quiero que tampoco tú sufras. Nadie debe sufrir por mí. Yo no merezco el sufrimiento de nadie, y se fue calmando, hasta que solo le quedaron los últimos suspiros. Ese es el secreto, dijo con voz todavía llorosa.

Estuvimos un rato callados, asimilando los efectos de aquella confesión dramática.

¿Qué piensas?

No sé, nada, dije yo, pero en realidad estaba mirando una bandeja llena de pasteles de hojaldre rellenos de crema y espolvoreados de escamas crujientes de colores, y pensaba en lo bueno que sería estar allí dentro, en aquel espacio idílico de luz, calentito, tomando chocolate y comiendo de vez en cuando uno de aquellos pasteles exquisitos. Pero esas cosas eran inalcanzables para mí, porque ellos, mis padres, me tenían castigado sin dinero, sin regalos, sin televisión, y a veces sin salir de casa los domingos.

Hace mucho frío, ¿verdad?

Sí...

Pues entonces hay que darse prisa, y me limpió con un pañuelo la mejilla mojada de rímel y de lágrimas.

Mira, ¿ves?, y señaló a un inmueble al otro lado de la calle, allí tiene el médico su consulta.

Era un portal muy grande, pero aun así, el hombre uniformado que guardaba la entrada, de pie, bien abiertas las piernas y con las manos a la espalda, parecía ocuparlo casi por completo.

Espera aquí, me dijo mi madre, y se dirigió al hombre de la puerta. Vi cómo hablaba con él y cómo él cabeceaba servicial, y cómo los dos se volvían para mirarme y cómo enseguida parecían cerrar una especie de trato. Entonces mi madre vino a por mí y me dijo:

Cariño, no quiero que vengas conmigo a la consulta. No quiero que conozcas ese sitio. Además, al psiquiatra no se debe ir con familiares. Así que te vas a quedar en casa del portero hasta que yo vuelva.

Pórtate bien, me dijo al despedirse, y mientras se dirigía al ascensor el portero me agarró con energía del brazo, como si me llevara prisionero, y por unas escaleras angostas me condujo hasta el sótano, donde estaba su casa.

Era un piso pequeño, oscuro y un tanto oprimente, quizá por la cantidad de muebles, cortinas y objetos que había por todas partes. Un breve pasillo nos condujo a un saloncito con una ventana a un patio interior. Y era increíble la cantidad de cosas que cabían en aquel saloncito. Además del tresillo, con su sofá, sus dos sillones y su mesita baja, había un aparador enorme, que ocupaba por entero una pared y llegaba hasta el techo, donde estaban entronizados el televisor, el equipo de música, una enciclopedia, una colección de trofeos deportivos, además de las vitrinas de la vajilla, de los licores, y abundantes puertas y cajones, y muchas piezas de cerámica aquí y allá, y en el techo había una gran lámpara de araña, y otras tres o cuatro lámparas de pie, y aun así, todavía habían logrado sacar espacio para una mecedora, para un mueble cama y para una mesa camilla, además de cinco o seis sillas distribuidas junto a las paredes, que estaban casi todas cubiertas por cuadros y fotos enmarcadas. Una puerta cerrada, que daba a otro cuarto, aparecía profusamente pintada y decorada con signos esotéricos, lechuzas, arcanos del Tarot, figuras celestes y seres fabulosos.

¡Hala, ahí os quedáis los dos!, dijo el portero. Y nada de discutir ni armar guerra, y se fue.

En la mesa, sentado en una silla sobre una pierna, había un muchacho de mi edad, haciendo los deberes, mascando chicle y viendo a ratos la televisión. Iba vestido con unos vaqueros y una sudadera, y lucía una gruesa correa de cuero negro con tachuelas poliédricas doradas a modo de pulsera. Levantó la cabeza y me miró un instante con indiferencia, sin saludar, y volvió a concentrarse en lo suyo. Tenía una cara rara y desagradable.

Me senté en el sofá, frente al televisor, y me puse a esperar, supongo que con la misma paciente formalidad que lo estaría haciendo mi madre en ese momento en la consulta médica. Ahora entendía sus rarezas, sus largos extravíos, sus apatías, sus llantos a escondidas, sus suspiros, su apenas estar en este mundo. Quizá la enfermedad era más grave, e incluso mucho más grave, de lo que ella había dicho. Seguro que sí, y esa era la verdadera razón de su secretismo. ¿Y si se volviese loca o se muriese? Por un momento me la imaginé muerta, amortajada con un hábito de monja, y más guapa que nunca. Y de todo eso, quizá yo tenía la culpa por ser como era, tan holgazán, tan raro, tan inepto. Pero el de la camilla me distraía continuamente de mis pensamientos. Tan pronto se chascaba los dedos como se golpeaba con los puños, y bien fuerte, en la palma de la mano, en los bíceps, hasta en la mandíbula. Luego volvía a concentrarse y se ponía a escribir, a sacar punta al lápiz, a manejar la goma de borrar, a consultar los libros de texto, y todo lo hacía muy cuidadosamente. Pero, al rato, otra vez se golpeaba con el puño, o se rascaba furioso la cabeza, los codos, las rodillas.

Era ya casi de noche en el patio interior, y el tiempo pasaba muy despacio. Empecé a sentirme angustiado. Necesitaba irme, estar lejos de allí, de aquel lugar triste y opresivo, de aquel muchacho nervioso y violento, no importaba dónde pero lejos de allí. Intenté enfrascarme en la televisión, pero otra vez me distrajo el otro, porque ahora encendió un cigarrillo y abrió la ventana del patio interior para echar por allí el humo, y luego, sin decir nada, me ofreció el paquete de tabaco. Yo lo miré un instante asombrado, negué con la cabeza y volví a concentrarme en la televisión. Ahora, en los silencios, se oía llover en el patio interior.

Oye, chaval, ¿cómo te llamas y qué haces aquí?, preguntó con el cigarrillo en los labios. Tenía una voz gruesa y retadora.

Hugo, dije sin alterarme. Estoy esperando a mi madre.

El otro puso un brazo en plan forzudo, sacó molla y se arreó un puñetazo en el bíceps.

¿Y dónde está tu madre?

En el médico.

Se echó atrás en la silla, se desperezó, chupó a fondo del cigarrillo y dejó que el humo saliese por sí mismo y le desdibujase el rostro.

Yo me llamo Leo, dijo en un tono de hastío, y si quieres que te diga la verdad, y yo siempre digo la verdad, a mí no me gusta el mundo ni la vida. El mundo me parece una mierda, y la vida un puto aburrimiento. ¿Tú no te aburres en la vida?

Yo me encogí de hombros y resoplé, sin saber qué decir.

Te he preguntado, chaval. ¿Te aburres o no?

Sí, dije, con voz displicente, porque es verdad que me aburría a menudo, en el colegio y en casi todos lados.

Bien, dijo, y se chascó los dedos uno por uno. Era increíble la facilidad que tenía para sacar chasquidos continuamente de los dedos. Siempre es mejor aburrirse con otro que solo. Pero eso no quiere decir que vayamos a ser amigos tú y yo.

A mí me da igual ser o no amigo tuyo.

Eso ya lo veremos, y se lanzó un gran puñetazo que la mandíbula esquivó a tiempo. Y en el caso de que llegáramos a ser amigos, mandaría yo. Porque supongo que sabes que cuando se juntan dos o más siempre hay uno que manda.

A mí no me gusta que me manden, ni tú ni nadie.

Vaya, así que eres un poco gallito. Mira, chaval, en la vida siempre tiene que mandar alguien. Y en caso de duda, echaremos una pelea, y el que gane será el que mande, el líder. Seguro que te gano. Una de las cosas que se me dan bien en la vida es pelear. Me gusta mucho pelear, y siempre gano. En cambio tú, no sé, me da que nunca te has peleado con nadie. Bah, tienes pinta de cobardica.

¿Yo cobardica?, dije, y no me dio tiempo de decir más porque en ese instante se oyó un rumor de voces y de pasos crecientes tras la puerta historiada.

El tal Leo tiró de inmediato el cigarrillo al patio interior, se puso en pie y empezó a espantar el humo y el olor a tabaco a manotadas. Solo entonces me di cuenta de que era una muchacha. Era una muchacha. Alta, delgada, desgarbada, con el pelo muy corto, con un aire femenino equívoco, cierto, pero de cualquier modo inconfundible.

Se abrió la puerta y se entrevió un espacio iluminado apenas por una luz cálida y rojiza, un ambiente espeso del que enseguida empezaron a llegar vagos efluvios exóticos, como de iglesia. Salieron dos mujeres, una traía la cara afligida, y la otra, que bien se veía que era la que mandaba, venía consolándola con gestos y palabras graves y elocuentes, vestida con una túnica holgada de pitonisa o de alquimista, y con aros, anillos, collares, y un pañuelo a lo zíngaro en la cabeza, y la cara muy pintada y con motas doradas de purpurina en la frente y el pelo. Pero a pesar de aquellos mágicos atuendos, en cuanto despidió a la otra mujer, reapareció en el saloncito con el aspecto de un ama de casa de lo más cotidiano y vulgar. Se notaba que había sido guapa en su juventud, pero los restos de belleza, más que un ornato parecían un oprobio. Y más por el aire soñoliento y desaseado que tenía. Encendió un cigarrillo, asentó el puño de la otra mano en la cadera y expulsó el humo como una especie de Poseidón enfurecido.

¿Quién eres tú, hijo mío?, preguntó con voz dulce y cansada.

Se llama Hugo, dijo Leo, y ahora le salió ya una voz femenina. Está aquí esperando a su madre.

Y tú, Leonor, ¿has merendado, has hecho ya los deberes?

Sí, mamá, ya acabé.

Portaos bien, dijo, y regresó a su cuarto.

Cuando volvimos a quedarnos solos, Leo se sentó, se rascó violentamente los codos y dijo:

Mi madre es vidente. ¿Sabes lo que es una vidente?

Yo le dije que más o menos, y que no creía en esas cosas. Desde que descubrí que Leo era una chica me sentía más seguro de mí.

Tú qué vas a saber, dijo ella. Tú no sabes nada ni de la videncia ni del más allá. Tú no tienes ni puta idea del mundo. No hay más que verte. Tu madre va al médico y él, pobrecito, y puso una voz meliflua, tiene que quedarse al cuidado de alguien, no sea que se pierda, o lo rapten, o se lo coman los lobitos. ¿Y cuántos años tienes ya? ¿Catorce, quince? Me aburren los tipos como tú.

Yo la miré con un muy elaborado gesto de desprecio.

Y ella:

Mi madre es la mejor vidente de Madrid, y mi padre fue campeón de España de lucha libre. Mira, y señaló algunas fotos enmarcadas que había en las paredes. En ellas aparecía el padre siempre con calzón deportivo y el torso desnudo, en actitud de pelear o celebrando una victoria.

En ese momento sonó el timbre de la puerta. Leo fue a abrir y enseguida apareció con otra mujer. La introdujo en el consultorio y volvió a la mesa camilla.

¿Ves? Casi todos los que vienen aquí son mujeres, y casi todas las mujeres llegan llorando por problemas de amor. ¿Tú crees en el amor? Seguro que sí, y seguro que en cuanto puedas te casas y todo lo demás. Un trabajo, un pisito, el coche, los hijos y el mes de vacaciones. Ya me conozco yo esa historia. O sea, que no crees en la videncia pero sí en el amor. Yo desde luego no pienso casarme. Odio a los hombres, me dais asco. Así que conmigo no te hagas ilusiones, chaval. Además, dijo, tras una pausa analítica, no eres nada guapo. Bueno, y ya está, ya vale de hablar, que desde que has llegado no haces más que distraerme y no me dejas estudiar, y volvió a sus cuadernos y a sus libros. Con el mando a distancia subió el volumen del televisor.

Allí estuvimos viendo una película, ya sin hablar, mientras la noche cerraba en el patio. Salió la mujer, reconfortada por la pitonisa, y nosotros seguimos allí, cada uno a lo suyo, hasta que al fin vino el portero a avisarme de que mi madre me estaba ya esperando.

Cruzamos la calle en silencio, y recuerdo que al pasar por la cafetería-pastelería le pedí a mi madre que me comprara uno de aquellos pasteles tan ricos que había visto antes.

No. Ya sabes que estás castigado. Además, es tarde y hay que darse prisa.

Qué te ha dicho el médico, le pregunté, a pesar del rencor que sentía.

Nada, que estoy mejor. Y tú, ¿qué has hecho?

Nada. Ver la televisión.

Recuerdas lo del secreto, ¿no?

Sí.

Júramelo otra vez.

Y yo se lo juré, y luego, cuando ya íbamos en el taxi, me sentí importante y sobre todo poderoso. Porque, en efecto, tenía el poder de contarle el secreto a mi padre, quizá no de golpe sino poco a poco, dejando caer una alusión, una frase ambigua, un suspiro de pena. No lo iba a hacer, es cierto, pero podía hacerlo, y esa posibilidad, por remota que fuese, me llenaba de un regocijo interior como nunca hasta entonces había experimentado. Por otro lado, la decisión absoluta de callar me producía una sensación de nobleza, de rectitud, casi de heroísmo. Tenía la vaga intuición de que algo esencial estaba ocurriendo en mi vida, y de que justo esa tarde había empezado a decirle adiós a los últimos vestigios de mi niñez. Y quién sabe si ahora empezarían a salir a la luz las grandes cualidades secretas que había dentro de mí.

3

Desde ese día, acompañaba a mi madre al médico unas dos veces por semana. Y aunque ella al principio ponía objeciones (no, que estás castigado y tienes que estudiar), o incluso me levantaba el castigo y me animaba a quedarme en casa viendo la televisión, o me daba permiso y dinero para ir al cine, unas veces en tono de ruego y otras en tono de mando, y hasta llegó a decirme que estaba curada y que ya no necesitaba ir al médico, a pesar de eso, yo insistía, aprovechando el poder que me daba el secreto, y ella al final acababa resignándose a mi compañía. Por otra parte, a mí me gustaba sentirme responsable de ella, y estaba orgulloso de poder cuidarla, de preguntarle a la salida qué le había dicho el médico, de darle consejos, que siguiera fielmente las instrucciones del doctor, que se alimentara bien, que no se preocupara por nada, y menos aún por el secreto, que estuviera tranquila, que no se lo contaría jamás a nadie. Y así, no sé cómo, yo creo que sin querer, fui adquiriendo ciertos derechos, cierta influencia y hasta cierta autoridad sobre ella. No debemos molestar tanto a la familia del portero; es un abuso, me había dicho después de las primeras sesiones.

Entonces yo le propuse esperarla fuera, en la calle, y como ella se negó a dejarme solo en aquel barrio desconocido para mí, no sé quién habló con quién, ni cómo organizaron aquello, pero el caso es que cuando llegábamos a la consulta, ya estaba Leo en la puerta, esperándome, para pasar juntos las casi dos horas que duraba la ausencia de mi madre.

Mira, chaval, a mí no me gusta hacer de niñera, y si lo hago es por obligación, me dijo el primer día. Y recuerda que aquí se hace lo que yo diga, que para eso soy yo la que te cuido.

A veces íbamos al cine, pero casi siempre nos dedicábamos a vagabundear por los barrios de los alrededores. Leo, que era cuatro dedos más alta que yo, solía caminar con las manos hundidas en los bolsillos de los vaqueros y dando patadas a los papeles, a las piedras y a todo lo que encontraba al paso. Vestía una cazadora negra de plastipiel y unas botas militares, lo cual le daba a su figura desgarbada un aire aparatoso de tipo duro y marginal. Para quien no lo supiera, o no fuese un buen observador, parecía totalmente un muchacho, una especie de macarra que iba de héroe por el mundo. A su lado, supongo que yo representaba al niño bueno de las viejas viñetas ejemplares que, tentado en la oreja por el diablo, frecuenta malas compañías. La verdad es que sus modos masculinos, de tan exagerados, resultaban cómicos a veces.

Naturalmente, ella era la que mandaba. Era curioso el celo que ponía en ejercer su poder. Ella era la que decidía el itinerario, dónde nos parábamos, qué comprábamos cuando teníamos dinero, qué película íbamos a ver, qué había que hacer y qué no. Pero, de un modo o de otro, casi siempre llegábamos a un descampado que había junto al Manzanares y nos sentábamos en la orilla a ver pasar el agua. ¿Y qué hacíamos allí? Fumábamos y escupíamos. Ella fue la que me enseñó a fumar, unos cigarrillos mentolados que le robaba a su madre, y también a escupir. Escupía muy bien, y donde ponía el ojo ponía el salivazo.

¿Quieres oír música?, me preguntó una de las primeras tardes, y sacó un pequeño casete.

Leo odiaba la música romántica y solo le gustaba el rock duro, el punk, el heavy metal, todas esas músicas psicodélicas y espasmódicas, siempre, eso sí, que no hablaran de amor. A mí la música no es que no me guste, es que no la soporto, y eso es justo lo que le dije.

Leo me atizó un puñetazo en el hombro y me dijo:

Chaval, puede que tú y yo acabemos siendo amigos.

Y así, aunque al principio apenas hablábamos, o solo de cosas genéricas, luego empezamos a hacernos algunas confidencias. Un día me preguntó qué iba a hacer cuando fuese mayor, y si me gustaría que su madre me leyese el futuro. Y ahí tuve yo ocasión de lucirme.

Por entonces, yo solo tenía un amigo de verdad, el único que en realidad he tenido en la vida. Se llamaba Marco y éramos compañeros de pupitre, los dos juntos siempre, juntos en el patio durante el recreo, juntos en las oraciones vespertinas, él siempre un poco rezagado cuando salíamos juntos del colegio y compartíamos un trecho del camino. Andaba con pasitos cortos, y solo hablaba cuando le preguntaban. Si lo mirabas, él bajaba la vista, como los perros. Parecía un ángel desplumado. Y siempre tenía frío y hasta en verano andaba con las manos heladas y medio tiritando. Más de una vez, yendo juntos por una calle multitudinaria, o guardando turno en la cola desordenada de un cine, de pronto desaparecía, como cosa de encantamiento. ¿Dónde se habrá metido? Y giraba sobre mí mismo, buscándolo entre la gente, hasta que terminaba encontrándolo a mi lado, siempre a mi lado, con su aire humilde y desvalido. Era tan inocente... Siendo muy niño le pidió a su padre que le comprase un libro con fotos de leones, y su padre, no sé si en broma o por qué, le dijo que los leones no existían, que eran como los animales mitológicos, un invento de los poetas. ¿Cómo van a existir los leones?, vociferó. Y hasta los diez o doce años, cuando los vio en el zoo, él creía de verdad que los leones eran como los ogros, y cuando los vio en el zoo empezó a pensar si los ogros no serían también verdaderos y lo habían engañado diciéndole que eran seres fantásticos. Así era su relación con la realidad, incierta y temerosa.

Los domingos íbamos siempre al cine, y luego dábamos vueltas por el barrio y comentábamos la película. Y mientras caminábamos, íbamos siempre atentos para no encontrarnos con el grupo de matones, que no perdían ocasión de burlarse de nosotros, de acobardarnos y acosarnos. Marco, tan cándido e inofensivo, tan desamparado, que parecía estar de favor en el mundo, les tenía auténtico pavor. Entre nosotros, era yo el que mandaba, no tanto por vocación como porque él era incapaz de decidir nada, como si no tuviera voluntad.

Un día vimos una película del Oeste donde salían colonos que se instalaban en lugares hermosos y lejanos, levantaban cabañas de troncos, cavaban pozos, se casaban, tenían hijos, iban de caza, luchaban contra un entorno hostil. A la salida del cine, se me ocurrió decirle a Marco que ese era el tipo de vida que me gustaría a mí. Vivir lejos, en un lugar salvaje, cuanto más salvaje mejor, y a la manera antigua, apartado del mundo. Luego conocería a una mujer, nos enamoraríamos a primera vista, nos casaríamos, y en la boda bailaríamos al son del violín y la armónica, y luego viviríamos ya para siempre en la cabaña. (¿Y quién podía siquiera sospechar, dicho sea al margen, que aquel proyecto pueril de vivir junto a un río llegaría a ser tan importante para mi porvenir?) A partir de aquella tarde, esa fue una de nuestras conversaciones favoritas. A Marco le seducía también la idea. También él quería ser campesino, colono, marcharse conmigo y vivir juntos en la cabaña de troncos, que estaría junto a un río. Nos imaginábamos, supongo que en tecnicolor, cómo sería nuestra vida allí, con todo tipo de pormenores y lances, y dimos por hecho que, si nos lo proponíamos y perseverábamos en la ilusión, podríamos llegar a hacer realidad ese modesto sueño. Al fin y al cabo todo era cuestión de aprender a cultivar la tierra, a cuidar el ganado, a hacer el pan y el queso, cosas fáciles, mucho más fáciles desde luego que las matemáticas o el latín. Eso fortaleció nuestra amistad y nos hizo aún más inseparables.

Puesto a fantasear sobre el futuro, y sobre mis destrezas innatas, descubrí también en mí cualidades para ser negociante o actor. No sé de dónde me vino a mí la idea de llegar a ser rico, muy rico, haciendo negocios. Entonces en España, estoy hablando de hacia 1990, se estaban creando grandes fortunas como quien dice de la nada, y aunque yo no lo sabía con detalle, hoy me pregunto si no percibiría de un modo inadvertido el rumor de la historia. Me imaginaba por ejemplo, y así se lo contaba a Marco, que compraba 10.000 toneladas de tomates a tanto el kilo y que los vendía a tanto en otro lugar del mundo, y que con esa operación ganaba tanto. Así de simple. Tomates, tornillos, sardinas, coches usados, bosques enteros de abetos, petróleo, cacerolas, y entre los dos hacíamos las cuentas y calculábamos los beneficios que obtendríamos, que resultaban siempre fabulosos. Así se habían hecho las grandes fortunas, cómo si no, y así también nosotros, si queríamos, si renunciábamos a vivir en la cabaña, podríamos convertirnos en multimillonarios.

Por otro lado, también estaba secretamente convencido de que en mí había un actor innato. Lo supe desde que vi mis primeras películas. Eso, también lo podría hacer yo, pensé. Y, en efecto, una mañana me decía: Hoy voy a hacer de rey que viaja de incógnito, y me comportaba y actuaba como tal, los andares regios, la voz, los gestos, o bien hacía de cínico, de galán, de detective, de espía, de fugitivo perseguido de cerca por la policía. Sí, yo creía que, sin esfuerzo, por mis aptitudes naturales, podía llegar fácilmente a ser un gran actor. Y también Marco creía ciegamente en mis dotes de colono, de hombre de negocios y de actor.

Esos eran de momento mis tres grandes proyectos, mis naipes ganadores, y cuando llegase la ocasión, ya vería cuál de ellos convenía echar al tapete. Esas magníficas convicciones hicieron que me despreocupara aún más por los estudios. Yo no necesitaba estudiar para llegar a ser alguien en la vida. Mi madre, sin embargo, que era maestra, y había ejercido de maestra hasta que se casó, me animaba a ser profesor, aunque su ambición más grande era que su hijo llegara a ser artista. Admiraba muchísimo a los artistas, músicos, pintores, escritores, y a menudo me hablaba de ellos, y de lo hermosa que debía de ser una vida consagrada al arte, apasionadamente al arte. A mí me hubiera gustado decirle: Pero ¡si ya soy artista!, y contarle mi vocación y mis dotes de actor, y de paso también mis proyectos de colono y de futuro hombre de negocios. Pero nunca me atreví a decirle nada.

Por eso, cuando Leo me preguntó sobre mi porvenir, y si me gustaría que su madre me leyese las cartas, yo le dije que no necesitaba que me adivinasen el futuro porque yo ya sabía perfectamente lo que haría con mi vida. Y le conté mis planes. De los tres, el que más la sedujo fue el de vivir en el campo. Le gustaban mucho los caballos y el trato con los animales. Y se entusiasmó con la idea de manejar el látigo, de cazar con arco, buscar frutos silvestres, fumar en pipa junto al fuego.

Además, yo no les tengo miedo a los lobos ni a las serpientes, y escupió al agua, sé subir a los árboles y encender una hoguera, y seguro que te ganaría a cortar leña con un hacha, porque yo soy tan fuerte o más que tú, y me arreó un puñetazo en el hombro.

Respecto a lo de hacerse millonario, también ella había pensado en esa posibilidad, pero no dedicándose a los negocios sino atracando un banco o una joyería.

Lo he pensado muchas veces, dijo, y hasta he hecho planes para conseguir el atraco perfecto. Todo es cuestión de método y de sangre fría. Te voy a contar una cosa: en el fondo, a mí no me importaría dedicarme a la delincuencia, y su voz sonó con un trémulo eco de nostalgia.

A mí tampoco, le dije yo.

¿Y serías capaz de cometer un atraco?

Claro que sí, por qué no, dije, y recordé a bulto las películas de atracos que había visto.

Quién sabe, a lo mejor un día robamos un banco tú y yo, dijo Leo, y me dio un codazo.

Pero lo que realmente nos gustaría, y lo habíamos hablado ya varias veces, era irnos de casa a recorrer mundo y a vivir aventuras sin fin. Lejos, muy lejos, porque cuanto más lejos nos fuésemos más libres y dichosos seríamos. Tomaríamos un tren de larga distancia para estar lejos cuanto antes, y luego iríamos a pie y en autostop y de polizones en barcos y en trenes de carga, por toda España, por Europa, y hasta es posible que nos marcháramos a América o a África, sin más equipaje que nuestras mochilas y nuestro valor y nuestra ansia de libertad, sin necesidad de un hogar, de una patria, de una lengua, porque todos los hogares, las patrias y las lenguas serían nuestras, y nada en la tierra nos sería ajeno, y no nos sentiríamos extranjeros en ninguna parte. A lo mejor nos instalábamos por una temporada en un lugar, pero luego seguiríamos nuestro viaje interminable, a lo que saliese, siempre sin rumbo, durmiendo donde nos sorprendiera el sueño, comiendo lo que encontrásemos al paso, no importa qué, viviendo de los prodigios que nos deparase el camino. Ese sí que era un plan grande y atrevido, más incluso que el de colono o el de millonario, y fácil de realizar, por cierto, porque lo único que necesitábamos era atrevernos a hacerlo, como los mendigos y vagabundos que veíamos a diario en las calles, atreverse a ser pobres y a vivir de prestado. Hablábamos con pasión de esa especie de ensueño, horas y horas, e inventábamos itinerarios, situaciones, escenas que ocurrían en selvas, mares o desiertos, con tanta seriedad y convencimiento que parecía que el día de la partida estaba ya a punto de llegar.

Aquellas confidencias, además de la visión pesimista de un mundo donde no había sitio para gente como nosotros, y la convicción de que la vida al uso carecía de alicientes, todo eso, creó entre los dos una atmósfera de confianza, de confabulación, de solidaridad, como si hubiésemos hecho un pacto, como si fuéramos miembros de una secta que conspirase contra el orden general de las cosas. Nos contábamos nuestras pequeñas manías, nuestros asuntos familiares, el mutuo desinterés por los estudios, y siempre volvíamos a lo mismo, a la crueldad, a la injusticia y a la estupidez de la sociedad, de los humanos y del mundo.

Así transcurría mi vida, entre el colegio, mi casa, mis ensueños, Marco y Leo. Solo el secreto que tenía con mi madre les daba a mis días un poco de color y emoción.

¿Estás ya curada?, le preguntaba al salir de la consulta.

Y ella:

Sí, ya voy estando mejor, aunque todavía me falta un poco para estar bien del todo.

Una tarde, sin embargo, ocurrió algo especial, algo que sacó a la luz otra de las secretas cualidades innatas que había dentro de mí. Mi padre, súbitamente indispuesto por un ataque de gota, me envió de urgencia a llevar un documento a un inmueble que quedaba hacia el norte, no recuerdo dónde, pero sí que era un barrio lujoso de la periferia. Debía ir, presentar el documento y regresar con él firmado.

Creo que he cometido un error, o más bien he estado a punto de cometerlo, dijo en un tono trágico. Acabo de descubrir que este contrato de arrendamiento ha de quedar resuelto hoy mismo, porque hoy mismo, a las doce en punto de la noche, cumple la fecha de su vencimiento.

Eran ya las nueve y mi madre estaba con migrañas.

No le digas nada a tu madre. Sal sin hacer ruido, y si luego ella pregunta por ti, ya le contaré yo lo que sea.

Me explicó y me escribió y me dibujó con gran detalle el itinerario. Había que tomar el metro, luego un tren de cercanías y finalmente un autobús que me dejaría a unos cien metros de mi lugar de destino.

Prefiero que vayas en transporte público y no en taxi, me dijo, porque así esta misión te servirá de experiencia, y para madurar (que a veces pareces y te comportas como un niño), y aprenderás el precio del tiempo y de las cosas, y a convivir con la angustia, que es acaso la llave maestra de la felicidad.

Me dio dinero para el transporte y me hizo una última recomendación.

Aunque hay tiempo de sobra, date prisa, y no te entretengas por nada, y ve muy atento no vayas a cometer algún error y tomes un tren o un autobús equivocado. Esmérate en todo lo que hagas, porque esa firma es un asunto de vida o muerte, y sin ella caerían sobre mí graves responsabilidades y perjuicios.

Y recuerdo que, mientras lo escuchaba, yo pensaba en el actor protagonista de *Miguel Strogoff*, y me pareció que era una situación perfecta para interpretar ese papel con mis dotes de actor.

Era una noche tibia de primavera y yo salí aprisa y sigiloso, y a todo andar, casi corriendo, me dirigí al metro. Y justo antes de llegar, de unos soportales oscuros salieron los pandilleros, cinco o seis, y cortándome el paso me preguntaron adónde iba tan deprisa. Se movían a mi alrededor como a cámara lenta, con una indolencia jactanciosa.

A ver qué lleva en esa mano el veloz hijo del Bulto, dijo uno de ellos, porque yo llevaba el dinero en la mano fuertemente cerrada.

Y, sin más, me agarraron y me retorcieron el brazo y me obligaron a soltar el dinero. Yo me defendí con gritos, patadas, mordiscos y arañazos, y algo debí de ganar en aquella pelea, porque algunos gritaron de dolor y me golpearon también caóticamente y, en cuanto pudieron, huyeron a la desbandada, y al menos en la refriega se salvó el documento. Y allí me quedé yo, magullado y tirado en el suelo, sangrando por la nariz y por los labios, lleno de cortes y raspones, aturdido, rabioso y sin dinero.

Lo que pasó después lo recuerdo a retazos y como en duermevela. Ante todo, decidí no regresar a casa así, vencido y humillado, sino que eché a andar en dirección a mi destino, todo lo aprisa que podía, parándome solo para preguntar y para decidir por dónde ir, porque cada cual me recomendaba un camino distinto, y algunos hasta se enredaban en explicaciones de nunca acabar, donde lo único que se sacaba en claro era el interés y hasta la obstinación que tenían en ayudarme, a pesar de que no sabían cómo. Sé que pasé ante el estadio Santiago Bernabéu al filo de las 10, que llegué a la Plaza de Castilla a las 10:15 y que más allá tomé por el arcén de una carretera, y que al pasar los coches me pitaban y me enchufaban con las luces largas. Yo llevaba el documento bien apretado contra el pecho, y solo pensaba en avanzar y avanzar sin pausa, a veces corriendo, enloquecido por el paso implacable del tiempo. Al fin llegué a una urbanización donde otra vez me dieron indicaciones ambiguas o complejas, porque al parecer me había apartado de mi objetivo y eran ya las 11:20, y ahora tenía que desandar el camino hasta encontrar una desviación que me conduciría a una gasolinera, donde debía preguntar de nuevo, y así lo hice, pero más allá me encontré de pronto con una bifurcación, en pleno campo y en plena oscuridad, y sin nadie a quien preguntar, rendido por la caminata, por los golpes y por la furia de la lucha, que seguía intacta en el torrente de mi sangre, y entonces me aparté de la cuneta, encontré un montoncito de tierra, y allí me senté y me eché a llorar, y fue como si encontrase un remanso en el desconsuelo, porque la furia se aplacó un poco, y luego la mente se me quedó en blanco, y ya no recuerdo más porque al rato me dormí y no desperté hasta el amanecer.

¿Y cómo iba a regresar a casa ahora, desde tan lejos y sin haber cumplido mi misión? Por unos momentos pensé en no volver ya, en tirar hacia cualquier parte y dedicarme a recorrer el mundo. Pero tiré hacia casa, y la gente me miraba al pasar, extrañada ante aquella especie de zombi con la cara y las manos y la camisa manchadas de sangre, y el documento apretado contra el pecho y también con rastros de sangre, y con ese aspecto me presenté en casa, donde mis padres, que ya habían alertado a la policía e indagado en los hospitales, me recibieron con abrazos, con llantos, con tantas preguntas apremiantes que yo no sabía por dónde empezar a contar mis andanzas. No dije lo de los matones, por vergüenza, sino que me había atropellado una moto y que en el accidente había extraviado el dinero para el transporte. Con la cabeza baja, en actitud de culpa y de fracaso, le entregué el documento a mi padre. Él cerró los ojos y se abismó en una larga reflexión.

Bien sabe Dios, que todo lo ve, declaró al fin, que yo soy el causante del error y por tanto el único culpable de este triste episodio. Ante Él y ante los hombres, solicito humildemente tu perdón, e inclinó la cabeza ante mí.

Mi madre me curó las heridas, me lavó, me peinó, me preparó el desayuno, y todo entre suspiros y frases de lamentación y de alivio, por lo que me pasó, sí, pero sobre todo por lo que me podía haber pasado. Y yo era feliz, y quería a mis padres más que nunca, pero en el fondo yo sabía que ya no era el mismo, que esa experiencia estaba obrando en mí un cambio, lo sentía casi físicamente, y prueba de ello era el oscuro designio que ya apuntaba en mi alma y a la vez en mis manos, y al que enseguida le di forma con toda suerte de circunstancias y detalles.

Esa misma tarde robé dinero en casa y, envuelto en lúgubres y eufóricos proyectos de destrucción masiva, me dirigí a una tienda en cuyo escaparate me detenía a menudo a mirar, y me compré una navaja, que también tenía muy mirada desde hacía ya algún tiempo. No era gran cosa, una hoja algo más larga que un dedo y un mango sólido que figuraba una pequeña pata de cabra, con su pezuña, pero tenía muy buenos filos y, sobre todo, yo le tenía mucha fe a aquella navaja desde la primera vez que la vi. Salí de la tienda jurándome que nunca más volvería a ser un cobarde, porque lo que más me avergonzaba en el mundo era mi cobardía. Nunca más, me dije en voz alta, y me sentí poderoso y seguro de mí. Pobre del que se cruzara a las malas en mi camino. Es verdad que yo era flaco y más bien débil, pero dentro de mí habitaba una suerte de fanatismo y de coraje, y una llamita de trascendencia, que me hacía más fuerte de lo que era, mucho más.

Eso fue un viernes, y justo al domingo siguiente, caminando con Marco por el barrio, fui acercándome a los lugares por donde solía campear el grupo de matones. Marco me pidió que no, que por favor que no, que fuésemos a pasear a otra parte. Pero yo seguí sin hacerle caso, y al pasar por un edificio en construcción, vi unos cantos rodados, del tamaño de pelotas de pimpón, y me metí diez o doce en el bolsillo, mientras oía a Marco, que al verme hacer eso empezó a emitir como una quejumbre, apenas audible.

Si quieres, márchate, le dije. Si tienes miedo, vete a casa, y si tienes también miedo de ir a casa, yo te acompaño hasta la puerta. ¿Quieres que te acompañe?

Él negó nerviosamente con la cabeza y entonces yo seguí andando solo hacia el peligro sin mirar atrás, hasta que llegué a una placita y vi que allí, apelotonados en torno a un banco, estaban ellos, y detrás de mí seguía el lamento de Marco, que al verlos elevó el tono de su gemido y se puso a dar saltitos nerviosos, como si se estuviera orinando.

Tranquilo, le dije, esos tipos, ahí donde los ves, tienen dentro escondido a un cobarde, como casi todo el mundo. Ahora verás.

Los otros ya nos habían visto y su apretado grupo se había abierto para ejecutar los ritos de rigor: los movimientos perezosos, casi apáticos, la suficiencia de las miradas altivas, las barbillas pujantes y las sonrisas flojas de desdén. Parecían actores de teatro que se desplegaran estratégicamente por el escenario, ocupando cada cual su lugar. Saqué primero la navaja y la sostuve y la exhibí en la mano izquierda, bien en alto, y con la derecha saqué un canto rodado y lo lancé con toda la saña y la destreza que el destino le reserva a los héroes, y luego otro, y otro, mientras seguía avanzando con absoluta decisión y esgrimía la navaja dibujando en el aire los tajos, molinetes y metisacas que daría en cuanto los tuviese a mano, y otro y otro, y entonces me pasé la navaja a la derecha, y con la derecha armada y en alto, corrí hacia ellos dando gritos, alaridos de guerra. Los otros, que se habían defendido de los guijarros agachándose, dando la espalda y con las manos haciendo pantalla en la cabeza, pero que aun así habían sufrido algún descalabro, al verme llegar con la navaja, y con tanta determinación de usarla, confundidos por la sorpresa y el miedo, se desbandaron y tomaron distancia sin saber qué hacer, retirándose cada vez más, hasta que ya a lo lejos volvieron a formar grupo y allí se quedaron, mirándome como hipnotizados, sin atreverse a acercarse ni a despejar definitivamente el campo.

Desde entonces, la admiración y la mansedumbre de Marco hacia mí no tuvieron ya límites, y en cuanto a Leo, también las cosas comenzaron a cambiar tras esa jornada memorable.

4

Uno de los días en que mi madre iba a la consulta médica, Leo y yo llegamos al descampado junto al río donde acababan siempre nuestras caminatas. Hacía una buena tarde de principios de verano, nuestras ropas eran ligeras y también en nuestros cuerpos había como una invitación al juego y a la ligereza. Yo no le había contado lo del documento y el robo del dinero, ni el fracaso de la misión que me encomendó mi padre, pero sí mi acto de arrojo y de victoria, del que me sentía tan ufano que no tuve reparos en atribuir mis heridas a la reyerta desigual con los matones. Le enseñé mi navaja de pata de cabra y le hice una demostración de su manejo y de cómo lanzarla, porque a mí siempre se me dio bien el lanzamiento de cuchillos, y le conté que casi todo el mundo es cobarde por naturaleza, y que, si uno se propone ser valiente, tendrá muchas posibilidades de dominar con su valor a los demás.

Y aquel día, no sé cómo volvió a salir la misma historia y yo volví a contársela con nuevos pormenores, y recuerdo que al llegar al descampado ella me miró con admiración, pero enseguida con cara de incredulidad y finalmente de desdén.

Bah, seguro que estás mintiendo, dijo. Tú no tienes valor para eso. Y además eres un enclenque, y una vez más me dio un puñetazo en el hombro. En una pelea, yo te ganaría fácil. ¿No ves que mi padre fue campeón de España de lucha libre? Él me ha enseñado a pelear, a pelear de verdad, no de cualquier forma, y tú a mí no me durarías ni un asalto, y otra vez me atizó, esta vez en el pecho, y empezó a empujarme y a acogotarme y a darme empellones, cada vez más fuerte, hasta que nos enzarzamos y nos pusimos a luchar.

Otras veces, allí en el descampado, Leo me había retado a tirar piedras, a levantar pesos, a echar carreras, a saltos de altura y longitud, y a otros ejercicios de fuerza o de agilidad. Yo nunca me había tomado en serio aquellos duelos, pero esta vez sí. Y es que ella luchaba bien, con astucia y con método, y luego con la fiereza caótica de un gato salvaje cuando yo conseguí agarrarla bien del brazo, le eché una zancadilla y la tiré al suelo. Ella me arrastró en su caída y allí seguimos en el suelo peleando y revolcándonos un buen rato, hasta que al fin logré voltearla, ponerme encima de ella y abrirle los brazos en cruz con toda la fuerza de que era capaz.

¿Te rindes?

Nunca, y me escupió en la cara.

Yo la apreté más fuerte, con las manos y con las caderas y las piernas, mientras ella se retorcía como una anguila para liberarse de mi abrazo, y en ese forcejeo yo tuve una erección y allí comenzó otro tipo de guerra. Creo que los dos nos quedamos entre fascinados y espantados. Tras un momento de indecisión, que fue también de tregua, retomamos la pelea, con la misma rivalidad pero más lentos, demorándonos en algunos lances y como concertados en los movimientos, callados, sin mirarnos, renovando de vez en cuando las acometidas, enemigos y cómplices, luchando y retozando a la vez, y sin atrevernos a decantar la situación en un sentido o en el otro.

Eres un asqueroso, dijo ella en una de las pausas. Te odio, y volvió a escupirme.

Yo la miré trémulo y ansioso. Entonces saqué la navaja, la abrí y le puse los filos en el cuello. Le iba a decir si se rendía, pero ella se adelantó con una pregunta, un hilo de voz lleno de horror y expectación:

¿Vas a violarme? Te advierto que no lo vas a conseguir. Antes me dejaría matar.

Yo maniobré hasta ponerme a horcajadas sobre su pecho, mis rodillas en sus brazos, y entonces le pasé la hoja de la navaja por los labios y la mejilla.

¿Te rindes?, le dije tontamente, por decir algo, en un tono de miedo más que de amenaza.

Ella miraba mi erección, casi sobre su rostro, y que yo hacía ostentosa.

¿Y si no me rindo?, dijo ella sin dejar de mirar.

Podría matarte, o marcarte la cara.

Si me sueltas sin que me rinda, dijo, sin apartar en ningún momento los ojos de donde los tenía clavados, te cuento un secreto.

No me interesan tus secretos.

Qué sabrás tú, chaval. Este secreto es el más grande del mundo, y es imposible que pueda haber otro mayor.

Ahora soy yo el que manda, le dije, y te ordeno que me lo cuentes. O te corto.

Jamás, dijo ella. Solo te lo contaré cuando me sueltes y cuando a mí me dé la gana.

Y allí, más o menos, concluyó aquel episodio.

¿Y después? Después, durante las siguientes citas, se negó a anticiparme lo más mínimo de aquel secreto formidable, y solo me decía: Cuando llegue el momento, solo entonces. Y el momento llegó dos o tres semanas después, uno de los tantos días en que mi madre tenía consulta con el médico. La noche anterior me llamó por teléfono para que no la buscase en el portal o en las inmediaciones del inmueble, sino que fuese directamente a su casa. Estaba sola, y sus padres no regresarían hasta muy tarde.

Bajé las escaleras, y antes de tocar el timbre se entreabrió apenas la puerta y apareció la cara asustada de Leo con un dedo en los labios.

Chsss, me susurró. Pasa sin hablar y sin hacer ruido.

La ventana al patio interior estaba cerrada y el saloncito casi a oscuras, con solo una lámpara encendida, pero atenuada por un paño sobre la pantalla, y los pálidos brillos de purpurina de los signos celestes en la puerta que daba al trasmundo mágico de la pitonisa.

Siéntate ahí, y me señaló el sofá.

La vi manipular en el televisor y cómo luego venía de puntillas a sentarse a mi lado, con el mando a distancia en una mano y el índice de la otra en los labios.

Chsss, me advirtió. Si alguien se entera de esto estamos perdidos. Mi padre es campeón de lucha libre y mi madre es una bruja, y si aparecen de pronto y nos encuentran aquí, no sé qué sería de nosotros. Lo que voy a enseñarte es un secreto, un secreto que solo lo sé yo, y que ahora también lo vas a saber tú, y que nunca jamás se lo podrás contar a nadie. ¡Júramelo!

Y yo, que ya conocía aquella ceremonia, se lo juré con la misma apasionada seriedad con que ella me lo había exigido.

El vídeo que vas a ver ahora lo encontré por casualidad hace dos años. Estaba escondido entre la ropa interior de mi madre, y allí lo siguen escondiendo. No debería enseñártelo, pero te lo voy a enseñar, primero porque te lo he jurado, y segundo porque tú eres muy inocente y necesitas aprender lo que de verdad es la vida. ¿Estás listo?

Sí.

Era una película muy breve, de solo unos minutos, muda, la imagen de baja calidad y los colores abigarrados y chillones.

Son mis padres, dijo Leo.

Aparecían desnudos en la cama, mirando desvergonzadamente a la cámara. La madre sostenía en una mano la enorme verga enhiesta del padre y la mostraba con orgullo e impudicia a los espectadores, cualesquiera que estos fuesen. Luego se encogía, y bien a la vista, alzando de vez en cuando la cara o sólo los ojos para dar testimonio ante la cámara de su avidez concupiscente, le hizo una felación. Acto seguido, la madre se puso a gatas y el padre se situó detrás y de rodillas, y después de rectificar varias veces la postura hasta fijarla al gusto de los dos, el padre la penetró y la agarró a dos manos por las nalgas y allá anduvo acometiendo y afanándose mientras la madre abría la boca en lo que eran sin duda quejas y gritos de placer, y todo hecho de tal forma que el espectador no perdiese detalle. Más que otra cosa, yo tuve la impresión de un trabajo titánico y agotador, un trabajo que más que por gusto lo hacían por castigo, porque estaban condenados a él. Después, cambiando de posición, ella se montó sobre el padre y comenzó a cabalgar primero al paso, luego al trote y finalmente al galope, mientras él le amasaba los senos, hasta que, al llegar al éxtasis, se volvieron a la cámara concertados en el desenfreno de la plenitud. Y allí acabó la escena. Leo rebobinó la cinta, la extrajo del vídeo, fue a devolverla a su escondite y volvió a sentarse en el sofá. Yo seguía mirando a la pantalla, aún magnetizado y aturdido por lo que acababa de ver. Nunca había visto nada semejante, y sentía una mezcla de atracción y repulsa, pero sobre todo de asombro, de un no entender lo que parecía la cosa más obvia y natural del mundo, y que de alguna manera, y con todo detalle, yo ya conocía por sugerencias, por algunos dibujos, por confusos atisbos, por un oscuro saber que brotaba de algún manantial profundo y misterioso.

¿Habías visto eso alguna vez?

No...

¿Y no te parece asqueroso?

No supe qué decir. Era repugnante, sí, pero a la vez era maravilloso que algo así pudiera existir en la realidad. No era bonito, ciertamente, sino que más bien parecía feo y sucio, pero aun así yo quería que aquella fealdad y aquella suciedad resultaran posibles, aunque solo fuese para repudiarlas, para retirarme a un convento y vivir en una celda desnuda y fría para toda la vida.

Es asqueroso, se ratificó Leo. He visto la cinta no sé cuántas veces, y cuanto más la veo más asqueroso me parece. He rebuscado por toda la casa para encontrar otras, pero hasta ahora no he encontrado ninguna. ¿Has visto las guarrerías que hacen? ¿Las has visto? ¿Has visto qué peludo es mi padre? ¿Has visto cómo miran? ¿Y has visto esa cosa grande y como cruda que tiene mi padre? Se parece a esos despojos que venden en las casquerías. Los odio. Odio a los dos por hacer esas cosas.

Bueno, dije yo, quitándole importancia, tampoco me parece que sea un secreto tan grande como me lo pintabas. Al fin y al cabo, todos los animales hacen eso.

Por eso son animales, objetó Leo. Pero las personas no somos animales. Además..., pero ahí se calló, reprimiendo tan de repente el impulso que llevaba la frase, que yo me volví hacia ella intrigado y le dije:

¿Qué es lo que ibas a decir?

Te crees muy listo, ¿no? Pues que sepas que esto es solo parte del secreto. Lo gordo todavía no lo sabes.

¿Ah, sí? No me digas, jugué a burlarme de ella. ¿Qué vas a enseñarme ahora? Por muy asqueroso que sea, tampoco es para poner la casa a oscuras.

No es por eso, dijo ella, y en su voz, extrañamente, no había ni una pizca de rencor o de desafío. Si he oscurecido el salón es para no verte la cara cuando te cuente la otra parte del secreto. ¿Quieres saberlo?

Por supuesto.

Estás a tiempo de decir que no.

Dilo ya de una vez.

¿Has visto el vídeo? ¿Has visto lo que hacen mis padres? Bueno, pues eso mismo hacen tu madre y el doctor. Para que te enteres, eso es lo que hacen.

Yo caí entonces en un estado de irrealidad, y solo pude responder con una sonrisa bobalicona en la que aún no participaba el conocimiento.

Entonces Leo me explicó que Ruiz, Arturo Ruiz, que así se llamaba el supuesto doctor, no era doctor, sino el amante de mi madre, y que mi madre no tenía ninguna enfermedad salvo la de la pasión amorosa y erótica, y que toda esa historia de sus males se la había inventado para poder verse con el señor Ruiz, que era pianista, por cierto, no doctor, y para poder hacer dos o tres veces por semana todas aquellas porquerías que acababa de ver, y así era el mundo, un puro engaño, un lugar repugnante donde no había sitio para la pureza y los ideales.

Así que ahora ya lo sabes. Tu padre es un cornudo, y a lo mejor tú no eres hijo de él, sino del señor Ruiz, y empezó a contarme cómo era el señor Ruiz, alto y guapo, de la misma edad que mi madre...

Pero no la dejé acabar. La agarré por el cuello y la tumbé sobre el sofá.

¿Cómo te atreves? ¡Eso es mentira!, grité enrabietado. Eres

una bruja, como tu madre, y le di una bofetada con todas mis fuerzas. ¡Di que es mentira!

Te juro que es verdad, dijo ella. Te lo juro por Dios, y se echó a llorar, no sé si por el dolor de la bofetada o por el remordimiento de habérmelo contado.

No puede ser, dije yo, como hablando conmigo mismo, y la solté, y me quedé tan anonadado, tan incapaz de asimilar, que Leo se levantó, encendió la luz, abrió la ventana y luego se sentó otra vez a mi lado, y todavía con lágrimas en los ojos me dio un puñetazo en el hombro para que reaccionara.

Venga, chaval, me dijo. Si al fin y al cabo los animales hacen todos lo mismo.

5

Desde entonces, yo vivía asaltado y torturado por las visiones obscenas de mi madre y del falso doctor Ruiz. El recuerdo de mi madre desnuda en el espejo, vedado hasta ese día por el pudor y el miedo, reapareció ahora con total nitidez. Me los imaginaba, sobre todo a mi madre, desnudos, entregados a la lujuria, retorciéndose, gritando de placer, y la fantasía no se cansaba de revolver aquellas imágenes abyectas e irreales, y como algo dentro de mí me obligaba a retroceder ante tamaña atrocidad, al rato, por más que intentaba visualizarlos, no conseguía otra cosa que ver de nuevo en acción a los padres de Leo. Mi madre, tan bonita, tan delicada, tan llena de dulzura y pureza. ¿Cómo era posible que algo así pudiera ocurrir en la realidad? A veces husmeaba en su ropa interior, cosa hasta entonces inimaginable y monstruosa, y los días de las visitas médicas, alguna vez me levanté de noche, busqué sus bragas en la lavadora y las olí como queriendo encontrar allí la respuesta a aquel misterio lleno de horror y de oscuro deleite.

Según Leo, el falso doctor Ruiz era joven y apuesto. En mi imaginación, lo veía convertido en un actor de Hollywood, en Harrison Ford o en Clint Eastwood, y entonces sentía pena por mi padre, tan mayor, tan poco atractivo, tan gordo y tan torpe, tan enfermo. No es justo, no es justo, me decía, lleno de rabia y de piedad. Y además era músico, artista, con lo que a mi madre le gustaba el arte, y ahora empezaba a entender por qué un día (y de esto hacía ya muchos años) ella dijo, como por azar: Cuánto me gustaría aprender a tocar el piano, y a mi padre le faltó tiempo para comprarle uno. Y ella empezó a aprender, a colocar los dedos y a hacer ejercicios, horas y horas, y pronto llegó a tocar algunas melodías fáciles y bonitas. A mí nunca me gustó la música, pero me encantaba escuchar las notas como de cristal que salían de sus manos. Y una tarde, recordé ahora, cuando estaba interpretando una de aquellas melodías, dejó abruptamente de tocar y enseguida se oyó un llantito quedo que mi padre no advirtió pero yo sí. Me asomé al salón. Tenía una mano en el rostro y la cabeza sobre el pecho, y con la otra mano cerró lentamente el piano y se quedó un buen rato como transida en aquella trágica actitud.

¿Sería por aquellas lejanas fechas cuando conoció al falso doctor Ruiz? Arreglándose para él, perfumándose para él, jabonándose a fondo los senos, los muslos, las axilas, el vientre y todo el cuerpo para él. Todo. Dale y dale con la esponja y el cepillo, furiosamente para él. Quién sabe si afeitándose también para él. ¿Y cómo podía luego ir a misa y confesar y comulgar, la punta de la lengua asomando lasciva entre los labios pecadores? ¿Cómo se atrevía? ¿Cómo tenía valor para recibir la absolución y el cuerpo de Cristo a sabiendas de que quizá mañana mismo cometería los mismos e innombrables pecados? Y quién sabe si en ese mismo instante, ante el altar, ante los ojos de Dios, no estaría viviendo por adelantado los sucios placeres del mañana, mientras mi padre, tan inocente, tan devoto, tan entregado a amar y a adorar a su esposa, rezaba de rodillas, recogido en sí mismo, sin percibir junto a él el aleteo de la mentira y la traición.

¿Y qué decir de mí? ¿Cómo tenía la desvergüenza y la osadía de ir conmigo a ver a su amante, de usarme a mí de encubridor, a su propio hijo, y así durante más de un año, desde la primera vez que fuimos allí, sin que en ese tiempo hubiera habido un instante de arrepentimiento, de decencia, y quizá ni siquiera de duda?

Y así fue como surgió en mí la idea de castigarla, aunque solo fuese por engañarnos de ese modo tan atroz a mi padre y a mí. Si es que era mi padre, claro, porque esa era otra duda que me atormentaba sin cesar. Por otro lado, yo era incapaz de disimular y de comportarme con ella como siempre. Al revés, me volví hosco, silencioso, ceñudo.

¿Te pasa algo?, me preguntaba ella.

Y yo negaba con la cabeza y permanecía hermético, con la cara llena de coraje.

¿Estás preocupado por mí, por mi enfermedad? No debes estarlo. Ya verás como pronto me pongo bien.

Y yo a veces la miraba con la sonrisa cínica y esquinada de mis actores favoritos.

Y ella:

¿Qué te pasa?, ¿por qué me miras así?

Y yo callaba, y notaba el vigoroso y elocuente latir de mi silencio. Al caminar juntos, a veces me separaba de ella, con toda la intención de la enemistad declarada, y casi del repudio. Si ella no había tenido escrúpulos conmigo, ¿por qué habría de tenerlos yo con ella? Sí, debía castigarla, era mi obligación, y yo tenía ahora recursos sobrados para hacerlo. Fue entonces cuando empecé a descubrir de verdad el poder que otorgan los secretos. El poder de una pregunta, por ejemplo: Ese médico al que vas, ¿no es de esos que hipnotizan a los enfermos? ¿A ti también te hipnotiza? Y yo disfrutaba de su aturdimiento, de sus balbuceos. Y otro día: Siempre que vas al médico te pones muy guapa y elegante.

Parece que vas a una fiesta. ¿Sabes qué? Que más que arreglarte, parece que te disfrazas. ¿Cómo que me disfrazo? No sé, pareces otra, y me encogí de hombros y seguí a lo mío, sin esperar respuesta. ¿O es que sus maldades iban a quedar impunes, como ocurre siempre con los poderosos en el mundo? ¿Nadie llegaría nunca a castigar su crimen? Alguien tenía que hacer justicia, era necesario, y he aquí que el destino me había otorgado a mí la potestad de hacerlo. Era un deber penoso, sí, pero era necesario que yo actuara ante ella y ante el mundo como un juez imparcial. Era necesario. De no hacerlo así, me convertiría en cómplice de sus pecados, y sería como si también yo estuviese traicionando a mi padre. Si él, mi padre, que era tan piadoso, llegara a conocer el secreto, sin duda interpretaría mi papel como el del ángel vengador enviado por Dios para cumplir los secretos designios de su voluntad. Por momentos, mi papel en aquel drama me parecía poco menos que heroico.

Una tarde, a la salida de la consulta, me paré ante la pastelería y le dije, como otras veces, que me comprase unos pasteles. O, mejor dicho, no se lo pedí. Señalé con el dedo y dije:

Quiero esos pasteles.

Pero yo no quería los pasteles. Yo solo quería tantear hasta dónde llegaba mi poder sobre ella.

Quizá otro día. Hoy no, dijo.

Entonces yo tuve una inspiración. Me volví y miré al inmueble del falso doctor Ruiz, a los pisos altos, y dije:

Como dice papá, Dios todo lo ve.

No me atreví a mirarla a la cara, pero enseguida vi cómo ella echaba a andar, y yo seguí sus pasos vacilantes y entramos en la pastelería, y después del chocolate y los pasteles, la miré sonriendo, le di un beso y le dije:

Gracias, mamá. Qué buena eres.

¿Fue así como empezó a hilarse la trama en la que yo mismo quedé preso? Sé que por entonces yo había empezado ya a codiciar muchas de las cosas buenas que hay en este mundo. Ahí estaban, tan cerca, tan ofrecidas al deseo, pero a la vez tan inalcanzables. Por ejemplo una bicicleta de carreras o una televisión para mí solo. Si estudias y apruebas todo o casi todo, te la regalamos, me decían ellos. Pero ¿de qué me valían aquellas promesas si a mí no me gustaba estudiar ni servía para eso? Luego me encapriché con las motos, y hubiese dado todo por tener una moto, pero ese sueño no me atreví siquiera a confrontarlo con la realidad. Y eran tantos los prodigios que había por todas partes, sofisticados juegos electrónicos, relojes multifunción, cálidas penumbras, neones palpitantes, viajes exóticos, bocados exquisitos, y era tanta mi impaciencia por vivir, que la codicia acabó haciéndose difusa. Ya no anhelaba esto o lo otro. Lo único que anhelaba era el dinero. Una vez, dos o tres años antes, robé en casa cinco mil pesetas, que me gasté en máquinas tragaperras y en otras atracciones de ese estilo. Mis padres, pero sobre todo mi madre, me amenazaron con meterme interno en un colegio, y me castigaron una temporada a quedarme en casa los domingos.

Y ahora, de pronto, junto con el deber de hacer justicia e imponer castigos, se me ofrecía una oportunidad de liberación, y también de revancha. Tener dinero y no tener que ir al colegio, eso era exactamente para mí la libertad. O mejor dicho, la felicidad. Y no sé si fue la codicia, o el afán justiciero, o la tentación de la libertad, o el siempre invencible canto de sirenas, o el instinto ancestral del cazador, lo que me impulsó a seguir adelante. Una tarde, antes de llegar al portal del falso doctor Ruiz, me paré y le dije a mi madre:

Dame dinero.

Así, no como un ruego pero tampoco como un mandato, y aunque al principio preferí no mirarla, luego, supongo que asustado por mi propia osadía, y por la refinada y cruel ambigüedad de aquellas dos únicas palabras, la miré y le sonreí.

Por favor, mamá, le dije.

Ella me miró sin entender, o más bien queriendo entender si estaba enfrentándose a una súplica o a un chantaje, y sin conseguir resolver el dilema.

¿Qué quieres decir?

Nada, mamá, que si me das dinero, solo eso, porque yo ya había aprendido que las cosas a medio decir son a veces las mejor dichas.

Finalmente, mordiéndose los labios, torpe y apresurada, abrió y buscó en el bolso y me tendió una moneda de 500 pesetas. Ese momento de la entrega, de la encarnación de la maldad hasta entonces etérea, digno de ser inmortalizado en un cuadro o en una foto, la madre adelantando temerosamente la mano y el hijo con la suya ya presta para recibir la ofrenda, como si se tratara de un tema mítico o religioso, esa imagen perdurará en la memoria hasta el fin de mis días.

Pero no sé, no sé hasta dónde era yo consciente de lo que estaba haciendo. Yo era un instrumento de la justicia y la castigaba por su pecado, ciertamente, y me parecía que de ese modo salía en defensa del honor maltrecho de mi padre y aun del mío propio, porque también yo me consideraba traicionado y deshonrado, pero lo más inquietante era el goce que sentía al dominar a mi madre, al torturarla con indirectas y reafirmar así mi poder sobre ella: ¿Cómo es el doctor Ruiz?, ¿es joven?, ¿es guapo?, ¿le gusta también la música como a ti?, al reiterarle una orden cuando se resistía a alguno de mis caprichos: Por favor, quiero eso, e incluso: ¡He dicho que quiero eso!, no con voz de rabieta infantil sino de hombre que exige, que se sabe fuerte y reclama lo suyo. El hombre duro que no necesita alzar la voz para imponer su autoridad. Y no era solo el goce sino también la convicción de que eso era lo justo, lo necesario, lo que cualquier persona decente, incorruptible, hubiera hecho en mi lugar. Y si alguna vez tenía dudas, si la piedad venía a entrometerse en mi afán de venganza, solo con imaginarla en el lecho, revolcándose desnuda con su amante, era suficiente para reavivar la llama de mi odio.

Porque yo era bueno, pensaba además, y estaba lleno de buenos sentimientos. ¿Cómo no iba a serlo si aún debía de haber en mí mucho de la inocencia del niño que había sido hasta hacía bien poco? Alguna vez, en un acto ciego de bondad, había entregado a un mendigo mi moneda nueva y reluciente de domingo. ¡Pobre!, ¡pobre!, me decía, conteniendo la rabia ante la iniquidad del mundo, lleno de compasión, y me sentía limpio, purificado, orgulloso, ante aquel gesto de piedad. Un niño lloraba. ¡Lo que daría yo por consolarlo! Y a esa vieja, que tan penosamente avanza con su bastón y una pesada bolsa en la otra mano, si yo pudiera, con qué alegría y agilidad la llevaría en volandas a su casa y me quedaría unos días a vivir con ella para encenderle la estufa y compartir su soledad. Me llenaba de amor, de pena, por el mundo, por los débiles y desprotegidos, y de furia justiciera contra los ricos y los poderosos. ¡Ay, si yo tuviera un arma invencible y mortífera! Y me imaginaba cambiando el orden del mundo, sojuzgando a los potentados y encumbrando a los desvalidos, y armando una enorme escabechina de gentes egoístas e infames.

Porque los hombres no eran en general buenos. Qué va, eran materialistas, serviles o altivos según sus conveniencias. Desde muy pronto, a mí me indignaba la gente que no agradecía apenas los servicios prestados, ceder el paso o el asiento, devolverle a su dueño un objeto que se le cayó al suelo, ofrecer un educado gesto de asombro a cambio de cualquier obviedad. Un día de mucha lluvia, de uno de esos chaparrones repentinos, yo seguí caminando sin prisas, como si tal cosa, por una calle que en un instante se había quedado desierta. Nadie me dijo nada. Eh, niño, ven aquí con nosotros. Nadie de los que se habían refugiado en un portal o en una marquesina. Nadie se compadeció de mí. Malditos hijos de perra. Ojalá que Dios vea todo esto. Ni siquiera me miraban, quizá porque me tomaban por loco, o a saber por qué. Pero, aun así, ¿por qué alguien no me dijo: Eh, tú, quienquiera que seas, deja la locura o la rabieta para luego, que, aunque pequeño, aquí hay un sitio para ti? Aquí todos juntos, recogidos y alegres.

Sí, como a Leo, a mí tampoco me gustaba el mundo ni la gente, y en cuanto a la vida, me parecía monótona, gris, y apenas digna de ser vivida. Y esas buenas acciones mías que no obtenían recompensa, me autorizaban a juzgar y a castigar al prójimo con la dureza que se merecía. Quizá por eso daba limosnas con el dinero que le exigía a mi madre, para ganarme así el derecho al mal con la conciencia limpia de antemano. O le regalaba flores, y también bombones, una pluma, un cuadernito de capricho. Y ella no sabía qué hacer. Supongo que a veces aceptaba los obsequios como si recibiese una ofensa, y me miraba sin entender, preguntándose acaso si mi maldad era una forma anómala de inocencia o una auténtica y premeditada perversión. Y calculo que preguntándose también hasta dónde yo sabía o no sabía, y con qué cartas estaba jugando aquella partida diabólica. A veces rechazaba los regalos sin decir nada.

Mamá, por favor, le decía yo.

La última vez. No quiero que vuelvas a comprarme nada, ¿comprendes? ¡Nada!

A todas horas rehuía mi presencia y también mi mirada. Se pasaba más tiempo que nunca acostada en la oscuridad, mientras yo me arranchaba alegremente en el salón, inventaba pretextos para comer sola, y ya nunca me ayudaba en los deberes o se sentaba conmigo a ver algún programa de televisión. Quizá ella ya le haya contado todo al falso doctor Ruiz, y quizá hayan decidido dejar de verse durante un tiempo y verse después en otra parte, pensaba. Pero allí estaba yo, siempre alerta para acompañarla, y ella no se atrevía nunca a negarse. A veces iba a la peluquería, o a un museo o a un concierto, y a mí no me importaba con tal de acertar los días en que iba a ver a su amante, a hacer con él todas aquellas marranadas que yo ya conocía. Vivía para ella, para vigilarla, para acusarla con mi sola presencia, con mi mirada y mi silencio, para castigarla a diario por su culpa innombrable. Y ella..., ¿cómo viviría ella aquel calvario? Un día le exigí más dinero del que me había dado, y tendí la mano con la insolencia del que sabe de su poder indiscutible. Ella me miró sin dar crédito, asustada, como si estuviese viendo algo monstruoso, roja de vergüenza y de ira, y hasta se llevó una mano a la cara para sofocar un gesto de pavor. Desde entonces, dejaba a la vista su monedero para que yo me sirviera a mi gusto, y evitar así las miserables escenas del chantaje.

Y en mi anhelo de liberación, naturalmente, me desentendí de los estudios. Iba al colegio cuando quería, cada vez menos, solo lo justo para guardar las apariencias, para no admitir ante mí mismo el escándalo de haber dejado definitivamente de estudiar, y todo eso con la complicidad y el encubrimiento sobreentendido de mi madre. Como ahora además tenía dinero, arrastré en mis correrías a Marco y a

Leo, aunque siempre por separado, porque a mí me daba vergüenza que se conocieran entre ellos y descubrieran qué tipo de compañías frecuentaba yo, un muchacho medio alelado y una chica feúcha y desgalichada. Los invitaba a pasteles, a helados, a tabaco, a cerveza, a jugar a las máquinas en los salones recreativos, y sobre todo al cine, que era lo que más nos gustaba a los tres.

En el cine, a veces Leo me rozaba el brazo con el suyo, y tan pronto lo retiraba, que parecía que le diese calambre, como lo dejaba allí, y yo no sabía si aquello significaba una distracción o una caricia. Una tarde puse como por casualidad mi mano junto a la suya y poco a poco fui ganando terreno, un dedo y otro dedo, hasta que al fin le agarré la mano entera y entrelacé mis dedos con los suyos. La miré de reojo. Estaba absorta en la pantalla. Al rato, y en un momento cómico en que toda la sala estalló en carcajadas y se removió en sus butacas, yo aproveché para soltarle la mano y pasarle el brazo por el hombro, y así estuvimos hasta el final de la película. Repetimos la operación en otras sesiones, y luego, a la salida, hacíamos como que no había pasado nada, pero yo creo que los dos estábamos deseando volver al cine para intercambiar aquellas caricias casi furtivas. Y así hasta que una tarde la atraje con mi brazo, y echándome adelante y buscándole la cara, la besé en los labios. Leo no correspondió, pero se dejó besar, y aunque a mí Leo no me gustaba, y era la última chica que elegiría no ya para el amor sino para mis ensueños eróticos, así y todo me excité tanto que, ciego de deseo, le puse la otra mano en la pierna, en aquellas piernas flacas y largas que tenía, y empecé a subir en busca de caricias más íntimas. Ella de inmediato me apartó la mano, me quitó la otra del hombro, se volvió hacia mí y me dijo con un susurro terminante:

¡Ni se te ocurra!

Ya en la calle, me repitió que no se me ocurriera volver a intentarlo, que nunca se dejaría andar ahí, ni aquí, y se señaló vagamente el pecho, sus pequeños y siempre disimulados senos.

No sé cómo tengo que decirte, me dijo, que los hombres me dais asco. Sobre todo esa cosa que tenéis así, y señaló con la barbilla.

Y dijo que lo mismo le pasaba con las mujeres, y que también ella se daba asco a sí misma por haber nacido con esa cosa que yo, como todos los hombres, había intentado tocar a la menor ocasión, porque los hombres solo pensaban en eso, siempre en eso, esa era su obsesión, y en los finales felices de todas las películas quedaba sugerido lo que vendría después, que el héroe le tocaría esa cosa a la heroína y la heroína se la tocaría al héroe, ese era el premio de las heroicidades, de modo que si las películas se prolongaran después del final acabarían siendo por fuerza películas pornográficas, como la que habían grabado sus padres, ese era todo el misterio de los finales felices.

No sé por qué los llaman felices si la felicidad es una guarrería, sentenció. Yo, por nada del mundo quiero ser feliz.

En las siguientes sesiones, yo no me atrevía a cogerle la mano, o a echarle el brazo por el hombro, y aún menos a besarla. Pero entonces fue ella la que tomó la iniciativa, la que me agarró la mano, la que se echó mi brazo sobre su hombro, la que se volvía con un aire teatral incitándome a besarla en la boca. Y no sé cómo, aquello se fue consolidando, fraguando en costumbre, de modo que cuando quisimos darnos cuenta habíamos establecido entre nosotros un vago vínculo sentimental, y éramos como novios no declarados, aunque seguíamos compitiendo como antes a ver quién lanzaba mejor la navaja o las piedras, peleándonos hasta hacernos daño de veras, y disputándonos siempre el liderazgo.

Y en cuanto a Marco..., ¿cómo decir? Él sentía hacia mí una especie de fervor, de admiración ilimitada. Quizá porque yo era el único que me había acercado a él para ofrecerle mi amistad, y se sentía tan solo e indefenso, y era tan miedoso, que encontró en mí un asidero, un refugio, alguien que lo protegiera de un mundo lleno de riesgos y asechanzas. A cambio de mi amistad y mi tutela él me daba lo único que poseía, su lealtad y su sumisión. Tenía la piel muy blanca y su cara era la viva imagen de la candidez. Y ocurrió que una tarde, también en el cine, y durante una escena de terror, él me agarró la mano, y como él tenía siempre las manos muy frías, yo me puse a calentársela con las mías, a hacerle masajes, y luego llevé las tres manos a mi regazo, y allí seguí con lo que parecía un juego más que otra cosa, hasta que mis dos manos se pusieron sobre la suya, protegiéndola, asignándole un lugar y abandonándola a su suerte. Así, como quien no quiere la cosa, a ver qué pasaba. Y lo que pasó es que aquella mano, medio cautiva y medio libre, se mantuvo allí quieta un buen rato, como un animalito paralizado por el miedo, hasta que al fin, muy tímidamente, empezó a mover los dedos y a querer buscar, a explorar el entorno, sin atreverse a más. Entonces yo, fuera de mí, lo enseñé a acariciar, primero con suavidad y luego con descaro, con impudicia y con pasión. Lo repetimos en los parques, en la oscuridad de un portal, al amparo de la noche, y por supuesto en el cine, donde poco después de que se apagaran las luces, y tal como yo lo había adiestrado, buscaba mi bragueta, bajaba la cremallera y metía por allí su mano siempre fría y temblorosa. Pero yo nunca correspondía. Solo pensarlo me daba asco. Y durante aquellos trances no hablábamos, acaso por miedo a que las palabras sacaran a la luz lo que estábamos haciendo y ocultando en las sombras. Una vez, en el banco de un parque, le puse la mano en la nuca y lo incité a bajar la cabeza para que me hiciera lo mismo que le había visto hacer a la madre de Leo con su marido, y él obedeció, sumiso y complaciente, y no solo ese día sino casi todos los días en que salíamos juntos, y a veces al final, ya saciado y avergonzado, le decía:

Eres un maricón. Me das asco.

Y él no contestaba, sino que se quedaba triste y con los ojos bajos. Parecía una araña mojada.

Cuando me vaya a vivir a la cabaña de troncos junto al río, le decía también, para castigarlo y purificarme yo de culpa, viviré con mi mujer y con mis hijos, pero no contigo. Yo no soy un maricón como tú.

Pero luego, con cualquier frase amable, le devolvía el contento al rostro, y él me miraba con embeleso y gratitud.

Cuando llegaba a casa después de estar con Marco, y veía a mi madre, el bochorno y la rabia que sentía hacia mí mismo los proyectaba sobre ella, porque era ella, quién si no, la que me había mostrado el camino de la mentira y de la corrupción. Y ella leía en mi cara, ya lo creo que leía, y al igual que Marco, bajaba la cabeza, sin atreverse a enfrentar mi mirada. Tal era el poder que me había otorgado aquel secreto.

6

Algo debió de entrever mi padre desde su espesura laboral, algunos cambios en mi carácter, algunas anomalías en mi conducta y en mi vida escolar, porque un día habló conmigo y me dijo muy seriamente que estaba preocupado por mí, por lo raro y arisco que me estaba volviendo, por mis idas y venidas sin norte ni provecho.

¿Qué va a ser de ti, hijo mío, y de tu futuro? Ya tienes edad para ir pensando en el mañana, que luego se echan encima los años y, cuando uno quiere darse cuenta, ya es tarde para rectificar, y solo queda arrepentirse. Así que, como no hay forma de enderezarte en los estudios, he pensado iniciarte en mi profesión, para que algún día puedas heredar mi clientela y tengas así un medio seguro de ganarte la vida. Por otro lado, y a ratos perdidos, te iré enseñando algo de leyes, de contabilidad y de comercio.

Desde entonces, muchos días me llevaba con él a hacer el recorrido habitual de las fincas urbanas. Hablábamos con porteros, con capataces de obra, con presidentes de comunidades, con obreros y arrendatarios, inspeccionábamos averías, o íbamos a resolver trámites a dependencias del Ayuntamiento, y siempre con papeles para recoger, para entregar, para firmar, ingentes cantidades de papel que él iba sacando y guardando en su enorme cartera, subiendo a las terrazas y bajando a los sótanos, y tomando notas de todas las novedades e incidentes. Naturalmente, él era el que hablaba, inspeccionaba, resolvía y firmaba, y yo iba de rabillo, mirando, escuchando y se supone que aprendiendo.

Yendo por la calle, y como se fatigaba mucho y siempre iba agobiado por los años y los kilos, allí donde veía un asomo de asiento, allí se acomodaba y dejaba caer a plomo la cartera a sus pies, y yo le desabrochaba los zapatos y le aflojaba la corbata y el cuello de la camisa, y a veces también le soltaba el cinto y los botones del pantalón, para que las carnes se esparcieran y descansaran de las apreturas. Luego, ya más reconfortado, continuábamos andando. La gente a veces se volvía a mirarnos, yo acompasado a su bamboleo y él ocupando el ancho de la acera, formando una rara pareja, algo así como el cocinero y el grumete de un barco fantasma, y a mí me daba vergüenza caminar junto a él. Y, mientras caminábamos, me iba dando consejos o lecciones de administración, y hasta me compró un cuadernito para que apuntase en él lo que fuese aprendiendo. Apunta, apunta, me decía, a veces en plena calle, y se paraba para que yo apuntase, o mientras esperábamos, porque aquel trabajo era mucho de esperar la llegada de alguien o de ser recibido por alguien, y en estos casos mi padre esperaba sin moverse, con los dedos de las manos entrelazados beatíficamente sobre su gran barriga, y bisbiseando sus oraciones y versículos bíblicos.

Aprende a aburrirte y serás feliz, me dijo un día, porque yo llevaba muy mal las esperas, y el aburrimiento me torturaba tanto que a cada rato tenía que levantarme y pasear como por una jaula, o, ya exasperado, hacer morisquetas o raras figuras con los brazos o con las piernas.

Pero yo tardé poco en descubrir que no sería nunca administrador de fincas urbanas. Por nada del mundo, y me acordaba con enorme nostalgia de mis posibles destinos de pionero, de actor o de hombre de negocios, o de irme con Leo, o solo, de vagabundo, a recorrer tierras y a vivir aventuras. Sin embargo, me acuerdo muy bien de que un día vi a un cerrajero trabajando en un quiosco. El quiosco estaba situado en un cruce de calles muy transitado y el cerrajero estaba allí, con una bata azul, haciendo copias de llaves en una maquinita, o esperando a que alguien le encargara un trabajo. La mitad de arriba del quiosco era de cristal, y por dentro colgaban muchas llaves vírgenes, y todo tipo de llaveros, y también vendía pilas, cerraduras, candados y hasta mecheros desechables. Lo vi varias veces, y siempre que pasábamos por allí yo acortaba el paso o le pedía a mi padre que se parase un rato a descansar. Yo envidiaba a aquel hombre, libre y autónomo en su casilla, refugiado en medio de la calle como un náufrago a salvo en su islote en mitad del océano.

Me haré cerrajero, pensé, y me puse a fantasear. Si me fallan todos mis proyectos, aquí seré feliz y encontraré el sustento y la paz. Llegaré a mi quiosco por la mañana a cualquier hora, porque estaré libre de horarios, me pondré la bata, me encerraré por dentro y trabajaré a mi aire hasta media mañana, en que saldré a tomar una caña y un pincho en un bar que estará al lado del quiosco, donde soy ya cliente habitual, y charlaré y reiré con los parroquianos también habituales hasta que me parezca, sin agobio, sin prisas, y luego seguiré un rato trabajando hasta la hora de comer. Comeré en una taberna de los alrededores, donde ya me conocen y me tienen reservada una pequeña mesa en un rincón y saben cuáles son mis platos favoritos, y al final tomaré café y fumaré sin prisas, instalado en el tiempo como un marajá en su trono, charlaré con algún camarero sobre cualquier asunto de actualidad, y luego regresaré al quiosco y trabajaré otro rato hasta que, cuando me parezca, bajaré las persianas metálicas, lo atrancaré y me iré a mi casa, un apartamentito con pocas pero gustosas pertenencias donde, a mi manera, seré también feliz. Qué bonito es tener un oficio, me decía. Cuando uno tiene un oficio se pone a salvo de la tentación de una vida ociosa y vagabunda. Y a salvo también de vanas ambiciones. ¿Irse de aventuras con Leo o dedicarse a los negocios? Qué tontería, qué de trabajos y sinsabores para nada. Cuánto mejor era caminar bajo la nieve o contra el viento hacia un lugar seguro. Todo eso pensaba, y seguí pensando, como un filósofo de la vida, aunque ese proyecto lo llevaba muy en secreto y nunca se lo conté a nadie, porque me daba apuro confesar que toda mi ambición en la vida podía colmarse con un quiosco de cerrajería.

Pero mi padre no perdía nunca la esperanza de que aquel trabajo me acabara gustando.

Bueno, ¿qué te parece esta profesión mía, y ya casi tuya, de administrador de fincas urbanas? ¿A que es bonita? ¿A que cada día que pasa te va gustando un poco más?

Y aunque yo siempre contestaba con la cara que no, él no le daba importancia y me decía que no me preocupara por eso, que todo era cuestión de insistir y de aprender bien el oficio, que hasta el amor se aprende con el roce, y que la costumbre todo lo allana y lo convierte en placentero. Hasta que un día se lo dije a las claras:

Por nada del mundo seré administrador. Cualquier cosa antes que administrador.

Él se quedó muy callado, la barbilla en el pecho, profundamente pensativo, y durante un mes o cosa así no dijo nada, ni me llevó con él a sus correrías laborales. Pero en ese tiempo se le vio que libraba una batalla interior, porque a todas horas estaba abstraído, y hasta cuando mi madre le hablaba se advertía que tenía el pensamiento cautivo en otra parte. Entonces me sentí culpable y hablé con él y le conté que de ningún modo quería haber dicho lo que dije, porque creía que mis palabras lo habían ofendido y humillado, que la profesión de administrador estaba muy bien y era muy digna, y que ojalá yo pudiera parecerme a él algún día, que admiraba su entrega y su capacidad de trabajo, y la honradez y exactitud con que llevaba todos los asuntos, y que la experiencia de acompañarlo me había servido para entenderlo mejor, su abnegación, su valía, la habilidad con que sabía resolver los problemas y apaciguar las discrepancias.

Él escuchó muy atentamente pero no dijo nada, sino que siguió reflexionando, elaborando al parecer una respuesta, o quizá es que estaba rumiando la pena de no lograr hacer carrera con su hijo.

Hasta que al fin llegó el gran día. Una noche, cuando fui a darle el beso de despedida, me dijo:

Huguito, hijo mío, después de mucho pensar, he decidido que mañana compartas conmigo mi jornada de trabajo. Aunque eres muy joven, quizá ya es hora de que conozcas algo del revés de la trama que sostiene el espectáculo del mundo. Descubrirás y sabrás cosas nuevas y extraordinarias, que te admirarán, como un día también me admiraron a mí.

Y así fue como, poco a poco, como quien levanta la gasa de una herida, y aprovechando los conocimientos que yo ya tenía de contabilidad, me fue entreabriendo los ojos a un mundo nuevo y asombroso. Entonces empecé a entender por qué no se fiaba de nadie ni contrataba a ningún ayudante. Con medias palabras, con sugerencias, con vaguedades cada vez más precisas, la cabeza baja y la voz compungida, un día y otro día fue introduciéndome en los bajos fondos de su oficio.

Mira y aprende, me decía, y aprende sobre todo a comprender sin preguntar.

Y aquella realidad, borrosa y confusa al principio, se fue haciendo cada vez más clara y más explícita.

No me lo podía creer. No podía creer que mi padre, el más acabado modelo de honestidad, tan rezador y comulgante, y de principios tan estrictos, estuviese metido en un turbio negocio de tejemanejes, de comisiones, escamoteos, falsificaciones y fraudes, con la complicidad de porteros y contratistas, jefes de obra, obreros, alcahuetes, proveedores, inspectores de urbanismo, y hasta algún presidente de comunidad de vecinos, de modo que entre todos formaban una red de delincuentes, de pequeños criminales, que a su manera eran poderosos, como si gobernasen a su antojo un modesto reino en el que ellos formaban la aristocracia, y cuyo monarca era mi padre, urdidor y coordinador de toda aquella trama.

Y de ese modo me fue enseñando cómo amañar adjudicaciones de obras, cómo apropiarse de fondos de la comunidad con cargo a gastos inexistentes, cómo distraer dinero de las tasas, cómo poner y quitar presidentes de comunidad, cómo emprender obras inútiles, raras o ficticias, o cómo inventar problemas que luego él y los suyos resolvían y cobraban, ganándose de paso el respeto y la gratitud de los vecinos, y así otras muchas cosas de ese estilo.

Esta es, como ves, una profesión más poderosa, interesante y hasta aventurera, de lo que tú crees, me decía, y con voz dulce y doliente me fue explicando cómo su poder se sustentaba en la información privilegiada que recogía de aquí y de allá. Por medio de confidentes y de investigaciones propias, conocía las miserias de los vecinos, sus deudas, sus enemistades, sus infidelidades, sus corruptelas, y a veces incluso sus depravaciones sexuales. Una vez me llevó con él a un piso de muchísimo lujo donde había al parecer una fuga de agua. Los dueños estaban ausentes y él se movía por el piso, que era enorme como un enorme laberinto, con una gran pericia, como si conociera todos los escondrijos, lo que había en cada armario o en cada cajón. Llegamos a uno de los muchos salones y yo me quedé maravillado ante la cantidad de objetos de valor que había allí, cuadros, monedas de colección, relojes, condecoraciones, figuritas de porcelana, plumas estilográficas, cámaras de fotos, joyas, antigüedades. Aquello parecía poco menos que el tesoro del conde de Montecristo. Pero mi padre no atendió a esas cosas sino que abrió un compartimiento secreto de un buró y sacó un fajo de cartas, de documentos y de fotos comprometedoras (Mira, mira, me dijo), algunas tan procaces que yo no entendía cómo mi padre, siendo como era, me las enseñaba así, con tanta liberalidad. Y entonces me dijo algo que yo ya sabía, y me admiró que también él anduviese metido en esas cosas:

Los secretos nos hacen poderosos, y esgrimió el mazo de papeles.

Y, para ilustrar mejor la sentencia, un día me bajó a los sótanos de uno de los inmuebles, parte también de aquel pequeño feudo en que reinaba. En los trasteros había recuerdos de familia, despojos de otras generaciones, antigüedades raras y valiosas, y multitud de papeles que él había estudiado a fondo y donde había encontrado provechosos secretos para sus negocios.

Los pobres, sin embargo, dijo, no tienen secretos. Hasta en eso son pobres.

Y cuando me hubo desvelado el lado oscuro de su vida, y tras enseñarme sus dominios y su arte de gobierno, y después de decirme con el tono bíblico que usaba para las grandes declaraciones: Algún día todo esto será tuyo, entonces, cumplido su penoso deber, se derrumbó moralmente ante mí.

Íbamos por la calle, era un día caluroso de junio, y de pronto me tomó del brazo, me apartó hacia una plaza y fuimos a sentarnos en un banco a la sombra de un plátano. Mientras con el pañuelo se limpiaba el sudor de la cara y el cuello, yo le aflojé el calzado y la ropa, y luego le saqué la botella de agua que llevaba siempre en la cartera y él se la bebió casi entera, volvió a limpiarse y, ya más refrescado y descansado, y después de mucho resoplar, dijo:

¡Ay, Huguito! Tú, tan puro, tan inocente, ¿qué pensarás de mí? No sin razón dirás que soy un hipócrita, un sepulcro blanqueado, un fariseo que durante años ha fingido ante ti y ante tu madre que era un hombre de bien, y un buen cristiano, mientras llevaba en secreto una segunda vida de malhechor y de farsante. No creas que ha sido fácil para mí abrirte las puertas de mi corazón y mostrarte mis llagas y miserias, las mismas de las que algún día tendré que dar cuentas a Dios. He reflexionado mucho y tanteado el riesgo de que a partir de ahora me odies para siempre y me aborrezcas como padre, pero también las ventajas purificadoras de la verdad, y la convicción de que esa verdad te servirá a ti para algo, bien para repudiarme, bien para asegurar tu porvenir. Porque has de saber que desde hace mucho tiempo yo vivo torturado por mis pecados, dividido entre servir a Dios o servir al amor. He ahí un dilema insoluble: el mundo o Dios. Abraham no dudó en el intento de sacrificar a su hijo Isaac, pero yo no tuve temple para tanto. Yo elegí el mundo. Es decir, elegí a mi esposa, que ella es el mundo para mí. Y si me he corrompido, como ya has visto, y como yo mismo he querido mostrarte, que sepas que ha sido por amor a tu madre, a quien yo no merezco. Dice el primer mandamiento que hay que amar a Dios sobre todas las cosas. Y, sin embargo, por más que me esfuerzo, yo amo a tu madre tanto o más que a Dios. No lo puedo evitar. Y por ella, y solo por ella, he tomado a sabiendas el camino del mal. Pero Dios todo lo ve, y quizá Él sepa comprender. Esa es mi esperanza, y con ella voy sobrellevando mis cargos de conciencia. Quizá Él sepa comprender que, a pesar de las promesas del paraíso y de la vida eterna, yo prefiero asegurar los modestos placeres de este mundo, y mi placer más grande es justamente hacer feliz a tu madre, a la que tanto amo, y a la que Dios, ¿quién si no?, puso en mi camino, y obró el milagro de hacerla mi esposa. Porque, ¿cómo, si no es por intercesión divina, se hubiera enamorado ella nunca de mí? Y de aquel milagro, ya ves, vienen estas miserias. A veces, Huguito, pienso incluso que Dios está en deuda conmigo y que su deber es perdonar mis pecados. Que debería exigirle a Dios el perdón. No misericordia suya, sino exigencia mía. Yo hablo con Dios, ¿sabes? Hablo con Él y se lo digo: ¿Es que no viste que al obrar en mí el milagro del amor me condenabas sin remedio a librar una batalla desigual, que bien sabías Tú que tenía perdida de antemano? ¿Por qué me pones tan duramente a prueba, sabiendo como sabes que al amor terrenal poco puede oponer un hombre débil como yo?

Se tomó un respiro y apuró el agua de la botella.

Todo, todo lo he hecho por mi esposa, y se quedó mirando la botella vacía, como si estuviese viendo una imagen ilustradora de sus palabras. Yo quería que no le faltara de nada. Es tan frágil, tan delicada, tan hermosa, tan culta, y es tan poco lo que puedo ofrecerle, que yo deseaba que al menos tuviese bonitos vestidos, un abrigo de piel, algunas joyas, una buena vivienda, una doncella, y todos los caprichos que quisiera. Un día escuchó una melodía en la radio y dijo: Cuánto me gustaría aprender a tocar el piano, y yo le compré rápidamente el mejor piano que tenían en la tienda. Y además..., y es bueno que tú también lo sepas, yo no viviré mucho tiempo, y he de darme prisa en ganar dinero para ella, y también para ti, y aseguraros así a los dos un buen futuro. Y el caso, y aquí se quedó como buscando en la memoria algún recuerdo traspapelado, el caso es que no sé de qué manera empezó todo. Aunque sí, claro que me acuerdo. Todo empezó cuando un contratista me ofreció un habano, y ya puestos, y como era la hora de comer, me invitó también a comer. Reímos y brindamos, nos contamos anécdotas y hasta algún chiste, convinimos en que en la sociedad imperaba la ley de la jungla y, en fin, pusimos las primeras piedras de una hipotética amistad. Lo que no sé es cómo luego el diablo fue enredando las cosas, cómo entre unos y otros fuimos bajando la voz y cómo nuestros silencios empezaron a llenarse de sobreentendidos, y cada cual a compartir los secretos del otro, hasta que llegó el momento fatídico en que me dije: Si no lo haces tú lo hará otro, y cedí ante aquel argumento tan razonable y tentador. Cuando quise darme cuenta, ya era tarde para retroceder. La red de complicidades era por entonces demasiado espesa para escapar de ella. Pero dejemos los detalles y quedémonos con lo esencial. Que sepas que todo lo hice por amor a tu madre y, cuando tú llegaste al mundo, también por amor a ti. Y si por amor he de ir al infierno, si ese es el precio...

Pero ahí se calló, agotado por la disertación. Le di unos golpecitos en la espalda, saqué un papel de la cartera y empecé a abanicarlo.

Y en cuanto a ti, prosiguió, han sido muchos los escrúpulos de conciencia que he tenido que vencer para contarte todo esto, y lo que es más, para animarte a que sigas mi camino y te envilezcas como yo. Pero era necesario que supieras el tipo de herencia que vas a recibir. Mira, Huguito, en la vida todo es negociable, y también con Dios, digo yo, se podrá negociar. Hay que aprender a convivir con el mal, y en este negocio mío y que pronto será tuyo, piensa, como yo lo pensé en su día, que si no lo haces tú, otro lo hará por ti, de modo que con tu virtud no evitas el mal; al contrario, aceptándolo, puedes paliarlo en parte, contenerlo, hacerlo más venial y más humano, y ese, a su modo, es también un servicio que se le presta a Dios, que todo lo ve. Por otra parte, Dios es misericordioso y comprende las flaquezas humanas, y si eres de por sí caritativo y buen cristiano, con una cosa remedias la otra. Y además, cuando yo muera tu deber es cuidar a tu madre, al menos tan bien como yo la he cuidado. Y yo te exhorto a que lo hagas, y que, como yo, lo hagas por amor, solo por amor. Así que ya ves lo que te dejo en herencia: un poco de maldad y mucho amor. Si la aceptas o no, eso ya es cosa tuya.

A mí me admiró su historia de amor, pero por lo demás mi padre me dio más pena que otra cosa. A lo mejor era por las películas de gánsteres y de malhechores que había visto, pero el caso es que me dio pena por conformarse con tan poco, comisiones y desperdicios, cuando podía aspirar a mucho más, como por ejemplo la extorsión, el robo o el chantaje. Así que, mientras lo oía, yo fantaseaba con lo que hubieran hecho en su situación los malvados de las películas, y me imaginaba maletines repletos de billetes, atracos a punta de pistola, ulular de sirenas, reuniones clandestinas de naipes y alcohol en sótanos borrosos por el humo del tabaco, y en eso estaba todavía cuando él dijo:

Tenemos que regresar a casa. Tu madre nos espera.

Pero, antes de levantarnos, tuvo lugar una ceremonia que a mí me era ya de lo más familiar.

Y ahora, me dijo, y se sacó de la chaqueta una Biblia de bolsillo, quiero que me jures por Dios, y por la salvación de tu alma, que no le contarás a tu madre nada de lo que sabes sobre mí.

Y yo se lo juré, y así me vi dueño de otro secreto, y recuerdo que cuando llegábamos ya a casa le pregunté:

¿Somos ricos?

No, ricos no, pero sí acomodados.

Y quizá porque mi pregunta lo animó al optimismo, me dijo:

¡Qué! ¿A que ya te parece más interesante la profesión de administrador?, y me acarició la mejilla con aquella forma que tenía de tocar, y que más que una caricia parecía una imposición de manos. Yo entonces lo miré a la cara no sé de qué forma, supongo que con todo el desprecio que me merecía su mediocridad, sus negocios turbios y apocados, que no tenían el pálido destello épico del mal en estado puro sino solo la cobardía y la mezquindad del criado que sisa al amo mientras le sonríe servilmente, y eso por no hablar de su triste condición de cornudo, y al ver mi mirada, a él se le fue borrando la sonrisa pícara y cómplice y apartó los ojos de mí y se quedó mirando al suelo, o más bien al abismo que acababa de abrirse entre los dos.

No, respondí. Por nada del mundo quiero ser como tú.

Comimos los tres en silencio, no un silencio único para todos sino cada cual metido en el suyo propio, y era curioso, porque mi madre, quizá alarmada por el temor de que hubiese podido contarle el secreto a mi padre durante nuestras correrías laborales, no se atrevía a mirarlo, y en cuanto a mi padre, cohibido por mi presencia y avergonzado de sus fechorías, no se atrevía tampoco a mirarnos ni a mi madre ni a mí, y solo yo podía encararlos sin miedo, con la seguridad de que ellos no se arriesgarían a enfrentar mi mirada.

Me ocurría entonces que, en las conversaciones, yo no sabía gestionar el silencio, cosa que sí sabe la gente de mundo o segura de sí, y que es una manera de elegancia. Para mí el silencio era un desagradable incidente dialéctico. Pero ahora yo era dueño de aquel silencio, y en él se oían los lentos y claros golpecitos rítmicos que yo daba con el cubierto sobre el vaso o el plato.

Antes del postre, me levanté, cogí dinero del bolso de mi madre, aunque ahora también podía haberlo hecho de la cartera de mi padre, y dije:

Salgo a pasear, y allí los dejé, cautivos en el silencio, en la incertidumbre y en la culpa.

7

Cuando le conté a Leo los míseros negocios de mi padre, porque ya que ella conocía el secreto de mi madre qué más daba que supiera también el otro, ella se reafirmó en sus razones para abominar del mundo y de la vida. Era desolador. Allá donde se mirase, todo estaba contaminado por la fealdad y la codicia. Su madre engañaba a los pobres que acudían a ella en busca de esperanza, y en cuanto al padre, contó que en su época de luchador se había prestado a todo tipo de amaños, y hasta se jactaba de ello, por lo bien que había sabido aprovechar aquellos fraudes.

Esas confidencias, y la seguridad de que nosotros no nos dejaríamos corromper, sino que seríamos siempre libres y rebeldes, y de que en cualquier instante podíamos huir de casa sin el menor remordimiento y lanzarnos a la anchura azarosa del mundo, nos unieron aún más. Ignorábamos qué tipo de relación era la nuestra. Tan pronto parecía un noviazgo tímido como una sólida amistad de viejos camaradas. Fumábamos, escupíamos, bebíamos botes de cerveza, despreciábamos al mundo y a sus gentes, éramos duros y atrevidos, o al menos nos esforzábamos por representar ese papel, y Leo competía conmigo en masculinidad y desaliño. Pero también a veces nos cogíamos de la mano, nos abrazábamos, nos besábamos, intercambiábamos caricias, aunque siempre era ella la que decidía cuándo y de qué manera, ella la que me incitaba y me rechazaba, la que imponía límites, y de vez en cuando luchábamos en el descampado, rodando y forcejeando por el suelo, para encubrir y no avergonzarnos de nuestra incontenible fogosidad erótica.

Eres un asqueroso, como todos los hombres, solía decir al final mientras se sacudía la tierra, que tenéis la mente podrida de tanto pensar siempre en lo mismo.

Pero luego, otro día, de pronto se ponía a darme puñetazos, provocándome cada vez más, hasta que yo me defendía y acabábamos de nuevo trabados en una especie de pelea amorosa, con treguas de abrazos, de movimientos equívocos, que causaban por igual daño y placer. O bien jugábamos a ver quién conseguía pisar antes a quién, o echábamos pulsos o nos hacíamos llaves de judo, sin sospechar que aquellos desafíos eran parte de un rito, e iban urdiendo en torno a nosotros una red de la que cada vez era más difícil escapar.

Y naturalmente, hablábamos del futuro, pero no ya en términos épicos o fantasiosos, como antes, sino realistas, cotidianos, arriesgándonos a aventurar el tipo de vida que acaso los años nos tenían reservado.

¿Tú piensas casarte?, me preguntó un día.

Estábamos sentados en un pretil de piedra, mirando el discurrir del río. Fumaba y echaba el humo con la lentitud viciosa y peliculera de quien está saciado de la vida, y con los tacones de las botas golpeaba fuerte en el pretil. Cada vez que apuraba un cigarro, con el pulgar y el corazón lanzaba la colilla al agua, y aquella era una manera de mostrar su desdén por las cosas del mundo.

Y yo qué sé. No creo, dije yo.

Pero a lo mejor sí.

Pues a lo mejor, no lo sé.

¿Te casarías conmigo?

¿Yo, contigo? —a mí aquello me pareció ridículo, tan ridículo como si me lo hubiese preguntado Marco—. Qué tontería, si tú misma dices que no te gustan los hombres, que te dan asco.

Pero imagínate que me gustasen. Imagínatelo. ¿Te casarías conmigo?

Había algo anhelante en su voz. Los dos sabíamos que ella carecía de atractivos, al menos de los atractivos al uso, y los escasos que tenía los ocultaba como si fuesen una tara, y los dos sabíamos que ningún muchacho la había cortejado nunca.

No lo sé. Fíjate en mis padres, o en los tuyos, o en las estrellas de Hollywood. ¿Se casan y qué? El amor se acaba enseguida, y luego viene el aburrimiento, las peleas, las infidelidades, los divorcios, y otra vez a empezar. ¿Qué sentido tiene todo eso? No, yo no me casaré nunca.

Pues a mí no me importaría tener un hijo, pero sin hacer eso, ya sabes qué. ¿A ti te gustaría hacer eso? ¡Di! ¿Te gustaría?

Sí, dije yo sin dudar.

Ella escupió tan lejos como pudo.

Porque eres un degenerado, como todos los hombres.

Pues métete monja, y le di un codazo.

No creas que no lo he pensado. Monja de clausura además. El problema es que no tengo vocación. Pero ¿te gustaría tener un hijo?

¿Yo un hijo? Ni loco.

Pues si un día te haces campesino y te vas a vivir a esa cabaña de troncos que tienes en la cabeza, también allí te harás viejo. ¿Y quién va a heredar entonces la tierra y los caballos? O si te dedicas a los negocios y te haces millonario, ¿quién va a heredar entonces los millones? ¿No se te ha ocurrido pensar eso?

Se lo regalaré todo a los pobres. Yo, como mejor estoy es solo.

Y yo también. Pero quizá podríamos vivir en el campo, o en cualquier parte, tú y yo, como amigos. ¿No te gustaría vivir juntos así, como amigos? Y otra pregunta, solo por curiosidad. ¿Te gusto? Quiero decir, ¿te gusto como mujer? ¡Di!

Pues a veces sí..., dije yo, porque es verdad que yo sentía por ella una mezcla de atracción y rechazo.

Pero ¿cómo te gusto más, como mujer o como amiga?

Y yo qué sé, empecé a impacientarme, de las dos maneras, qué preguntas más tontas haces.

Pues tú como amigo no estás mal, pero como hombre no me gustas nada —su voz tenía un soniquete de revancha.

Creo que durante esa tarde no sonreímos ni una sola vez. Parecía que, sin saberlo, estábamos tratando en un tono ligero y casi pueril asuntos muy serios, asuntos en los que se decidía nuestro futuro, y algo en nuestra alma o en nuestra carne debía de percibirlo débilmente como un presagio imposible aún de descifrar. Yo no sabía entonces hasta qué punto el amor está hecho de materiales casuales, ínfimos, tontorrones, que luego nadie entiende cómo adquieren la dureza y el aura fatídica de la necesidad. Discutíamos, y luego volvíamos a reconciliarnos, y parecía que cada altercado y cada desplante y cada reconciliación nos iba uniendo más y más en un nudo en el que, cuanto más nos debatíamos, más enredados quedábamos en él.

Una vez la invité a comer a un buen restaurante en la Gran Vía y después a una película de estreno. Sin ponernos de acuerdo, como si cada cual quisiera sorprender al otro, yo aparecí con traje y corbata y ella, por primera vez, vestida enteramente de mujer. Llevaba una blusa estampada, abierta en un escote que insinuaba sus senos, una falda corta y zapatos de medio tacón. Incluso se había dado un poco de carmín rosa en los labios y colorete en las mejillas. Con el cuello desnudo y esbelto, hasta el corte de pelo militar le quedaba gracioso. Es verdad que tenía peladuras y costras en las rodillas, y que caminaba con torpeza, dando pasos de hombre y moviendo las manos como si llevase botas y vaqueros y avanzase a campo través, pero así y todo estaba guapa, o casi guapa, y la falda, sobre todo la falda, le daba un oscuro atractivo que yo hasta entonces no había siquiera imaginado. Y al ver las heridas de sus rodillas, yo me puse a pensar en su virginidad y en cómo sería hacer el amor con ella, cómo sería aquello que tenía allí y que guardaba y defendía con tanto celo, y como mis nociones sobre esos asuntos eran más bien confusas, no conseguía darle forma al pensamiento, y en un instante la mente se me llenó y enmarañó de imágenes truculentas, y durante toda la comida esas imágenes volvían para atormentarme con sus enigmas a medio resolver.

Parecíamos una pareja extravagante, sí, pero muy formal. Yo le servía a ella los platos compartidos y ella me los servía a mí. Y comimos formalmente bajo la mirada curiosa o divertida de los camareros, cosas fáciles de comer, serios e inapetentes, intimidados por las circunstancias pero sobre todo por lo que aquella comida tenía de rito, de iniciación en el mundo corrompido pero también sugerente y perturbador de los adultos.

¿De dónde sacas el dinero?, me preguntó cuando abrí la cartera y, como un tahúr los naipes, puse en abanico los billetes para pagar la cuenta.

Ya te dije que se me dan bien los negocios.

Y era verdad. Se me daban tan bien que el dinero me

venía solo a las manos, sin necesidad siquiera de pedirlo. Mis padres, para evitar el oprobio de lo que parecía ya una transacción profesional, parecían haberse puesto de acuerdo para dejar siempre a la vista el bolso o la cartera. Por lo demás, me evitaban y no se atrevían a contrariarme en nada. Salvo los domingos, mi madre encontraba siempre el modo de no compartir la mesa familiar, pero mi padre se sentaba a comer cada día dócil y resignado, como si cumpliese una penitencia. Bendecía los alimentos con la cabeza baja y las manos orantes entre la barriga y el canto de la mesa, y yo contrapunteaba la oración con algún ruidito, una tos, un sorber de mocos, el golpear de una uña en un vaso, y cualquier sonido, aunque fuese involuntario, se convertía en alusión, y a él le temblaba la voz, y la aceleraba para acabar cuanto antes con aquel formalismo.

Una mañana de domingo, listos ya ellos para partir hacia la iglesia, yo les dije:

Id vosotros, que yo no tengo nada de lo que confesarme, y recalqué la última palabra.

Y a partir de ahí dejé de ir a misa, como también había dejado de ir al colegio o de regresar a casa a la hora de cenar. Si comía en casa, bien, y si no, mi madre me dejaba la comida en la mesa, pero ninguno de los dos me preguntaba si ya había comido, o dónde, o con quién, o por qué no los había avisado de que no iba a comer. Y si no comía porque llegaba ya comido, mi madre retiraba los platos de la mesa en silencio, mientras yo, tumbado en la cama de mi habitación, oía el sigilo apresurado de sus pasos menudos, yendo y viniendo hasta que se hacía el silencio, el más absoluto silencio, en la casa, en el inmueble, en la calle, en el mundo.

Aunque hacía tiempo que ya no acompañaba a mi madre a sus citas con el falso doctor Ruiz, a veces la esperaba a la salida para que me viese, solo para que me viese y no olvidara cuál era el papel de cada cual en aquel drama, y de paso para saber yo mismo, y no olvidar, y renovar en la imaginación sus gritos y jadeos de hembra en celo, que era de donde manaba mi rencor. Porque el delito de mi padre era menor y comprensible, siendo como era además un homenaje de lealtad y de amor, pero el pecado de mi madre me resultaba imperdonable, la traición calculada y sostenida día a día y hora a hora durante años, la mentira puesta en escena cada tarde, sus pasos perdiéndose paso a paso escaleras abajo, camino del sucio y ciego e insaciable placer...

No es verdad, dijo Leo. ¿Qué negocios ni negocios vas a tener tú? Yo sé de dónde sacas el dinero.

¿Ah, sí?

De tus padres. A mí no me engañas. Los estás chantajeando, ¿verdad?

Y si lo hiciera, ¿qué?, dije yo. ¿Es que acaso no se lo merecen?

Claro que sí. Pero ¿no te dan pena?

¿Pena? Ellos son los que tienen que sentir pena por mí, por haberme criado entre el vicio y la mentira. Ellos son los corruptos. Y si no hago justicia yo, ¿quién la va a hacer? Alguien tiene que hacer justicia en el mundo, ¿no? ¿O es que te vas a poner ahora de parte de ellos?

No, eso nunca. Yo siempre estaré de tu parte.

Pagué, dejé una buena propina y luego fuimos a una película de estreno, y por primera vez Leo dejó que en la oscuridad perfumada y en la laxitud de los terciopelos yo arriesgase caricias más íntimas, pero tampoco mucho, porque apenas llegaba a mis objetivos, ella me apartaba la mano y me la apresaba con todas sus fuerzas contra el reposabrazos de la butaca, y luego aflojaba la presa y otra vez a empezar, y en esa dulce porfía nos pasamos casi todo el tiempo.

A la salida vimos una sala de fiestas, nos miramos y nos pusimos de acuerdo sin hablar. Por primera vez oíamos música juntos, y sin saber bailar nos mecimos al compás de sus ritmos dulzones, y por primera vez nos entregamos a un abrazo largo y consentido, sin la brusquedad y el disimulo de otras veces. No pasó nada más, pero lo poco que pasó (la música, los alientos próximos, los pasos cadenciosos) fue bastante para establecer un pacto sentimental de términos inciertos, aceptados tácitamente por las partes. No nos lo dijimos, pero no sé de qué manera el noviazgo quedó sellado durante esa tarde.

Poco tiempo después, supongo que como prenda de compromiso, le regalé un radiocasete y una colección de cintas con canciones de moda, no las que a ella le gustaban, sino las que escuchamos la tarde en que fuimos a bailar por primera y última vez en nuestras vidas. Ella recibió el obsequio a dos manos, con una especie de unción, como si se tratase de un objeto sagrado o algo así, y con ese pasaje ceremonioso concluyó la historia.

Luego, y cumplido ese trámite, regresamos a nuestros viejos hábitos de vagabundeo, camaradería y forcejeos eróticos, y así pasaron los meses y los meses, tan rutinarios e imprecisos que apenas queda en la memoria el bulto del tiempo, con algunos momentos nítidos desperdigados caprichosamente en aquella sucesión monótona de días.

8

Hasta que al fin, en aquel amontonadero de tiempo, una tarde ocurrió un suceso terrible e imprevisto. También absurdo, o prodigioso, o meramente estúpido, cualquier atributo le viene bien y a la medida. En pocas palabras, lo que pasó es que conocí de verdad el amor. Ahora que lo pienso, en mi vida, como en tantas vidas, ha pasado un poco de todo, quiero decir que he cultivado casi todos los géneros y subgéneros literarios y en general artísticos, la comedia, el drama, la farsa, el esperpento, la novela de acción y de suspense, la novela psicológica, la policíaca, la erótica, la realista, la didáctica, el folletín, el sainete, y qué sé yo cuántos más, ya irán saliendo al hilo de los hechos, y ahora precisamente mi vida se vio convertida de repente en una novelita sentimental. Una ridícula novelita sentimental.

Tímido, mendicante, y como tenía que hacer dos gestiones a la vez, mi padre me pidió que, mientras él se ocupaba de una, yo atendiera a la otra. Cumplidos los encargos, no sé cómo nos encontramos los dos hablando con un tratante de carbón, los tres en la penumbra, al fondo de un portal ancho y señorial, con muros de mármol y altos techos con lámparas colgantes y filigranas de escayola, del que mi padre era administrador. Y entonces ocurrió. Sonó la puerta de la calle allá a lo lejos y apareció ella, o más bien surgió de la nada creada por la luz, y por el amplio espacio iluminado fue avanzando hacia nosotros, hacia las sombras donde los tres nos habíamos quedado de repente callados e inmóviles, los rostros vueltos hacia la aparición con el gesto de maravillado terror de las criaturas terrenales ante un prodigio celestial.

Ese día aprendí que, igual que en un instante uno puede llegar a convertirse en un canalla o en un santo, alguien puede también llegar a aprender y a sentir de golpe lo que un sabio quizá no consiga adquirir en una larga vida consagrada al estudio. Entonces comprendí por qué el amor aparece representado por Cupido, hijo de Marte, el dios de la guerra, por qué lleva los ojos vendados y por qué sus armas son el arco y las flechas, y por qué se habla de las heridas mortales del amor. En un momento conocí el dolor insufrible, los celos, la insignificancia y la grandeza, la esperanza más loca y la desesperanza más atroz, la alegría de crear y construir y la euforia sombría ante una posible devastación apocalíptica, la inspiración y la torpeza, la seguridad de sentirme capaz de todo, de las tareas más esforzadas y de las más altas empresas, capaz de ejecutar las acrobacias más difíciles, de dar saltos mortales, de brincar por sobre las estatuas y las cabinas telefónicas, y de bajar al fondo del mar y a los más peligrosos abismos, pero también de convertirme de repente en una sabandija y desaparecer astuto, escurridizo, hacia el subsuelo legamoso, mi verdadero medio natural... Todas las palabras, y todas las comparaciones y las ocurrencias imaginables, serían apropiadas para dar cuenta de esa plena y súbita experiencia, pero todas juntas no servirían para describir el maravillado terror con que yo la veía avanzar y avanzar hacia mí.

Y, en efecto, como una sabandija, lo primero que hice fue esconderme de ella entre mi padre y el tratante. Y ella se detuvo ante nosotros, y empezó a hablar, y solo entonces me di cuenta de que venía acompañada y de que quien hablaba no era ella sino su acompañante, un hombre mayor, esbelto, muy bien vestido, con una barba corta y rubia y unas gafas livianas de montura metálica. Eran palabras de cortesía, desenfadadas, y dichas con una voz culta y una gran pureza de dicción. Ella permanecía a su lado, inquieta y curiosa, y yo asomaba apenas la cabeza para mirarla y enseguida volvía a esconderme. Como ella estaba a contraluz, en esos atisbos casi no distinguí nada, pero lo vi todo, es decir, lo adiviné o lo deduje todo, con los detalles más escogidos que uno se pueda imaginar. Por adivinar, ¡oh mundo prodigioso!, hasta adiviné su nombre. Me lo reveló un presentimiento certero y fugaz, como certeras son también las flechas que Cupido lanza desde la oscuridad de su ceguera. El nombre surgió del silencio tan milagrosamente como ella misma había surgido de la luz: Olivia. Como una campanita llamando a los fieles a la oración.

Y cuando alguien encendió una luz cenital y ellos iniciaron la despedida al tiempo que se dirigían al ascensor, comprobé que, en efecto, tenía una larga melena negra y ondulada, que al ponerse seria sus labios parecían de bebé, con su morrito ahíto y soñoliento, mimosamente enfurruñado, que era esbelta y menuda, que se llamaba en verdad Olivia, y que sus ojos eran grises y radiantes como esas lloviznas repentinas que caen iluminadas por el sol. Era como si ella y sus cosas estuviesen en mi memoria desde hacía mucho tiempo, desde una remota vida anterior, dormidas, esperando despertar y salir a la luz al conjuro de algún mágico azar.

Mi primer pensamiento fue: Tengo que estudiar Magisterio, me haré maestro, como mi madre. Pero, como me pareció poco, enseguida rectifiqué: No, seré arquitecto y construiré palacios, rascacielos, pirámides, castillos, pero un instante después me dije: O mejor aún, escribiré libros, me convertiré en escritor. Eso es, en un gran escritor. Y, mientras pensaba esas cosas, oí cómo mi padre informaba al tratante, y así me enteré de que el hombre de la barba rubia era catedrático de universidad, un intelectual de renombre, que escribía libros y daba conferencias, que ella era su hija, y que llevaban en el inmueble poco más de dos meses. Algún día, pensé, yo también tendré gafas y barba y hablaré con una voz culta y musical.

Luego, cuando siguieron hablando del carbón, yo pensé: Tengo que comprarme calcetines de cuadros escoceses, y una cachimba, y unos zapatos náuticos. Tengo también que aprender a hacer juegos de manos, a cultivar orquídeas y a montar a caballo. Porque de pronto me sentía capaz de todo, con tal de merecerla. Merecerla: he ahí, de ahora en adelante, el gran objetivo de mi vida.

Esa misma tarde me compré un cuaderno y, según se me iban ocurriendo, hice una lista con las tareas indispensables:

Retomar los estudios.

Mejorar el vocabulario, aprender 10 o 15 palabras nuevas cada día, unas 300 o 350 al mes.

Mejorar mi manera de hablar, más pausado, la voz más grave y consecuente, nunca las palabras por delante del pensamiento o atropellándolo a su paso.

Un corte de pelo más moderno, hacer gimnasia, comer más fruta y más verdura.

Aficionarme a la música (porque me parecía que sin música un enamorado estaba de antemano condenado al fracaso).

Aprender idiomas, mínimo inglés y francés.

Ir mañana mismo a una biblioteca y empezar a leer de todo, literatura, historia, filosofía, arte, algo de ciencia...

Y aquí me detuve, porque eran tantas las cosas que se me ocurrían (memorizar los nombres de todos los árboles del mundo, de todos los minerales, de las flores, los ríos y las estrellas, jugar al póker, bailar el vals, pilotar un barco, contar viejas historias...), y casi todas tan largas y difíciles de aprender, que necesitaría toda la vida solo para intentarlo. Leer, por ejemplo. Apenas había leído nada y ahora de pronto quería leerlo y abarcarlo todo. Ahora bien, pensé entonces, ¿no sería mejor buscar libros, manuales, guías, prontuarios, pequeñas enciclopedias, donde resumieran argumentos de novelas y teorías filosóficas, gráficos, esquemas y sinopsis, que encerraran lo esencial de la astrología, de la química, de la historia? Para cada materia, diez o doce fichas, no mucho más. Solo lo básico. Luego, ya me encargaría yo de ampliar por mi cuenta con la ayuda de la imaginación, de las palabras, del ingenio y hasta de los gestos. De ese modo, podría hablar con cierto fundamento sobre cualquier cuestión. Y quién sabe, en un rifirrafe dialéctico, quizá también yo lograra desenfundar con rapidez. Sí, había que tomar atajos, tender puentes, echar remiendos, porque al fin y al cabo la vida es breve, y el amor y sus urgencias admiten y justifican todo tipo de intrigas y artimañas.

En casa había una enciclopedia, un manual de mitología y algunos libros de divulgación. Me parecieron un tesoro, y me entregué furiosamente a ellos, ante el asombro de mis padres, a leerlos y a hacer fichas para resumir y memorizar lo que a mí me parecía más brillante y significativo de todo aquel saber universal.

Entretanto, espiaba a mi amada. Como no tardé en aprenderme sus hábitos e itinerarios, loco de amor, unas veces la acechaba en un sitio y otras veces en otro. Distintas perspectivas, intentos desesperados de descubrir en ella algo no observado hasta entonces. Algo, una nueva cualidad, o aún mejor, un defecto que refrescase la fiebre delirante que me consumía por momentos. Porque quizá no era tan guapa ni perfecta como yo creía (¿no eran sus ojos pequeños y un tanto redondos, la nariz levemente achatada, el pelo más bien lacio, la figura algo chaparra y los andares anodinos?), y hasta es posible que fuese de un atractivo modesto, aunque es verdad que nunca vulgar, pero por más que le buscaba imperfecciones, siempre terminaba siendo tan acabadamente hermosa como cuando la vi por primera vez con los ojos de la imaginación. Uno a uno, los rasgos de su cara no eran especialmente vistosos, pero el conjunto, la misteriosa combinación de esos rasgos acaso mediocres, daban un total de lo más bonito y seductor.

¿Qué tiene ella que no tengan las demás?, me preguntaba mientras la miraba por entre los claros de un seto, tras los cristales de un automóvil, parándome a unos pasos de ella ante un semáforo, cruzándome con ella con una mano en el rostro para no ser reconocido cuando llegase el momento de abordarla, de hablar con ella, de declararme e implorarle su amor. Al contrario, todo parecía conspirar, estar a su servicio, para realzar sus cualidades. Si cruzaba una calle, parecía que los coches se detuviesen en su honor. De un viejo que caminaba a su lado, diríase que estaba puesto allí con el secreto propósito de proclamar la gloria de su juventud. El viento que le movía la cabellera, ¿qué otra cosa mejor tenía que hacer sino precisamente eso? Todo eran señales que me reafirmaban en mi amor. Un día, vi cómo se paró ante ella un pequeño automóvil descapotable conducido por un joven y cómo ella se montó con una agilidad pasmosa y cómo se alejaron dejando atrás un torbellino de humo y ruido, y sobre todo la ilusión de haber asistido al rapto de una doncella por un dios travieso y jocundo, tal como había visto y aprendido hacía poco en un grabado de mitología. A veces, en sus trayectos se le juntaba algún amigo, o varios, y formaban un alegre grupo estudiantil. Amigos que también aparecían los domingos para formar el mismo alegre grupo al que yo seguía de lejos, de esquina en esquina, culebreando por las calles, muerto de celos, porque era impensable que no hubiese entre ellos alguien llamado a enamorarla con mejores artes y oportunidades que las que yo tenía: mis fichas, mis ejercicios gimnásticos, mis torpes y elementales frases en inglés, el recitado de las palabras nuevas que aprendía cada día.

Y, por otra parte, ¿cómo iba a comparecer ante ella, flaco y bajito como era, y tan poco atractivo, y con mi modo de vestir, con mis ropas dignas, sí, pero de un clasicismo rutinario, sobre todo si las comparaba con las de algunos de sus amigos, que eran originales y modernas, y que ellos llevaban con desenvoltura, casi como al descuido? Por un momento pensé en suicidarme. ¿Por qué no? Aunque una vida valga poco, su pérdida adquiere de pronto un precio incalculable. Me imaginé mis pobres despojos dando testimonio ante la mirada conmovida del mundo de un futuro feliz, y acaso brillante, truncado en su más tierna plenitud. Con mi muerte ajustaría cuentas con todos, y el placer sombrío de la venganza se me representó como algo mil veces más valioso que mi propia vida. De hecho, lo único valioso de verdad que había en mi vida era la posibilidad de su aniquilación.

Iba andando por la calle y pensando esas cosas. No sé si mi historia es dramática o cómica, no sé si reírme o ponerme a llorar, no lo sé, porque entonces, mientras planeaba y disfrutaba de mi suicidio, he aquí que de repente me vi de refilón en un espejo y al principio no me reconocí. ¿Quién es ese?, me dije, porque aquella figura me era remotamente familiar. Y, al descubrir que era yo, pensé: No soy tan feo ni tan bajito como siempre he creído. Y es que había conseguido por un momento verme neutralmente, tal como me veían los otros, cosa que es imposible fuera de esos atisbos propiciados por la distracción y la extrañeza. Así pues, aquel desconocido era yo, no flaco sino delgado y hasta esbelto, no tan bajo como para no resultar también apuesto, no tan vulgar como para no entrever en mi aspecto un aire misterioso de extranjería, del joven solitario desengañado del mundo prematuramente y de una vez por todas. Ese era yo. Pero, eso sí, necesitaba un toque de distinción para reforzar y realzar lo mejor de mi imagen. Es decir, necesitaba ante todo renovar mi vestuario. De pronto puse toda mi esperanza en la ropa. Durante varios días me dediqué a visitar tiendas exclusivas, y me imaginaba ataviado con aquellas prendas, y me veía tan agraciado y seductor, tan desenfadadamente elegante, tan galán, tan digno de ser amado, que enseguida me convencí de que mi única posibilidad de éxito en el amor comenzaba por vestirme tal como me veía en la imaginación. Y era tanta la necesidad y la premura de poner por obra aquella idea, tanto mi afán, que pensé de inmediato en mi madre. Ella me daría el dinero.

Solo en ese momento, lo que son las cosas, reparé plenamente en mi condición de chantajista. Estoy chantajeando a mis padres, pensé escandalizado. Siempre había dado por supuesto que mi conducta era la apropiada, la que mis padres merecían, la que ellos me habían inspirado, la que me reclamaba la justicia, y he aquí que ahora, de pronto, el amor venía a iluminar la conciencia hasta sus más secretos escondrijos. Horrorizado de mí mismo, me dije que no era digno de Olivia, y no por mi aspecto, o por mi ropa o mi ignorancia, sino por mi alma corrompida. ¿Cómo es que no me había parado hasta ahora a pensar lúcidamente en eso? Me quedé estupefacto ante el paisaje siniestro de mi alma, visto de pronto desde las claras y magníficas alturas del amor. Si hubiese podido desdoblarme, o que el alma me saliera del cuerpo, una parte de mí hubiera saltado atrás ante la otra media, espantada de ella como ante un animal ponzoñoso o ante el súbito filo de un abismo.

Soy un depravado y un rufián, un pequeño y perfecto canalla, me dije, a modo de conclusión sobre mí mismo, y de repente me vi poseído por un grandioso e incontenible anhelo de purificación. Y me dije: Dios todo lo ve, y entonces comprendí y disculpé a mi padre, que se había envilecido por amor, y hasta por un momento vislumbré las trágicas razones de amor que acaso también justificaran a mi madre, arrastrada por esa pasión fatal a la que todos, reyes y vasallos, sucumben sin remedio desde el principio de los tiempos. Pero ellos habían robado y engañado por una causa digna o al menos digna de piedad, y no como yo, que actuaba en el fondo no por amor a la justicia sino por pura y olímpica maldad, por el gusto de dominar a mis padres y hacerlos sufrir con el poder de mis secretos y de mi condición inviolable de hijo.

Y sin embargo..., y aquí el pensamiento se adentró tímidamente por un camino nuevo, que se abría largo y llano ante mí. Eso es. Le pediría dinero a mi madre, sí, pero con humildad y por favor, implorando perdón por el atrevimiento, y con la promesa de devolver hasta el último céntimo, y hasta es posible que le dijese que estaba enamorado y que ese dinero lo necesitaba sin falta para mis planes amorosos. Y podría ocurrir que, en el curso de esa exposición, acabase llorando, y que ella se apiadara de mí. Eso es. Haría de mi madre una guía, una consejera, una cómplice. Además ahora, como ellos, también yo iba a corromperme por amor (si ese era el precio para conseguir a la amada no dudaría en pagarlo), pero tras alcanzar mi objetivo recibiría como premio el perdón de mis pecados, quedaría purificado y absuelto, libre de toda culpa, y a partir de entonces sería un hombre ejemplar. Sí, esta será mi última fechoría, me prometí, y entonces me acordé de lo que había dicho mi padre, de que todo en la vida es negociable, y para demostrarlo allí estaba el hombre arrepentido y ansioso de pureza que yo era negociando con el otro, el tipo sin principios ni escrúpulos que también era yo, de igual a igual, con objeto de llegar a un acuerdo ventajoso para las dos partes. Todo, todo es negociable, y todos los pecados deben ser perdonados.

Y, en efecto, hablé con mi madre, y empecé a balbucear, en busca de un tono de súplica, a explicar la necesidad que tenía de comprarme un poco de ropa de otoño, porque es verdad que estábamos en otoño, y ya empezaba a oscurecer antes, pronto vendrían las lluvias y las nieblas, y yo era ya casi un hombre..., y así seguí, intentando crear un ambiente propicio para las confidencias, pero ya era tarde para eso, tarde ya para venir a redimirse con historias, porque mi madre (estábamos solos en casa) se precipitó hacia el dormitorio, se la oyó enredar nerviosamente en un armario, y enseguida salió con un puñado de billetes y me los arrojó de lejos con la misma furia que había pintada en su cara, donde la dulzura de sus rasgos se había deformado en una horrible expresión de desprecio. Entró de nuevo en el dormitorio, dio un portazo y luego se oyó bajar enérgicamente la persiana. Ahora, ella tumbada en la oscuridad, y los billetes dispersos por el suelo, todo en la casa era un silencio resonante de ira.

Avergonzado de mí mismo, pero también secretamente resentido con mi madre por no haber aceptado mis intentos de purificación y de concordia, me compré tres pantalones, dos chaquetas, camisas, jerséis, zapatos, una gabardina, todo moderno y caro, pero no me atreví a probármelos sino que lo guardé todo en el armario, en sus fundas y bolsas, para cuando llegase la ocasión. Ahora bien, el malestar que me producía la íntima certidumbre de ser un canalla permanecía intacto en mí, y no me dejaba sosegar. Me sentía sucio, indigno, y esa sensación no era solo un estado del alma sino que la percibía como un defecto físico, algo así como tener un muñón o una cojera crónica.

Fueron tiempos turbios, de enemistad conmigo mismo, con los demás y con el mundo. Ahora veía menos a Leo, y las conversaciones y los juegos que antes me agradaban, ahora me parecían aburridos y estúpidos. No volví a intentar ninguna travesura erótica ni a responder a sus incitaciones, y al rato de estar con ella buscaba cualquier pretexto para escabullirme.

Pero ¿qué te pasa?, me preguntaba ella, y yo hacía un aspaviento de impaciencia, escandalizado ante la pregunta, y me refugiaba en un silencio ultrajado.

Me volví aún más solitario, como un eremita entregado a la mortificación de su alma atormentada. Y lo mismo, aunque acrecentado, me ocurría con Marco. Su mera presencia me enfurecía y me repugnaba. ¿Cómo podía haberlo humillado y sometido casi hasta la esclavitud y haberme degradado yo mismo de tal forma? Una tarde... Era ya invierno, y después del cine fuimos caminando sin prisas hasta que el azar nos llevó a un solar donde empezaba a construirse un bloque de viviendas. Estaba oscureciendo. Nos sentamos a fumar en una pila de ladrillos. Hacía frío. Arrebujado en su abrigo, tiritando, Marco se acercó a mí, me echó una mano por el hombro y reclinó su cabeza en mi pecho, buscando calor y un poco de cariño. Yo me sentí excitado y lo atraje aún más hacia mí, y él correspondió dejándose ir hacia mi regazo, mientras sus dedos helados ya se deslizaban por entre la ropa buscando el cálido y hondo cubil donde anidaba nuestro mutuo deseo.

Yo me dejé hacer, llevado por el instinto y el ardor del momento, pero apenas llegó el éxtasis, y apenas reparé en la triste escena que formábamos los dos (qué diría Olivia si pudiera verme, en aquel triste lugar y entregado a aquel placer infame), volví a sentir el mismo afán de purificación de otras veces, acompañado de un afán destructivo, porque no hay purificación que no destruya para construir de nuevo, y entonces mi mano purificadora buscó en la oscuridad, y como si me castigara a mí mismo en cabeza ajena, dejé caer la piedra, o el ladrillo, o lo que fuese aquello, en la de Marco, dos, tres, cuatro veces, mientras lo insultaba a gritos, y cuanto más insultaba y gritaba más iba llenándome de furia y de razón. Porque necesitaba tener razón, e incluso sustentarla ante un auditorio que, tras escucharme imparcialmente, me dijese: Vete en paz, has hecho lo que debías, tuya es la razón, y ahora ya puedes presentarte ante Olivia limpio de toda culpa.

Y allí lo dejé, exánime, y cuando llegué a casa fui derecho al baño y me lavé a fondo las manos pegajosas de sangre, y también los zapatos y la ropa, y luego me miré en el espejo y no encontré en mi cara ningún signo legible, nada que me revelase lo que estaba ocurriendo en las honduras de mi conciencia en esos momentos miserables.

9

Y así fue como, en mi afán de purificarme, me hundí todavía más en el oprobio. A Marco no volví a verlo, ni intenté averiguar qué había sido de él, si estaba malherido en algún hospital o si lo había dejado muerto en el solar, y por sentir, ni siquiera sentía arrepentimiento, ni por él ni por mi madre, tan cegado estaba por el amor. Seguí durante días y días con aquella cara extraña, ilegible, desconocida incluso para mí, sin saber qué hacer, ni cómo orientarme en aquel vasto territorio en que el amor me había extraviado y abandonado a mi suerte, y quién sabe si condenado a errar durante años por aquellas soledades inhóspitas. Ya ni siquiera espiaba a Olivia, para qué, si nunca la conseguiría, como tampoco llegaría a ser sabio, ni rico, ni a purificarme, ni a tener las cualidades necesarias para merecerla. ¿Con qué armas y encantos iba a presentarme yo ante ella?

Pero como todas las historias terminan por encontrar un desenlace, por extravagante o mínimo que sea, lo mismo me pasó a mí cuando una tarde, entre los libros de mi padre, encontré uno que, abierto al azar, decía: «El secreto del éxito es creer en sí mismo. Creer es poder». Lo abrí por otra parte y leí: «Si crees en ti mismo, no habrá nada que esté fuera de tus posibilidades». Busqué papel y lápiz para apuntar esas dos frases y otras que encontrara al albur, porque quizá el destino, convertido en deidad benefactora, se estaba revelando ante mí. Recuerdo con exactitud algunas otras de las que apunté: «No dudes nunca de ti mismo»; «Con audacia y energía se obtiene lo que se desea; la palabra imposible no tiene significado»; «No hay nada que no puedas ser, no hay nada que no puedas hacer, no hay nada que no puedas tener»; «Más vale poner nuestra meta alta y quedarse corto, que ponerla baja y conseguirla»; «Con confianza, has ganado antes de comenzar»; «El miedo derrota a más gente que cualquier otra cosa en el mundo»; «Cree, sueña, atrévete», y otras de ese tono.

Entonces comprendí de golpe muchas cosas. De golpe me sentí lleno de fe y rebosante de mí mismo, fuerte, orgulloso, dueño y señor de mi futuro. Unas palabras, solo unas palabras (tal es el poder de las palabras en un espíritu atribulado), habían bastado para obrar el milagro. Palabras poderosas como las de los cuentos infantiles o los conjuros mágicos, o las de los poetas y los sacerdotes.

Miré mis fichas, la letra apretada y furiosa con la que yo intentaba construir al hombre imaginario capaz de seducir a la amada, ya que yo mismo, el hombre que realmente era, no lo conseguiría jamás. Qué poco te has estimado a ti mismo, pensé, qué poca fe te has tenido. Ser uno mismo, he ahí todo el secreto, las alas para escapar del laberinto y volar hacia el cielo y lograr todo lo que me propusiera en este mundo. ¿O es que ya no crees en las cualidades naturales que hay dentro de ti, ocultas en yacimientos profundos vedados por el momento a la conciencia? ¿No recuerdas ya que eres único e irrepetible, y distinto a todos los demás? Y así, en un momento, pasé de ser un paria a convertirme en rey. En un momento actualicé mis viejos sueños de pionero, hombre de negocios o actor de cine. ¿Es que esos anhelos no valían nada? Sé tú mismo, como cuando venciste a la pandilla de mafiosos con tu pequeña navaja y tu mucho valor, ese es todo el secreto, ser uno mismo, me dije, y entonces rompí las fichas en pedazos menudos, y el cuaderno con la retahíla de tareas que me había impuesto para llegar a ser admirado y amado. Y al hacerlo me sentí como libre de un peso y de una culpa, porque aquellos papeles, aquel proyecto de mejora, entrañaban una impostura y una cobardía espiritual, y lo mismo pasaba con la ropa que me había comprado, y que desde ese instante decidí no estrenar jamás. Me presentaré ante ella tal como soy, y con solo la fuerza de la fe en mí mismo, y sin más recursos que los que mi propia inspiración quiera otorgarme, libraré la batalla amorosa.

Pero luego, temeroso de encomendarme solo a la improvisación, y apelando al espíritu práctico, me preparé un poco el encuentro, qué cara pondría al verla y al ser visto, qué le diría de entrada y en qué tono de voz, los gestos, la sonrisa, y lo ensayé varias veces ante el espejo, y también me preparé algunos temas de conversación, y algunas anécdotas, algún discreto elogio a su belleza, y también la manera de caminar junto a ella y de cederle el paso en las angosturas del camino. También decidí al final estrenar un pantalón y una chaqueta, pero llevándolos al desgaire, y con el aditamento de un niqui usado y de mis viejas botas de diario.

Y ya, sin más preparativos, una mañana cualquiera, con una mano hundida en el bolsillo del pantalón y en la otra un cigarrillo a la altura del rostro, como si fuese ensimismado, al revolver una esquina me hice el encontradizo con ella. Tras el gesto de grata sorpresa, pensaba echarme ventajosamente atrás y decirle, mientras la apuntaba deductivamente con el dedo: Ah, yo a ti te conozco, te llamas Olivia y vives en tal sitio, y celebraría el encuentro con una carcajada franca y acogedora. Entonces ella preguntaría, asombrada y curiosa, y yo le hablaría del placer intelectual y de la importancia que para el conocimiento tiene la observación, y pondría el caso de los detectives, o el de Newton y la manzana, o el de Argos, aquella criatura mítica de los cien ojos, y todo eso en un tono jovial pero dominante, que me permitiera ya desde el principio adueñarme de la conversación.

Pero todo salió al revés de lo que había pensado. Para empezar, fue ella la que hizo antes que yo el gesto de sorpresa y ella la que habló primero, y justo con la misma frase que yo había preparado.

Ah, yo a ti te conozco, me dijo, tú te llamas Hugo Bayo, ¿no?

Yo me quedé con la boca abierta, en un gesto alelado de idiota.

Te he visto a veces con tu padre, y también solo, y sé que os llamáis igual. Me lo dijo el portero de mi casa.

Todo el pobre tinglado de mis preparativos, y con él mi estado de ánimo, se vinieron abajo en un instante. Ojalá ella me hubiera visto con mi madre, tan delicada y tan vistosa, y siempre tan bien vestida y arreglada. Me sentía ridículo, avergonzado, sin saber qué decir. Por saber, ni siquiera sabía qué hacer con la mano que tenía en el bolsillo.

¿Me acompañas al autobús?, dijo ella, con la mayor naturalidad del mundo, que era justamente lo que yo pensaba decirle a continuación.

Sí, sí, claro que sí, dije yo, con voz atropellada y ronca, y echamos a andar.

Iba con los libros y cuadernos sueltos y abrazados contra el pecho, y yo me ofrecí para llevárselos, pero ella me dio las gracias y me dijo que no con una sonrisa alegre y confiada. La suavidad y pureza de su cutis y la luz fresca de sus ojos hacían pensar en idílicas estampas primaverales.

Y ella... Parecía haber nacido para ser feliz porque sí, sin mérito ni esfuerzo. Yo la miraba de reojo. Sus manos sugerían las más fantásticas caricias que uno se pueda imaginar, y en su mirada había algo, como una promesa, de la íntima calidez de su cuerpo. De su cuerpo inmortal, pensé. Porque yo tenía ya para entonces el don de distinguir la belleza pasajera de la permanente. Igual que hay muchachas cuya hermosura contiene el sello de lo efímero, y casi anuncia y transparenta algo de la fealdad futura, hay otras que trasmiten la sensación prodigiosa, sobrenatural, de la belleza inextinguible. ¿Y qué podía hacer yo ante eso? Recordaba, sí, los temas de conversación que me había preparado, pero ¿cómo traerlos a cuento, y con qué voz? Me acordé entonces de Leo. Con Leo era distinto. Hablábamos de lo primero que se nos ocurría, aunque fuesen tontunas, y si no se nos ocurría nada, podíamos estar callados sin pudor durante mucho tiempo. Con fumar y escupir era bastante. Además yo con Leo no tenía nada que perder.

Por fin, exasperado por mi falta de coraje y de ingenio, le pregunté qué estudiaba, aunque yo ya lo sabía.

Acabo de empezar Derecho. ¿Y tú, qué haces? Háblame de ti.

Y yo, ¿qué iba a decir yo, si no había acabado siquiera segundo de bachillerato? Empecé a dudar y a tantear. La verdad, aún no sabía qué hacer, dije, porque eran muchas las cosas que me gustaban, y me puse a enumerar, la economía, la agricultura, el arte dramático, la mitología, la literatura, y con la enumeración me fui animando, la música, la botánica, el periodismo, hasta que al final dije:

Me gustaría ser un mono dando saltos por entre las ramas del gran árbol del saber, y yo mismo me quedé admirado de aquella frase afortunada. Mi padre quiere que sea administrador, como él. Pero eso es lo último que yo sería en la vida, administrador. Ya la propia palabra me repele. Además, tengo muchos proyectos, y lo que me falta en experiencia me sobra en ilusión, dije, porque al parecer el amor me había concedido de repente el don de la elocuencia, y las ideas y las palabras acudían fáciles y solícitas a mi boca.

Olivia me miró incrédula:

¿Qué proyectos?

Y yo:

¿Proyectos? Uff. Ser médico en África, por ejemplo. Viajar. Tocar el saxofón. Aprender lenguas y costumbres de tribus primitivas. O escribir, no me importaría ser escritor.

¿Escribir qué?

Ah, no sé, novelas de aventuras, libros de viajes, poesía...

Y aquí me detuve y pensé: Poesía. Hacía un día gris y templado, y yo por un momento me sentí poeta, capaz de expresar la emoción que me desbordaba ante la belleza del otoño y del mundo. Ah, si yo hubiera logrado contar el bullicio estético que había dentro de mí, el secreto esplendor del gris y el ardiente y poderoso latir del corazón de la tierra por la que caminábamos los dos en ese instante, o solo lo bonitos que estaban los árboles en su primera languidez, y cómo toda esa belleza estaba hecha para nosotros dos, protagonistas únicos de ese día irrepetible de otoño, si hubiera sabido, estoy seguro de que Olivia habría empezado esa misma mañana a enamorarse de mí y de mis palabras. Faltaban campanas de fiesta, es cierto, cantos de aleluya, un mensajero con túnica portando en ofrenda una bandeja con frutas y rosas, un arlequín haciendo gentiles quiebros de danza entre los viandantes, pero así y todo, gracias al amor, el día se me había revelado de repente en toda su gloria y majestad.

Tan eufórico me sentía, tan sobrado de mí mismo, que de pronto, en el colmo de la inspiración, me puse a cojear. Olivia se detuvo y me miró alarmada:

Qué te ha pasado.

Y yo:

Nada, que ayer me torcí un tobillo trepando a un árbol y me acaba de volver el dolor.

¿Trepas a los árboles?

Sí, me gusta trepar, saltar, correr, luchar. ¿Y sabes por qué? Porque adoro la naturaleza, y yo mismo me quedé extrañado de esa palabra, *adorar,* tan ajena a mi vocabulario. Me encantan las montañas y amo la brisa, los crepúsculos, los ríos y las praderas infinitas. ¿A ti no te pasa lo mismo?

Sí, claro.

¿Y no te gustan los animales?

¡Mucho!

Yo a veces me entiendo mejor con ellos que con las personas. Y de todos, me fascinan especialmente los caballos. Me gusta montar a caballo, y monto muy bien. Podría coger del suelo una flor yendo a todo galope.

Qué bárbaro, dijo ella.

Era mentira, por supuesto, pero yo había visto tantas películas de indios y vaqueros, y era tan feliz en esos momentos junto a Olivia, que daba por hecho que sabría montar perfectamente cuando llegase la ocasión.

¿Y no te gustaría vivir lejos del mundo, en una cabaña junto a un río?, dije, en el colmo de la exaltación. Imagínate: al fondo unas montañas, que estarán nevadas en invierno, aquí los prados, y el tierno mugir de los terneros entre la hierba mecida por el viento, más allá el bosque, y no muy lejos un lago de aguas claras donde bajan a beber los ciervos y los zorros en los atardeceres de verano. Imagínatelo.

Sería bonito, dijo ella, y creí advertir en su voz, que olía a menta, un trémolo de nostalgia.

¡Sería precioso! Mira a tu alrededor. ¿Qué ves? Comerciantes, oficinistas, obreros, policías, gente apresurada que no consigue ser feliz. Y así un día y otro día, y un año y otro año, hasta el fin de sus vidas.

Y seguí hablando, tan ágil y contento que hasta se me había pasado la cojera. Y es que mi viejo proyecto de vivir en plan pionero en una cabaña junto a un río, que lo tenía ya casi olvidado, ahora de golpe cobraba un nuevo y formidable vigor. Hablé de cazar y pescar, de cortar leña, de sacar agua del pozo, de surcar el lago en una canoa al compás sedoso de los remos, y en fin, de llevar una vida libre, natural, plena y auténtica...

¡Mira!, dije triunfante, y en otro rapto de inspiración saqué mi navaja de pata de cabra, la abrí ante sus ojos asustados, y la lancé y la clavé en el tronco de un árbol que estaba a unos tres metros de distancia. ¿Ves? Lo mío no es un capricho sino un proyecto de verdad, dije mientras la cerraba y la guardaba. Ya te dije que yo amo profundamente la libertad y la naturaleza.

Y hubiera seguido hablando, ebrio de palabras, si no es porque después llegamos a la parada del autobús, y enseguida, como si hubiese estado esperando precisamente ese momento, el autobús apareció solícito y la invitó a subir.

Yo le dije:

Pero apenas me ha dado tiempo de contarte nada de mis proyectos. ¡Hay tantas cosas que no sabes de mí!

Y ella:

Me encantará oírlas. Es muy interesante lo que cuentas.

Entonces vendré otro día y te acompañaré al autobús.

Vale, dijo ella, y se acercó más a mí y me besó muy cerca de los labios. Yo creí que me daba algo, porque me entró una especie de temblina y se me secó la boca y no podía tragar ni respirar.

Subió de un salto al autobús y me dijo con la mano: adiós. Y cuando el autobús ya arrancaba, yo di una carrerita tras él y grité:

¿Sabes qué nombre le pondré a mi casa junto al río?

¿Cuál?, gritó ella.

Y yo estuve a punto de decir: Olivia, que es lo que de verdad quería decir, pero entonces se me cruzó una de las palabras nuevas que había aprendido en esos días y dije: ¡Atalaya!, y ella sonrió, y así, sonriendo, se fue borrando en la distancia.

¡Bien, bien!, me dije en cuanto me quedé a solas. Has conseguido ser tú mismo, solo tú mismo, sin necesidad de enmascararte o aparentar más de lo que eres. Ese es el camino, a ver si ya no se te olvida nunca. Y, analizando por menudo los hechos, rescatándolos de la memoria ahora que estaban tiernos, llegué a la conclusión de que ella se había quedado ¿impresionada?, ¿sorprendida?, ¿encantada?, ¿subyugada?, conmigo. Seguro que sí, porque quizá no había conocido nunca a nadie como yo, tan distinto a los jóvenes ñoños, flojos y previsibles, que ella frecuentaba. Y de pronto aparecía alguien diferente, original, único, hecho del barro mismo de la vida, con criterios propios, con proyectos insólitos, y con coraje y determinación para llevarlos a buen término. Tal como los héroes del cine, y que no eran invenciones ni imposibles sino casos surgidos de la realidad, hombres que se hacen a sí mismos o que son capaces de abandonar la vida rutinaria para entregarse a la persecución de un ideal.

Vivir en una cabaña junto a un río, por ejemplo. No había más que ver su cara para notar el entusiasmo, la fascinación, que había creado en ella. Ahora estará en clase, escuchando discursos librescos y aburridos, y es inevitable que en algún momento se imagine viviendo allí, en el campo, tal como yo se lo había descrito, la cabaña de troncos, el río, la brisa, el bosque, las praderas, el lago, los ciervos, las montañas al fondo, y entonces, forzosamente, pensará en mí y dirá: ¡Qué chico tan curioso!, ¡y qué distinto a todos cuantos he conocido hasta ahora! Y quizá escriba, en un rincón de su cuaderno: Hugo, y si sabe dibujar, es posible que dibuje la cabaña y su entorno, y que en algún lugar de su alma sienta ya el deseo de volver a verme y conocerme un poco más. ¿Y cuando dijo: Tenemos que seguir hablando, me gusta mucho todo lo que cuentas? ¿Y qué decir del beso? Un beso espontáneo, sincero, y hasta diríase que apasionado. O no, apasionado no, no les des alas a las ilusiones, pero sí impulsivo, un beso gustoso de dar, y quién sabe si un modo secreto de decir: Me gustas. Quién sabe. ¡Y qué bien había hablado! Nunca, nunca había dicho ni pensado aquellas cosas y menos aún con aquellas palabras tan emotivas, tan bonitas, que quizá eran los restos que quedaban en el fondo de la memoria de los poemas que mi madre me recitaba de niño. O de las muchas películas que había visto. O quizá es que había en mí un poeta innato que ahora empezaba a despuntar. Quizá era eso, qué otra cosa si no.

Luego, haciendo un poco de autocrítica, me dije: Tienes que hablar más despacio, aunque tampoco está mal que te atropelles de vez en cuando, dando así muestra de la energía y el ímpetu de tu carácter arrojado y romántico. No, no tenía que prepararme temas de conversación. Con mis ensueños me bastaba. Y, de repente, me pregunté: ¿Cómo iba vestida? ¡Dios mío!, no recordaba nada salvo un pañuelo de seda de color azafrán que llevaba al cuello. Tienes que ser mejor observador, me dije, porque igual que no te acuerdas de la ropa, puede ocurrir que también hayas olvidado otros muchos detalles reveladores, e incluso que te estés engañando al elegir solo aquellos recuerdos que te son más propicios. Y, como un trueno que confirmara aquel nubarrón repentino, me paré de improviso en medio de la calle: ¿Tendrá novio?

Desde ese instante, me torturaban a todas horas los celos y las dudas. Quizá ella no había sacado de mí tan buena opinión como yo pensaba. Quizá, por el contrario, mis proyectos le han parecido tontos y pueriles, y le habrá faltado tiempo para contárselos a sus amigos y reírse todos a mi costa, y no digamos de mi cojera y de mi afición a subir a los árboles, y de cómo saqué la navaja y la clavé en un árbol, y de todas las demás bobadas que había dicho. Y, en cuanto al posible novio, de inmediato me lo imaginé alto y guapo, fuerte, simpático, ocurrente, y me complacía, con gusto lúgubre y morboso, en atribuirle las más altas y raras cualidades. Me despertaba por las noches, los ojos llenos de telarañas, para seguir especulando en torno a aquel inagotable asunto. No, no soy digno de ella, no me la merezco, me decía, y recordaba que esas eran las mismas palabras que mi padre había usado al hablar de su amor. Y el hecho de parecerme a mi padre me hundía aún más en el desánimo. Así de rudos y agotadores eran los trabajos a que me había condenado el amor.

10

Pero luego (porque así de caprichosos son los vaivenes en los negocios del amor, tanto en las ridículas novelitas sentimentales como en la propia vida), las cosas se sucedieron con una facilidad pasmosa. Dos días después, decidí abordarla de nuevo, y hasta me permití la libertad de esconderme tras un quiosco de ciegos y salirle al paso con un aspaviento de fantasma y un rugido de ogro, de modo que le di tal susto que, en el intento de defenderse con las manos de aquella aparición, los libros y cuadernos, y los útiles del plumier, se le cayeron y desparramaron por el suelo.

Recogí sus cosas y, desde ese día, yo se las llevaba hasta el autobús. Si no hace falta, decía y porfiaba Olivia, y aunque se resistía yo se los cogía a la fuerza, porque a mí me gustaba sentir el peso y el tacto y el calor de lo que había sido abrazado y tocado por ella, y hasta lo olía a hurtadillas y, en efecto, allí estaba la secreta e inquietante fragancia que yo había percibido desde el primer momento en que la conocí. Olía a ella, y con eso está dicho todo. Y, hablando y hablando, una mañana le propuse vernos algún día por la tarde, ir al cine o a tomar algo, y ella no supo qué decir, hasta que al fin dijo:

Mira, te doy mi teléfono y me llamas un día.

E intercambiamos los teléfonos. Ella lo apuntó a lápiz en la pasta de un libro y yo me lo aprendí de memoria, tan firmemente que tantos años después todavía lo recuerdo. Y a mí aquel intercambio (era zurda y su mano pequeña y frágil agarraba el lápiz muy cerca de la punta y volaba sobre el papel) me pareció que entrañaba un pacto, un vínculo que ya no sería fácil de romper. Y, en cuanto a su número de teléfono, era estar en posesión de algo sumamente raro y valioso, algo así como un salvoconducto en territorio enemigo y en tiempos de guerra y destrucción.

Así que algunas mañanas le salía al paso con las manos ya listas para aligerarla de su carga escolar, y algunas tardes fuimos al cine o a un café, aunque nunca en sábado o en domingo, que ella se reservaba para formar con los otros el alegre grupo estudiantil. ¿Y de qué hablamos en esas inolvidables horas que entonces fueron de esperanza y hoy son pasto de la vergüenza y la melancolía? Entre otras cosas, hablamos de la vida libre y campesina, claro está. Y aunque aquel proyecto era un ensueño infantil y anacrónico, no sé cómo yo empecé a enredar en él hasta lograr que pareciera real o por lo menos verosímil, incluso para mí mismo. Supongo que serían cosas del amor, que es capaz de inventar y sustentar como ciertas las más disparatadas fantasías. O a lo mejor es que yo no tenía nada mejor que ofrecer. Pero el caso es que me aferré a aquel proyecto como el desesperado a su tabla de náufrago.

¿Y en qué lugar estaría esa granja?, me preguntaba Olivia, porque ella desde el principio hablaba de la «granja»; no de la tierra, o del campo, o incluso de la finca, sino de la granja, siempre de la granja, como si se tratase únicamente de una explotación ganadera y agrícola.

Si estábamos en un café, yo intentaba no dejarme intimidar por la fácil elegancia con que ella endulzaba o removía, o se llevaba a la boca una patata frita. O el modo en que apoyaba la mejilla en la mano para escucharme con mayor atención. O la manía maravillosa que tenía de hacer mil pedacitos de una servilleta o de unos palillos, de forma que al final quedaba una montañita de pizcas que a mí me parecía una pequeña obra de arte. ¡Y yo la veía tan guapa! Tanto, que no sé cómo no supe ver desde el principio que tanta belleza y tanta gracia no podían estar reservadas para mí.

En cualquier parte, decía yo, eso es lo de menos, en Canadá, en Arizona, en Kenia, en Singapur. O simplemente en España, qué más da, el caso era vivir lejos, encubierto, allá donde el mundo no te alcanzara con las garras de la mentira, de la injusticia, del dinero, del afán de poder. Aunque, respecto al dinero, maticé, no fuese ella a pensar en una vida mísera y fatigosa, mi plan era vivir con todo tipo de comodidades, una casa grande con porche, automóvil, piscina, cancha de tenis, cenador para las noches de verano, empleados que se ocuparan de las faenas más duras del campo.

Y ella celebraba, o fingía celebrar, mis palabras, diciendo que esa era la mejor vida posible, como la de los sabios y los anacoretas, y me animaba a perseverar en el empeño, y hasta se entusiasmaba cuando yo le describía cómo iba a ser un día cualquiera en aquellas hermosas soledades, donde además, por cierto, habría otros solitarios para formar entre todos una comunidad pacífica y feliz.

Luego, años después, caí en la cuenta de que Olivia no hablaba nunca de ella y de sus cosas. Yo la interrogaba sobre sus hábitos, sus gustos, sus manías, sus planes de futuro, su pasado, pero ella siempre desviaba la conversación pretextando que su vida carecía de interés comparada con la mía y que era mejor que hablara yo. ¿Por qué? Yo no entendí entonces el significado de sus silencios, y hasta mucho después no sospeché que acaso ese era un modo de establecer distancias, de evitar que nuestra relación fuese derivando hacia la intimidad y luego hacia el amor. Sí, seguro que esa era la causa de su discreción, pero yo no supe verlo y tomaba sus palabras como un halago, y seguía con el cuento de mis tontunas y quimeras.

¿Y de dónde vas a sacar el dinero para comprar y montar la granja?

Y a mí, claro está, me faltó tiempo para hablarle de la facilidad que tenía para hacer negocios, grandes negocios, y cómo, si quisiera, podría hacerme muy rico en poco tiempo.

¿Muy rico?, dijo ella. ¿No hablarás en serio?

Cómo que no. Si hacerse rico es la cosa más tonta del mundo. Yo creo que la mayoría de los millonarios son idiotas, por eso precisamente son millonarios. Mira, casi todas las grandes fortunas del mundo se han hecho comprando y vendiendo, ese es todo el secreto: comprar y vender.

Pero ¿comprar y vender qué?

Y yo:

Cualquier cosa, eso qué importa, siempre que sea al por mayor. Patatas, caracoles, ataúdes, hierro, juguetes... Lo que importa es estar informado. La información lo es todo. Saber dónde tienes que comprar y vender. Un ejemplo. Tú compras maquinaria pesada de desecho, modelos anticuados. Compras en países ricos a precio de chatarra, también piezas de repuesto, y luego reparas y pintas las máquinas en un país donde la mano de obra sea barata y las vendes a precios de segunda mano, casi como seminuevas, en países que empiezan a ser prósperos, y donde la industria y la construcción estén en alza. ¿Me explico? No cinco o seis máquinas, sino cinco mil o seis mil. Así de fácil. O compras y reparas también por cuatro perras camiones frigoríficos y creas una empresa de distribución de pescado. Lo único que hace falta es tener fe y voluntad, creer en uno mismo, y carecer por completo de escrúpulos para explotar a unos y sobornar y corromper a otros. Y siempre al por mayor.

Yo no sabía si aquello que contaba era real o ficticio, no sabía si creerme o no mis teorías, supongo que no, y que lo único que me interesaba era el valor que pudiesen tener mis palabras para seducir a Olivia. Y a lo mejor ella se quedaba con la yema de un dedo en los labios, y yo pensaba que aquel gesto era de sorpresa y admiración ante mi planteamiento, que expuesto así de golpe parecía irrefutable.

Pero a mí no me gustan los negocios, le decía, en un tono de queja, como emborronando con lágrimas mi discurso anterior, y poniendo así una virtud sobre la otra, salvo para ganar lo suficiente con que poder vivir en el campo, o navegar en un velero, o dedicarme a tocar la flauta o a estudiar las estrellas. Y como me parecía que en sus ojos había quedado un residuo de duda, otro día le dije que había otro camino todavía más fácil para hacerse rico en un momento.

¿Ah, sí? ¿Cuál?, y a mí me enloquecía aquella manera sobresaltada que tenía de preguntar, abriendo mucho los ojos y dejando la boca pasmada en la posición en que había quedado al pronunciar la última sílaba.

Un atraco.

Y ella se echó a reír y a mover a un lado y al otro la cabeza:

¡Estás loco! ¡Ya decía yo que estabas loco! Qué cosas se te ocurren. Además —y me pareció que me lo decía con un deje provocativo de burla—, no te atreverías. Tú no tienes pinta de atracador.

¿Qué no? Uff, qué mal me conoces. Yo soy..., no sé cómo decirte..., yo tengo mucho valor, yo soy capaz de todo, y ahí dejé de momento el envite.

Y otro día, cómo olvidarlo, me preguntó si viviría solo en la granja. Para entonces habíamos ido dos o tres veces al cine, no a ver películas del Oeste ni de aventuras sino las que ella elegía o las que elegía yo pensando en ella, comedias o melodramas modernos, o sencillamente películas de moda. Una vez, después de ganar terreno milímetro a milímetro, mi antebrazo desnudo logró rozar apenas su antebrazo desnudo, fue uno de los momentos más fantásticos de mi vida, y cuando digo desnudo lo digo con toda la intención y el misterio que puede tener esa palabra, su piel toda desnuda y en la más completa desnudez, no es fácil de explicar, y ella no apartó su antebrazo desnudo sino que lo dejó allí, en su sitio, inmóvil en su sitio, desnudo e inmóvil, y ya casi al final de la película yo hice como que me reacomodaba en el asiento y apreté un poco más mi antebrazo desnudo contra el suyo también desnudo, y ella se mantuvo firme, atenta a la pantalla pero firme en su posición, es decir, dando su consentimiento, diciéndome: Adelante, vamos, adelante, y revalidando su decisión al encenderse ya las luces y mirarme con una sonrisa pícara y complaciente, o eso al menos me pareció a mí. Y otra vez, al despedirnos, con aquella costumbre que tenía de mezclar los alientos y besar muy cerca de la boca, yo le di un beso en los labios desnudos, un beso fugaz, y como Olivia hizo un gesto de sorpresa y se echó a reír, luego, en cuanto se quedó otra vez seria, volví a besarla, como compartiendo la broma, y ella volvió a reírse, pero a la tercera vez me puso un dedo en los labios y me dijo en voz baja: Buenas noches, y lo que más me turbó y excitó fue su dedo en mi boca, porque era ella, no yo, quien había tomado esa iniciativa tan espontánea y llena de alusiones. ¿Y qué podía pensar yo entonces? Pues que, al aceptar el beso por dos veces, y al poner su dedo en mis labios, aceptaba también y ponía un sello de conformidad en nuestras relaciones, un acuerdo no formalizado aún, pero que incluía un salvoconducto para emprender juntos la marcha hacia un futuro promisorio y común.

Por eso, cuando me preguntó si viviría solo en la granja, yo me sentí decepcionado, por no decir que herido de muerte. Pero el amor, con el arma que hiere también cura, y por eso, cuando me preguntó si tenía novia yo moví muy lentamente la cabeza, dándole así solemnidad y doble sentido a la negación, y todavía moviéndola le pregunté lo mismo a ella, y ella apartó desdeñosamente con una mano la pregunta, al estilo americano, un gesto que a mí me recordó a Leo y a sus modos irreverentes, y no sé si por eso o por qué, de pronto me atreví a cogerle las dos manos y la miré a los ojos con toda la intención y fijeza de la que era capaz, con esa solvencia sentimental que había aprendido en las películas.

¿Tú te vendrías conmigo a vivir al campo, o en un velero a dar la vuelta al mundo? Dime la verdad, ¿te vendrías?

Por qué no, dijo ella, y a mí me pareció que su respuesta era pensada y trascendente, y que en ella no había juego ni burla.

En el campo podrías estudiar por correspondencia. Y tus padres podrían pasar allí algunas temporadas. ¿No crees que sería una vida maravillosa?

Olivia sonrió y puso los ojos en blanco, soñadoramente en blanco, como si dijese: Sería bonito, sí, pero es un sueño irrealizable, una fantasía, un hablar por hablar. Y luego dijo en tono de broma:

Me parece que tú has visto muchas películas del Oeste,

y que más que en una granja, a ti lo que te gustaría es vivir en un rancho de Ohio, con la pistola al cinto.

Pero yo insistí en mi pregunta: ¿Te vendrías?, porque para entonces yo tenía formado un plan que a mí me parecía perfecto. Haría un pacto con mis padres: les pediría un adelanto de la herencia y me marcharía de casa y los dejaría vivir en paz. Y ellos aceptarían, cómo no iban a aceptar si más que una petición era una exigencia, y con ese dinero, que sería un puñadito de millones, me compraría y montaría la granja, o el rancho, o lo que fuese aquello. Ya había averiguado incluso el precio de algunas fincas rústicas, y de los caballos, las vacas, el pienso, la maquinaria, y a mí todo aquello me parecía fácil de hacer y de conseguir, era cuestión solo de atreverse, y por lo demás, la vida campesina cómoda y bien organizada, y sustentada en sólidos ideales, podía ser poco menos que idílica. Y aquel proyecto para mí no era un sueño, ni un juego, ni un hablar por hablar, sino algo al alcance de la mano, tan sencillo como comprarse un coche o hacer un viaje de placer a un país lejano.

Así que cuando volví a preguntarle si se vendría conmigo al campo, no en un futuro ilusorio, no el año que viene o ya veremos cuándo, sino el próximo mes, o incluso la próxima semana, y cuando le conté lo de la herencia y le hablé de los precios exactos de las cosas, ella tampoco se lo tomó del todo en serio, porque hizo un gesto aniñado y encantador de intriga y, después de pedirme que siguiera contándole otros detalles de mi plan, y cuando yo estaba contando, ella me interrumpió con una risa aguda y un poco histérica y me dijo:

¡Eres un fabulador!, ¡eres un fabulador y un romántico y deberías dedicarte a escribir novelas de aventuras!

Pero yo no supe interpretar aquella risa ni detectar el tono de alarma que había en su voz. Y es que más allá del amor no se ve nada que no sea más amor, como en el mar o en los desiertos no hay más horizonte que la arena y el agua. Además, para mí el mundo se había encogido y encogido hasta convertirse en Olivia, solo en Olivia. Ese era para mí todo el mundo, y en ella empezaba y terminaba toda la realidad. De modo que, saltando por sobre cualquier obstáculo, yo estaba seguro de que si albergaba alguna duda de la atracción que sentía por mí y por mi proyecto, esa duda se disiparía en el momento en que yo me presentara ante ella con el dinero de la herencia y le dijera: Mira, aquí tienes, contante y sonante, el precio de lo que tú creías un sueño irrealizable, la llave de lo imposible, la que abre el futuro hacia una vida libre y auténtica, de la que hemos hablado tantas veces. Y ella, ante esa escena dramática y grandiosa, ¿qué iba a hacer sino rendirse al hechizo del amor y a la tentación de la aventura? Eso es más o menos lo que pensaba entonces, o lo que mi esperanza me obligaba a pensar.

Ni siquiera supe ver que hubo un momento, desde que yo le demostré que mi proyecto y mi designio de llevarlo a cabo no eran una fantasía sino algo muy real, en que Olivia empezó a evitarme. No lo supe ver. Por ejemplo, cambiaba a veces su itinerario para ir al autobús, la llamaba por teléfono y me decían que no estaba, o no respondía nadie, y cuando conseguía hablar con ella, ponía cada vez más pretextos para rehusar las citas. Entonces comenzó, aunque yo no supe verlo, una especie de acoso. La espiaba, le salía al encuentro, la llamaba por teléfono a cualquier hora, le decía que ya había comprado entradas para el cine, o simplemente recurría a la súplica, a la voz llorosa, a la espera paciente, a veces bajo la lluvia, frente a su casa, a vagas amenazas de desesperación y acabamiento. Y, al rato de estar juntos, ya estábamos otra vez hablando de nuestras cosas, de lo que yo creía entonces que eran nuestras cosas, y que ella se resistía a aceptar no por su voluntad sino por miedo a cambiar un porvenir espléndido pero incierto por un presente confortable y seguro. Recuerdo que una de esas noches, no solo la besé sino que, apremiado por la lujuria, por la torpe urgencia de la lujuria, intenté abrazarla de cuerpo entero contra un muro, y durante un breve rato estuvimos forcejeando, hasta que ella sutilmente, ágil y escurridiza como una comadreja, consiguió zafarse del abrazo. Me amonestó con un dedo como una maestra a un alumno díscolo pero simpático en el fondo. Haya paz, dijo con los brazos, y yo, díscolo y simpático como era, le di un besito en los labios y eché a correr y a brincar como un duende ante sus ojos supongo que asustados y atónitos.

Y un día llegó al fin el momento en que decidí poner en práctica mi plan. Hablaría con mi madre y le diría lo de la herencia, para que ella hablara y convenciera a mi padre, cosa que no le costaría nada, porque mi padre le consentía todo, y por otro lado también él estaría encantado de perderme de vista, al menos durante una larga temporada. Una de las tardes en que había ido a ver al falso doctor Ruiz, la esperé en la calle vigilando el portal, escondido tras una esquina para evitar encontrarme con Leo. Durante ese tiempo del enamoramiento ya apenas nos veíamos, Leo y yo, y si nos veíamos yo no intentaba ningún juego erótico sino al revés, me mantenía huraño y apático, y al rato ya me sentía a disgusto con ella y me ponía a pensar en Olivia y entonces añoraba la soledad, y en cuanto podía me escapaba para estar a solas y vivir mi pasión amorosa con todo el gozo y el dolor de que era capaz. Leo me preguntaba que qué me ocurría y yo le contestaba de malos modos que nada, que qué me iba a pasar. Hasta que un día me dijo:

A ti lo que te pasa es que has conocido a otra y que te has enamorado de ella.

Qué tontería, dije yo.

Y ella:

Lo sé. Es morena y tiene el pelo largo.

Yo lo negué otra vez.

Y ella:

Es estudiante, viste ropa cara y sus ojos son claros.

Yo me encolericé, la agarré por los hombros y la zarandeé:

¿Por qué me espías?, ¿quién eres tú para espiarme? ¿O es la bruja de tu madre que te ha echado las cartas?

Y ella también se indignó y me dio con todas sus fuerzas un puñetazo en el pecho y me dijo que qué me había creído, que jamás se le habría ocurrido espiarme porque yo no le importaba nada, y me escupió en la cara, y aun intentó darme un rodillazo en la entrepierna.

Eres un asqueroso, como todos los hombres, dijo, y ya no quiero verte más, ni que me beses, ni menos aún pelear contigo.

Yo me sentí liberado, porque entre nosotros había un compromiso secreto de novios que yo quería romper, pero luego, en algún momento de desánimo, cuando me abrumaba la soledad (o quizá, pero esto lo pensaría mucho después, arrastrado por algún tipo de fatalidad o de oscura atracción), alguna tarde volví a buscarla, y entonces íbamos al cine, o paseábamos sin rumbo, fumando, escupiendo, ella con los cascos de música y yo abismado en mis asuntos, sin apenas hablar, como novios desavenidos, hasta que nos despedíamos con un gesto de desgana, sin decirnos adiós.

Desde la esquina, filtrando miradas furtivas, yo pensaba qué palabras, qué tono, qué argumentos, qué expresión en la cara, debía usar para dirigirme a mi madre y hacerle mi propuesta. No había vuelto a hablar con ella desde que le exigí dinero para comprarme ropa nueva. Yo paraba poco en casa, y ella lo mismo, y si coincidíamos, cada cual se quedaba en su cuarto, y si teníamos que salir para ir al baño, al salón, a la cocina o a la calle, espiábamos los ruidos y silencios del otro con tal de no encontrarnos. Por eso, cuando la vi salir del portal esa tarde, no supe cómo abordarla, y tuve que reunir todo mi valor para salirle al paso, plantarme ante ella y decirle:

Tengo que hablar contigo, y a punto estuve de añadir: Mamá, pero en el camino del pensamiento a los labios esa palabra se había convertido ya en blasfemia.

Ella no dijo nada. Me miró duramente y esperó a que yo hablara. Le señalé la cafetería-pastelería, pero ella dijo:

Lo que tengas que decir, dímelo aquí.

Y ahora entra en escena otra vez el silencio, su majestad el silencio, el que a veces te obliga a decir lo que no quieres y a callarte lo que anhelas decir, el urdidor de equívocos, de esperanzas, de angustias, de culpas, de las más fantásticas sugerencias e hipótesis, espada que hiere y elixir que alivia, cornadas de grillo que a veces son mortales, escaparate y trastienda donde ocultarse o exhibirse, albergue donde descansar y laberinto en el que extraviarse, el comediante de las mil caras, el único capaz de decir lo indecible, el histrión desvergonzado al que no le importa hacer público lo inconfesable sin miedo ni rubor, el mago que convierte lo claro en turbio y lo inescrutable en evidente, el que con más secreta elocuencia nos define, porque tanto o más que por nuestras palabras los demás nos conocen e intuyen por nuestros silencios. Y ahora, al decirme mi madre: Lo que tengas que decir, dímelo aquí, yo me sentía desarmado, indefenso, porque yo no sabía ahora qué hacer con el silencio. Qué decir, qué hacer, cómo callar cuando el otro no te ayuda en las pausas sino que te deja expuesto a ellas, a la intemperie, permitiendo que el eco de las palabras recién dichas resuene en el silencio con todas sus contradicciones, sus insuficiencias, sus titubeos, sus significados desnudos que, por sí mismos, sin el auxilio del otro, poco o nada aciertan a decir.

Nos juntamos a una pared para no estorbar a los viandantes. Llevaba una gabardina con el cuello subido y el cinturón prieto, que le realzaba y estilizaba el tipo, y un sombrero color cereza de fieltro. Algo en ella y en el ambiente invernizo que nos rodeaba me recordó a *El tercer hombre,* donde los diálogos son tan escuetos como los nuestros de esa tarde. Con las palabras justas le dije que necesitaba una parte de la herencia que me correspondía para irme de casa y establecerme por mi cuenta.

Voy a montar un negocio, le dije. Voy a hacerme granjero.

Ella siguió esperando, el mentón alzado en una expresión altiva de dignidad.

Me voy a casar, dije, obligado por el silencio, cuya responsabilidad era toda mía.

Creí captar en sus ojos un brillo de desprecio. Yo no quería seguir hablando, pero el silencio me obligaba, porque no puedes decirle a alguien: Tengo que hablar contigo, y después quedarte callado, pasarle al otro el deber de hablar, la carga de la conversación. Y esto lo digo yo, que he llegado a ser con el tiempo un maestro en el arte de burlar el silencio. Pero en aquellos tiempos yo no sabía nada. Por no saber, ni siquiera sabía qué tipo de persona era yo. Así que le dije:

Estoy enamorado.

Con esa declaración, yo esperaba forzar en ella un signo de piedad. Pero no: siguió mirándome con su rostro duro y hermético, donde solo eran reconocibles el brillo de sus ojos y las enfáticas comisuras de su boca, que pregonaban el desdén que le inspiraban mis palabras.

Como tú del falso doctor Ruiz.

Y yo no quería decir eso, jamás me hubiera atrevido a decir algo así, pero yo no era ya dueño de mis palabras, y ella seguía en silencio, mirándome triunfante. Y yo creo que ella lo sabía. Ella sabía que yo estaba perdiéndome, chapoteando en un fango verbal donde me iba hundiendo sin remedio cada vez que una de aquellas sucias frases asaltaba mi mente. Era como estar ante la misma esfinge. Una especie de terror al vacío me obligaba a seguir hablando, como el que tropieza y ya no puede dejar de correr, a decir una frase con que tapar el oprobio de la anterior, frases que, juntas y en tropel, equivalían a una revuelta, a una revolución en toda regla.

¿Por qué no abandonas a tu marido y te vas con tu amante? ¿No te da vergüenza llevar una doble vida?

Y como ella seguía humillándome con su silencio, le dije:

¿Cómo puedo saber yo que el falso doctor Ruiz no es mi padre?

Y entonces ella habló.

Eres un monstruo, dijo, pero no como un insulto sino como la constatación de una evidencia.

Y tú una mentirosa, respondí al vuelo, y viéndome perdedor en el intercambio de agravios, añadí: Y una puta.

Ella se tapó los oídos con las palmas de las manos y abrió la boca en un grito mudo. Me miró largamente, y en su mirada empañada de lágrimas había algo que me hirió más que nada, una infinita lástima. Luego, con una determinación tremenda, que yo ni siquiera sospechaba en ella, se dio la vuelta y se perdió entre la multitud.

A mí me ocurrió entonces una cosa curiosa, y es que tuve o creí tener mi primera gran experiencia moral. Primero me pasé mucho tiempo paseando rabioso por el barrio, calculando las ganancias y pérdidas en el caso de sacar a la luz las vidas ocultas de mis padres y desbaratar el tinglado familiar de una vez por todas, que era lo que mi rabia y mi frustración me exigían hacer en ese mismo instante. Venganza y destrucción, era el único lema que ondeaba en mi mente.

¿Qué hacer? Tras una larga caminata, entré en un bar, pedí un coñac y me puse a ver en la tele un partido de fútbol. Todas las cosas de mi alrededor parecían señales, mensajes cifrados que me advertían de algo, que me aconsejaban, que me enviaban noticias sobre mi destino, que ahora de pronto había tomado un rumbo nuevo, hacia parajes nunca vistos. ¿Qué hacer? Yo tenía prisa y necesidad de hacer algo, pero no sabía qué. Pedí otro coñac, y luego otro. Algo empezaba a removerse en el fondo de mi conciencia. El débil latido de un monstruo en ciernes. Entonces tuve una visión, supongo que en parte deudora del coñac. Al desmoronarse mi futuro amoroso, que era lo que llenaba mis días y les daba un sentido, de repente mi vida había quedado al descubierto. Ahí estaba, como el alacrán bajo la piedra, puesta a la luz de golpe. Como cuando me enamoré de Olivia, podía ver físicamente el panorama entero de mis años, y señalar con el dedo sus acontecimientos y accidentes. Y como la otra vez, me quedé horrorizado ante aquella visión. Había abandonado los estudios, había chantajeado y ultrajado y torturado a mis padres, había herido quizá de muerte a mi único amigo, y ahora andaba intentando seducir con malas artes a una muchacha y llevarla conmigo a un lugar solitario y remoto, a una triste cabaña, donde poder saciar mi lujuria con ella. El paisaje que se veía desde aquel alto en que el coñac y el amor me habían encaramado era en verdad miserable y caótico. ¿Qué había sido de mi ambicioso proyecto de regeneración, el que ideé en cuanto apareció ante mí la figura redentora de Olivia? Pedí otro coñac, para engolfarme aún más en la miseria. Mejorar el vocabulario, tocar la flauta, retomar los estudios, aprender idiomas, leer todos los libros del mundo, reconciliarme con mis padres. Y todo eso, ¿fue por amor a la virtud, para hacerte merecedor de Olivia, de sus altas prendas, radiante luz, extremada pureza, levedad celestial, y demás baratijas retóricas al uso, o sencillamente para lograr follártela?

Y aquí viene la experiencia moral. Cualquiera se hubiera avergonzado de sí mismo y hubiera corrido a implorar el perdón de sus pecados ante todas las instancias humanas y divinas. Pero esa noche yo aprendí algo nuevo de mí. Aprendí que, por muy bajo que uno caiga, mal que bien acaba por amoldarse a su situación. Se mueve y se remueve hasta encontrar una postura más o menos cómoda. Eso es todo. Se adapta al medio. Porque en el oscuro trasmundo de cada individuo solo y desabrigado, la ley de la supervivencia puede más que los imperativos éticos. Por eso esta vez no sentí el menor anhelo de purificación. Al revés, bien aferrado a mi miseria, aliviado por la penitencia del desprecio que sentía por mí mismo pero con la secreta y heroica convicción de tener por enemigo al mundo, me fui a dormir la mona.

11

Cuando desperté era ya tarde y había en toda la casa un extraño silencio, tan nítido que a través de su extensión y hondura uno podía recorrer con la mente los pasillos y las habitaciones y ver lo que pasaba en ellos, ver a sus moradores, y las tareas que se traían entre manos. Y yo fui recorriendo la casa con los ojos cerrados y la imaginación en carne viva y vi a mi padre en su cuarto (tan tarde y todavía en casa, pensé al verlo), y luego vi el salón vacío, la cocina, los baños, y cuando llegué a la habitación de mi madre me detuve en la puerta y no necesité más para saber lo que iba a encontrar dentro. Esperé un rato, fumando en la cama, demorando el momento de ir a confirmar mis sospechas.

Todo estaba en orden, pero en el ambiente se notaba una tensión dramática, la pausa aún vibrante de acción que deja un actor cuando sale del escenario tras una intervención estelar. Lo primero que miré fue su colección de animalitos de cristal. Habían desaparecido todos. Puesto de puntillas, entreabrí la puerta de un maletero para comprobar que, en efecto, una de las maletas de viaje había desaparecido también. En el armario, algunas perchas vacías parecían conservar aún el postrer movimiento de las manos apresuradas que habían descolgado unas prendas de ropa, y en el baño faltaban sus útiles de aseo. Nunca supe si se había ido la noche anterior o ese mismo día, quizá de madrugada. Y mi padre debía de saberlo (quizá ella le había dejado una nota de despedida), porque a esa hora tan tardía él nunca estaba en casa, y además había abandonado su sillón de siempre para irse al sofá, donde permanecía derrumbado, en pijama, amorfo más que gordo, con la cabeza desplomada a un lado y la tragedia pintada en el rostro.

Me senté a su lado.

¿Qué ha pasado?, le pregunté.

Él movió imperceptiblemente la cabeza, lo suficiente para expresar lo inexpresable. Y allí estuvimos un buen rato, los dos en silencio, yo sin atreverme a preguntar más y él hundido y paralizado por el estupor. Tenía las uñas sucias y olía mal. Por la bragueta del pijama se le veía la pelambrera cana. Estaba tan abatido que me dieron ganas de sacudirlo y decirle: ¡Olvídala, y celebra su marcha! ¿No ves que lleva años poniéndote los cuernos? Pero al final le di una palmadita en el hombro y le dije:

¡Ánimo! Ya volverá.

Y eso es lo que yo de verdad creía, que no tardaría en volver, aunque solo fuese para formalizar su fuga. Pero al día siguiente me enteré por Leo de que el falso doctor Ruiz había salido de viaje y al parecer con urgencia y para mucho tiempo, porque al bajar con la maleta le dijo a la madre de Leo que se hiciera cargo de los productos perecederos de la nevera, que cerrase las ventanas y que mirase si se había dejado algún grifo abierto o algunas luces encendidas.

Deben quererse mucho para huir juntos así de golpe y abandonarlo todo, dijo Leo.

Le parecía un acto romántico, noble, una de las pocas formas en que el amor era limpio y leal.

Los admiro. Hay que tener valor para hacer eso.

Entonces me di cuenta de que habían hecho lo mismo que yo pretendía hacer con Olivia, y hasta me sentí absuelto de toda culpa por haber sido yo, precisamente, el que había propiciado y forzado aquella fuga amorosa que, sin mí, quizá no se hubiesen atrevido a realizar nunca.

De modo que, de un día para otro, mi madre desapareció de casa y mi padre se abandonó a la tristeza y a la abulia. Se pasaba todo el tiempo postrado en el sofá.

¿Qué quieres comer?

Y él movía apenas la cabeza. Y seguía moviéndola, como deslumbrado por una súbita certidumbre, cada vez que yo le preguntaba algo, si le había dejado alguna nota, si sospechaba algo del porqué de su marcha y adónde se habría ido, qué iba a pasar ahora con el dinero de los dos.

Estuvo dos días sin hablar, y solo en la mañana del tercero me pidió, con una voz tan débil que tuve que acercar la oreja a su boca para captar el sentido de sus palabras, que fuese a cierto inmueble a arreglar un asunto que no admitía demora. Él no tenía ni fuerzas para levantarse. Me dio la clave de la caja fuerte para sacar unos papeles. Allí, en la caja fuerte, que estaba empotrada en la pared, guardaba toda la documentación importante, y supongo que comprometedora, de sus enredos administrativos. Desde niño, yo había anhelado saber qué cosas maravillosas se guardarían allí, y por eso, cuando me dio los números de la clave, de pronto se renovó en mí la vieja e inefable pasión por los tesoros escondidos que nunca dejarán de habitar en el corazón humano, y con ese suspense abrí la caja y, ¡oh mundo prodigioso!, allí estaba el tesoro que yo ansiaba encontrar en aquellos momentos. Porque a mí, la verdad, la desaparición de mi madre no me afectó demasiado. Lo que sí me afectaba era que me había quedado sin recursos para llevar a cabo mi designio amoroso. Al fin y al cabo, ella sería ahora dichosa con el falso doctor Ruiz, pero ¿y yo?, ¿qué iba a hacer yo ahora con un padre inútil, perdidamente enamorado de Olivia como estaba, un amor tan absorbente que todo cuanto no fuese ese amor no era más que un estorbo? Si mi padre estaba postrado por amor, yo no lo estaba menos. Creo que los dos hubiésemos vendido el alma al diablo por lograr el favor de la amada. Y pensé: Nunca nuestras almas y nuestros corazones estuvieron tan unidos como lo están ahora nuestros chirimbolos.

Aquel tesoro que encontré en la caja era un enorme manojo de llaves, las llaves de todos los pisos de todos los inmuebles que administraba. Verlos y urdir el plan fue todo uno. El manojo estaba dividido en llaveros y cada llavero venía con la dirección y el nombre de los dueños. Entonces me acordé de aquel piso tan grande y tan lujoso que había visitado una vez con mi padre para inspeccionar una fuga de agua. Me acordé de la innumerable cantidad de objetos de valor que había allí. Me acordé también del día en que le dije a Olivia que yo podía hacerme rico si quisiera por medio de un atraco, y cómo ella se echó a reír y me dijo: No te atreverías, tú no tienes cara de atracador.

¿Que no?, dije para mí, y en ese crítico momento puse en marcha mi plan. Sonsacando al portero del inmueble y a mi padre, que a veces se animaba a hablar, supe que, en efecto, aquella familia era muy rica, que tenía incluso blasones nobiliarios, que estaba compuesta por cuatro personas, tres ya viejos y un joven, el primogénito, que casi nunca estaba en casa y que ahora andaba en viaje de negocios por algún lugar de Sudamérica. Supe también que a veces, no necesariamente los fines de semana, iban todos a pasar unos días a una casa de campo en las afueras de Madrid, y que en esos casos se llevaban también a la servidumbre. Yo guardé esos datos como el avaro sus monedas de oro, y a partir de entonces esperé mi momento. Todos los días iba al inmueble con cualquier pretexto, convidaba al portero al aperitivo, y aunque hablábamos de cualquier cosa, yo sabía muy bien de qué estábamos hablando. Y, en los vaivenes del coloquio, siempre salía a relucir el dinero, el lujo, la aristocracia, las casas de campo, la familia del inmueble en cuestión.

Y así, parecía que mi plan iba tomando forma por sí solo, casi sin necesidad de mí, como si yo fuese su servidor más que su artífice. A Olivia le adelanté, y se lo repetí varias veces con mucho secretismo, que tenía un plan en marcha, que de momento no podía desvelarlo pero que muy pronto iba a saberlo, y que entonces sabría de paso qué tipo de persona era yo.

Luego, todo se precipitó. Veamos. Mi madre desapareció un martes, el jueves yo abrí la caja fuerte, los cinco o seis días siguientes hice mis pesquisas, y he aquí que el viernes me enteré por el portero que la familia se iba esa misma tarde a la casa de campo.

A las nueve de la noche, ya estaba yo apostado, listo para la acción. Había pasado antes por un bar y, para coger fuerzas y templar los nervios, me tomé un par de cañas y un bocadillo de calamares, y en ningún momento dudé de lo que me disponía a hacer. Al contrario, creo que mi madre, con su huida, me ayudó a tomar de una vez por todas aquella decisión. Si ella había sido capaz de fugarse de casa y abandonar a la familia, no iba a tener yo menos valor que ella. Además, ¿qué otro sentido, sino el amor, tenía mi vida? ¿Qué podía perder yo en el intento? Y, por otro lado, la aventura de entrar en aquel piso donde tantos tesoros aguardaban, y sin apenas riesgo, hubiera sido bastante para afirmarme en mi designio. Todo eso, y más, pensaba mientras me mantenía apostado en un saliente, sin más armas ni ingenios que una linterna y mi navaja, esperando a que el portero cerrase la puerta y abandonase su puesto en recepción.

Recuerdo que hacía mucho frío, porque llevaba abrigo, guantes y bufanda, con lo cual iba medio enmascarado de un modo de lo más natural. Encogido, mirando al suelo y poniendo en mis pies un rápido sigilo, crucé la calle, abrí el portal y tomé escaleras arriba. El piso, un primero, carecía de medidas de seguridad, como yo ya sabía, de modo que maniobré sin apuro, cerré suavemente la puerta y me apoyé en ella para acompasar la respiración y cerciorarme de la inocencia del silencio. La oscuridad en el pasillo era total. Yo recordaba que aquel pasillo era muy largo, y que luego doblaba a la izquierda, y que a un lado y al otro había habitaciones, y que a través de una de ellas se veía otro pasillo perdiéndose a lo lejos. ¡Qué piso tan enorme y qué techos tan altos!, recuerdo que pensé, y sentí mucha envidia de los que vivían allí, porque a mí me hubiera gustado como nada en el mundo vivir en una casa tan grande, tan llena de estancias y pasillos y con toda clase de muebles e infinidad de cosas raras y bonitas por todas partes. Encendí la linterna sobre una alfombra y paso a paso, adelantando el torso en cada paso para poner en escucha la oreja, fui avanzando hacia donde yo creía recordar que estaba el salón y, adosado a él, el dormitorio principal, y en ellos los muebles con los objetos preciosos, y las joyas, y todo cuanto mi fantasía había querido añadir a aquel tesoro.

Pero algo debió de fallar en la memoria, que nunca es de fiar, porque después de doblar a la izquierda seguí un largo trecho por el pasillo hasta dar con una puerta cerrada, que en vano intenté abrir. Volví atrás, con una mano acariciando la pared, buscando un hueco a mi izquierda, por donde desembocaría en el salón, según mis cuentas. Pero el hueco no apareció, y sí otro vano a la derecha, que a la luz de la linterna mostró ser un nuevo corredor, con una gran vidriera al fondo. Entonces descubrí que me había perdido, y sentí una tristeza inconsolable. Era una de esas tristezas que uno siente de niño, y que solo se puede remediar con abrazos y mimos, y con reiteradas promesas de que no pasa nada, de que todo está bien, de que en el mundo no existen los peligros ni las más leves amenazas. Ahora no me preocupaba tanto encontrar el tesoro como la puerta de la calle. Me dieron ganas de llorar. Y más al recordar una frase de la infancia, de un dictado escolar: «Petronio es el árbitro de la elegancia». Un momento antes, ni siquiera sabía yo que existiera esa frase, y sin embargo ahora esa frase lo era todo. La repetía sin cesar, unas veces sílaba a sílaba y otras a trochemoche, y lo que son las cosas, como un mantra, esa frase consiguió serenarme. Sin dejar de repetirla, para cegar con ella la mente y defenderme de pensamientos intrusos y dañinos, decidí encomendarme a los buenos oficios del azar.

Entré en una habitación donde entreví una enorme cama barroca con dosel y un aguamanil de porcelana, en otra había muebles y cachivaches (y entre ellos distinguí jaulas de pájaros y piezas de ortopedia) amontonados hasta el techo, vi un saloncito azul, un dormitorio para niños con juguetes y retratos antiguos, un aposento con trofeos de caza mayor en las paredes y en mesas y vitrinas puestas al efecto, un gran armario lleno de trajes de disfraces, una alcoba grande y abovedada convertida en capilla, con su altar, sus imágenes, sus reclinatorios, su confesionario, su pequeño púlpito, su lugar elevado para el coro, y así andaba, deambulando al azar, cuando de pronto —saqué la navaja y me puse en guardia—, sonaron aquí y allá, y más allá, y en estancias remotas y por todas partes, los relojes del piso, dando la media de las diez. Debía de haber muchos y distintos relojes, porque unas campanadas eran lúgubres y otras alegres, unas cristalinas y otras herrumbrosas, unas desganadas y otras intrépidas, y como todas estaban desajustadas y sonaban cada cual a su manera y a su tiempo, aquello era en el silencio de la noche la más fantástica algarabía que uno se pueda imaginar.

Las 10:30. ¡Qué tarde era ya! Entonces me apresuré por aquel laberinto hasta que al fin llegué a un salón que me pareció el que buscaba, aunque nunca, ni entonces ni ahora, llegué a estar seguro de ello. Traté de identificar el mueble que tenía en la memoria y no sé si lo logré, porque quizá era el mismo o quizá otro parecido, pero acuciado por la prisa abrí los cajones y rebusqué en ellos y, entre otras cosas, encontré rollos de papeles atados con cintas, monedas antiguas, una dentadura, unas condecoraciones militares, qué sé yo la de cosas, hasta que al llegar al último cajón encontré un joyero, y se veía que era un joyero por los adornos de nácar y de oro y por la cerradura dorada que tenía, que parecía la de las casitas de los gnomos del bosque. Estaba cerrada, lo cual aumentó de inmediato su valor en mi imaginación, y más cuando la tomé en mis manos y la sacudí y comprobé que pesaba como plomo y que sus entrañas sonaban a música. Tanteando con las dos manos encontré en el mismo cajón dos relojes de pulsera, cada cual en su estuche. Me los metí con estuche y todo en los bolsillos, escondí el joyero bajo el abrigo y emprendí el viaje azaroso hacia la puerta de la calle. Como esta vez me guiaba por los pasillos, sin detenerme en las habitaciones, y aunque más de una vez me pareció que la puerta de algún aposento era la que buscaba, yendo y viniendo no tardé en encontrar la salida. Y recuerdo que antes de salir me persigné y dije, con un susurro inaudible: «Petronio es el árbitro de la elegancia».

Eran ya las 11:30 cuando llamé por teléfono a Olivia.

Soy yo, susurré. Baja un momento, por favor, tengo algo que decirte.

¿Bajar ahora? No, no puedo, me dijo, estoy ya en la cama y a punto de dormirme. Ya me lo dirás otro día.

No, tiene que ser ahora.

No puedo.

Es necesario que bajes, empecé a impacientarme. Ha ocurrido algo muy importante y tienes que bajar ahora mismo.

Te he dicho que no puedo. Además mis padres me preguntarían y yo no sabría qué decir.

Diles lo que quieras pero baja, le dije, y mi voz cobró un tono lacónico y cortante.

Pero ella se resistía y hasta se puso brava:

Te he dicho que no y es que no.

Siguió un silencio tenso, y como temí que ella lo aprovechara para colgar el teléfono, le dije con un murmullo amenazante:

Si no bajas tú, subiré yo.

¿Qué?, ¿cómo? —Olivia no salía de su asombro.

Si no bajas, le daré al telefonillo el tiempo que haga falta, hasta que me abráis, o tú o tus padres.

Oí al fin el hilo angustiado de su voz:

Bien, ahora bajo.

Sin hablar, sin siquiera saludarla, la tomé del brazo, como si la llevara prisionera, y la conduje hasta una esquina solitaria, iluminada pobremente por una farola.

Tú decías, acuérdate, le dije con un susurro apasionado, cuando lo de irnos a vivir al campo, que yo no era capaz de cometer un atraco, ¿no?

Olivia me miraba sin comprender.

¿Sí o no? ¡Di!

No me acuerdo...

Pues yo sí me acuerdo muy bien. Decías que no era capaz. Igual pensabas que yo era como tus amigos los estudiantes, que estaba hecho de la misma pasta que ellos, ¿no? Bien, pues mira, y haciendo pantalla con el vuelo del abrigo le enseñé mi botín, primero los relojes, luego el joyero. Aquí, y lo sacudí para que sonara, hay joyas de un enorme valor. Una millonada.

Con una mirada remota y con una voz también remota y un poco nasal, me preguntó:

¿Qué has hecho?

¿Que qué he hecho? ¿Es que no lo ves? He cometido un atraco. Por ti, por nosotros. Un trabajo fácil y limpio. Un golpe perfecto.

Y le expliqué que con el dinero de las joyas nos compraríamos la tierra y construiríamos la casa junto al río.

Lo hemos hablado muchas veces, ¿no? Una vida libre y sincera, lejos de las ambiciones e impurezas del mundo. Esa es la vida que nos gusta, ¿no? Si quieres, me apresuré a decir, viviremos como amigos, aunque yo sé que no te soy del todo indiferente, solo como amigos, nada más, y enfaticé bien estas palabras, o solo durante una temporada, en plan de prueba, porque yo lo que quería es que se viniese conmigo a la cabaña, y luego ya el roce haría el cariño. Es una experiencia única y maravillosa, que no podemos dejar escapar. Solo como amigos, repetí. Y tú puedes seguir estudiando por correspondencia, y tus padres pueden venir a vernos cuando quieran.

Atropelladamente, le expliqué mi plan. Mañana mismo saldría de viaje hacia tierras del norte para comprar la finca, entre las tres o cuatro que ya tenía elegidas y casi apalabradas, lo cual era medio ficticio y medio verdadero, y mandar hacer la casa que tantas veces habíamos evocado. Y otra vez le hablé del río, de las praderas, del bosque, de un Nissan Patrol, de los caballos, y hasta de un laberinto de setos, improvisé sobre la marcha.

Ese era mi proyecto secreto. Ese es el mundo que voy a construir para ti, le dije, solo para ti.

Ella seguía mirándome sin comprender, con un gesto de extrañeza que le cogía toda la cara.

Entonces me di cuenta de que aún no me había declarado, y que quizá por eso mis palabras le sonaban un tanto incoherentes.

Porque yo estoy, le dije, cómo decir, no sé, y aunque quería decir algo tan fácil como que estaba enamorado de ella, no me salía, creo que no conseguía acordarme de la palabra *enamorado,* y al final le dije: Estoy enfermo de ti, lo cual debió de crear en ella algún tipo de alarma, porque entornó los ojos y ladeó el rostro, como haciendo puntería sobre mí.

Pero eso es lo de menos, no te asustes, le dije, que no pienso raptarte, y enseguida comprendí que con esas palabras había agravado aún más la situación.

Entonces endulcé el tono e intenté embarullarla con visiones idílicas:

Tengo muchas ideas, todas estupendas, para que seas feliz. Que queremos ir al río a bañarnos, vamos; que queremos madrugar para ver despertarse a los pájaros, madrugamos; que preferimos quedarnos en casa junto al fuego, nos quedamos, y lo mismo si queremos ir a grillos o a nidos, a cazar liebres con galgo, subir a una montaña o buscar setas en el bosque. Mi voz era fogosa y susurrante. Y si queremos jugar, jugamos. Al parchís, al ajedrez, al trívial, a las cartas, a las damas, a las tres en raya. Sí, seremos felices e inocentes, como los niños. Es lo que habíamos hablado, ¿no? Piensa, por otro lado, que nada se pierde por probar. Probamos, como amigos, y si a ti no te gusta la idea, pues lo dejamos y ya está. Es así de fácil, y como para refrendarlo, volví a enseñarle el botín y a hacer sonar fuertemente el joyero.

Y aquí me callé y la miré exultante, esperando mi recompensa. Y ella, Olivia, que en el último tramo de mi exposición había ido pasando de la incredulidad a la indignación, finalmente dijo:

Chaval, tú eres tonto.

Eso dijo. Chaval, igual que Leo. ¿Y qué puede hacer uno ante algo así? No recuerdo bien lo que sentí o pensé en ese momento, pero supongo que, entre las brumas del desconcierto, la voluntad me incitaría sin duda a hacer algo, a abofetearla, a tirar de navaja, a arrojarle el estuche a la cara, no sé, alguna acción que se opusiera al intolerable ultraje que estaba sufriendo. Pero lo único que pasó fue que de pronto me subieron unas arcadas cada vez más y más incitantes, que me obligaron a volverme y a arrimarme contra la pared y echar allí la vomitona. Vomité no solo las cañas y el bocadillo de calamares sino hasta las mismas entrañas, en arreones incontenibles que tenían el sabor amargo de la rabia y la desesperanza. Y me acuerdo que Olivia se agachó sobre mí para que la oyera bien, y con voz infernal me dijo:

Ni se te ocurra volver a llamarme o a verme, ni te cruces nunca en mi camino, porque en ese mismo momento llamo a la policía.

Y oí cómo se alejaba fieramente, sus pasos sonando y rebotando recios hasta que la distancia los borró. Solo quedó tras ella la calle oscura, tan oscura ahora como mi porvenir, y allí me quedé un rato mirando aquella oscuridad, como si quisiera extraer de ella algún significado sobre lo que acababa de ocurrir. Y era extraño, porque a pesar de que me sentía aún rabioso y ultrajado, poco a poco, mientras respiraba hondo y a compás, aquel sentimiento iba cediendo a una sensación de livianía, quizá por el vómito, o quizá porque, por amargas que sean, con las derrotas llegan también para los guerreros el descanso y la paz. Esa calle oscura ya no es para mí, pensé, y me sentí casi eufórico, aunque yo sabía que aquello era solo un espejismo, y que tras el júbilo no tardaría en llegar recrecido el dolor. Me obligué a no pensar. No pienses; actúa. Haz algo, no importa qué. Y recuerda que tienes el botín, y que eso nadie te lo va a arrebatar. Y, como un conjuro, volví a cegar la mente con la frase de Petronio, mientras me limpiaba con el forro del abrigo los restos de la vomitona.

12

Luego, y a buen paso, me puse a caminar. Me sentía ágil y emprendedor. No sabía adónde iba, pero enseguida comencé a adivinarlo. Eso es, me dije, dale alas a tu corazón, no pienses, solo camina, deja que tus pasos te lleven adonde ellos saben, cualquier cosa menos detenerte y dejar que te alcance el dolor.

Leo no tardó en comparecer con su cazadora negra, sus cascos de música y sus botarras militares, huraña y resentida, como solía estar en los últimos tiempos.

Has escandalizado a todos en casa. ¿Qué haces aquí a estas horas?

Yo me limité a enseñarle los dos relojes y el cofre de las joyas.

¿Qué es eso?, dijo, y lo miró un largo rato y luego me miró a mí y no necesitó más para comprender.

¿Lo has robado?

Asentí. Ella tomó el estuche en sus manos.

Pesa mucho. ¿Qué hay dentro?

Una fortuna.

¿Y por qué lo has robado?

¿Y por qué no?, dije yo con desdén. ¿No decías tú que te gustaría cometer un atraco? Pues aquí está. Con esto se puede comprar una tierra, irse lejos, comenzar una nueva vida.

¿Con quién, con esa novia que te has echado?

Noté el grosor de las palabras en mi boca:

Contigo, dije. A mí solo me importas tú.

Sí, eso dije, pero no tuve la sensación de estar mintiendo, y ni siquiera de estar mintiendo en defensa propia, y hasta es posible que en el fondo no estuviera mintiendo, sino diciendo una verdad profunda, oculta incluso para mí mismo.

Eres un mentiroso.

Pero yo, seguro de la expresión de mi cara y del tono sincero de mi voz, no intenté desdecirla.

¿Quieres decir que todo eso lo has robado por mí?

Por ti, por nosotros.

Era la primera gran ofrenda amorosa que recibía en su vida y estaba aturdida, paralizada por el asombro, sin saber cómo reaccionar.

Entonces yo le conté más o menos lo mismo que le había contado a Olivia, lo de la casa, el Nissan Patrol, los caballos, los juegos, las escenas de caza. Y, según contaba, su cara se fue transformando hasta casi no parecerse a sí misma. Parecía otra, más guapa, más femenina, más digna de ser amada y deseada, el rostro iluminado por una luz interior y toda ella trémula de emoción y ternura, y de infinita gratitud, y de romántica fascinación por el homenaje de amor que estaba recibiendo.

Nos estuvimos mirando largamente, entregándonos el alma en la mirada, y luego yo le eché la mano por el hombro, y ella con los brazos rodeó mi pecho, y así, abrazados, comenzamos a caminar sin rumbo, sin cansarnos nunca, alejándonos hacia las afueras de la ciudad. De vez en cuando nos besábamos y seguíamos andando, sin hablar, en completo silencio, para no romper el encanto, aquella mágica burbuja en que flotábamos sobre la odiosa pesadez terrenal.

Era ya muy de noche cuando nos topamos con una estación de tren. Buscando un lugar donde protegernos del frío, dimos con una vía muerta y unas máquinas y vagones de carga fuera de uso. En uno de ellos, nos acomodamos en un rincón, y allí, abrigados el uno con el otro, enlazadas las manos, nos entregamos a una dormilona confusa y feliz.

Al otro día, con el primer sol, nos pusimos en marcha. Apenas hablábamos: con estar juntos estaba todo dicho. Yo tenía ya mi plan. Allí mismo, en el vagón, entre restos de viejas hogueras y desperdicios de ropa y de papel, con la navaja había forzado el cofre, y a la luz de la linterna apareció ante nosotros el brillo sobrecogedor de las joyas y las piedras preciosas. Nos miramos entre exaltados y miedosos. Aquello era un auténtico tesoro. Nos lo repartimos por los bolsillos y tiramos el cofre entre un montón de maderas y hierros que encontramos al paso. Allí mismo tomamos un tren y regresamos al centro de Madrid. Durante el viaje, le expliqué a Leo los pormenores del robo. Ella me escuchaba embobada, peinándome con los dedos y dándome besos en la cara.

Si te descubren y te meten en la cárcel, yo me suicido, dijo, y hasta su voz tenía una dulzura insólita, desconocida hasta entonces en ella.

Yo la abracé y la acogí contra mi pecho. Me sentía dichoso, y sin embargo no entendía, y me parecía injusto y absurdo, que la dicha, y el descubrimiento del amor por Leo, hubiera llegado por tan raros caminos, después de robar y de ser rechazado y humillado por Olivia, que era a quien yo amaba o creía amar. ¿Cómo entender los vericuetos de la vida, las inverosímiles combinaciones del azar? Porque ahora, de pronto Olivia ya no era nada para mí. Solo me inspiraba una vaga sensación de lejanía y un punto de desprecio. Olivia no se merecía lo que había hecho por ella. Pero Leo sí. Leo era inocente, auténtica y leal. Ella no me traicionaría nunca. Ella pertenecía a mi mundo y nos entendíamos sin hablar, sin necesidad del menor fingimiento. A ver si el tesoro que he robado no son las joyas sino Leo, pensé. Y pensé también que por qué no devolver el botín entero, dejar las cosas como si no hubiese ocurrido nada, y oficializar el noviazgo con Leo. Todos los enigmas de la vida, qué fácil resultaba resolverlos ahora. Me haría maestro, o trabajaría en lo que fuese, y seríamos felices sin más. Porque ahora nuestra mayor esperanza éramos nosotros mismos. Pero enseguida sospeché que acaso lo que nos unía y enardecía, y sustentaba nuestro amor, era solo el espíritu de la excepción y la aventura que, como un viento huracanado, soplaba y hacía volar hacia el infinito la frágil embarcación de nuestras vidas. No, yo no me conocía a mí mismo, nunca me he conocido, y no sabía si mi verdadero yo era el que estuvo enamorado de Olivia o el que ahora lo estaba de Leo. No sabía nada, y era tanto el desasosiego de no saber, que otra vez me repetí: No pienses; actúa. Tú lo que necesitas es acción.

Llegamos al centro, y poco después nos detuvimos ante una de las muchas tiendas, o más bien chiscones, donde se leía sobre un fondo amarillo: Compro oro. Primero entró Leo y luego yo, dos, tres, cuatro tiendas, donde enseñamos unos pendientes, una pulsera, una sortija con esmeralda, un collar. En el curso de aquella breve expedición, los dos pasamos del más amargo desengaño a la más idílica esperanza. Desengaño porque todas las piezas eran de bisutería, muy buenas, sí, pero carentes de mayor valor, y esperanza porque así el robo no era tan grave, y quizá ni siquiera lo echaran en falta, y aunque lo descubriesen, lo más probable es que no se molestaran en poner la denuncia. Era como si nada hubiese ocurrido y nada tuviésemos que temer. Ahora, podíamos organizar nuestra vida libres de culpas y amenazas. Yo me sentía liberado de una enorme carga, y solo entonces me di cuenta del miedo que había pasado desde la noche del día anterior hasta ese mismo instante. Estaba feliz como pocas veces en la vida.

Contentos y hambrientos, fuimos a desayunar y hablamos de nuestro futuro. Yo heredaría tarde o temprano de mis padres, y entretanto trabajaría en lo que fuese, y dentro de unos años podríamos irnos a vivir al campo, tal como habíamos planeado, o quedarnos en la ciudad, ya lo decidiríamos en su momento, porque lo único importante es que, en cualquier caso, íbamos a vivir juntos. Lo éramos todo el uno para el otro, en el fondo lo sospechábamos desde hacía tiempo solo que hasta ahora no lo habíamos descubierto, y todo gracias al robo, así que quién sabe si el fracaso de las joyas no venía a asegurar el triunfo de nuestro porvenir. Los sabios caminos del azar nos habían conducido hasta allí, y a nosotros solo nos quedaba dar las gracias y aprender la lección. Por cierto, ¿qué íbamos a hacer ahora con las falsas joyas? Decidimos desprendernos de ellas. Esa misma tarde, al oscurecer, las tiraríamos al río. Y nos besamos para celebrar el feliz desenlace de nuestra historia extraordinaria.

Nos levantamos, fui a pagar, y al meter la mano en el bolsillo me encontré con un bulto extraño, tanto que lo saqué y lo expuse en la palma de la mano a mi curiosidad y a la de Leo. Era uno de los relojes. Nos habíamos olvidado de ellos. ¿Qué hacer? ¿Los tirábamos también al río?

Podemos ir a una joyería, dije yo. Les decimos que están estropeados, que somos hermanos y que nos mandan nuestros padres, que queremos repararlos, y entonces les preguntamos que si merece la pena repararlos, si son buenos, si tienen algún valor, que los hemos heredado de un abuelo y que no sabemos qué hacer con ellos. Algo así.

Y eso hicimos. Leo conocía una relojería en la calle Mayor, especializada en relojes antiguos, y allá que fuimos. Esta vez entramos los dos, y con nuestra mejor cara de inocencia enseñamos los relojes y dijimos más o menos lo que habíamos inventado, incluido lo de la herencia y el abuelo. El relojero, un viejo calvo y un poco jorobado, vestido con una especie de levita negra, la expresión zalamera y astuta, no necesitó ponerse la lupa ni hacer ninguna prueba para mirarlos con fervor y tomarlos en sus manos como si fuesen frágiles, exóticas criaturas en peligro de muerte y extinción. Había otro dependiente, joven y también calvo, que se acercó y se unió al otro en la contemplación de los relojes. Un buen rato estuvieron mirándolos, extasiados, y luego se miraron entre ellos, como si no dieran crédito a lo que veían. Finalmente el viejo nos miró risueño y nos dijo con voz dulzona:

¿Dónde vivís?

Aquí cerca, dijo Leo, lo cual era verdad.

El viejo meció blandamente la cabeza, como los curas cuando escuchan con infinita comprensión, sobrados de experiencia y piedad, las debilidades humanas.

Os acompañaré a casa, dijo. Me gustaría hablar con vuestros padres, y así de paso, conmigo, iréis más seguros. Estas piezas son únicas, de un valor incalculable, y el mundo está lleno de rufianes.

Nuestros padres no están en casa. Están trabajando, dije yo.

Así ha de ser, dijo él, siempre virtuoso. Hay que ganarse honradamente el pan. Pero, así y todo, me gustaría acompañaros. Dejamos en vuestro hogar los relojes y todos nos quedamos más tranquilos. Es una deferencia de la casa.

¿Sabéis, por cierto, que desde hace más de dos siglos, desde los tiempos de mi tatarabuelo, el fundador, hemos sido los relojeros de la Casa Real? Por este humilde local han pasado todos nuestros monarcas, y se puso a enumerarlos: Carlos III, Carlos, IV, Fernando VII... Y nosotros, por nuestra parte, entrábamos en palacio con la misma soltura que vuestros padres en sus puestos de trabajo, o vosotros en las aulas de vuestro colegio o facultad. Porque seréis estudiantes, ¿no es así? ¡Ah, el colegio, la universidad, la sabiduría, la educación! ¿Sabéis quién inventó el reloj de pulsera?, ¿habéis oído hablar de Patek Philippe?...

Entonces me di cuenta, mientras el otro seguía hablando, de que con tanta perorata solo intentaba ganar tiempo. Miré alrededor y vi que el dependiente joven había desaparecido. Quizá la policía viene ya de camino, pensé. Adiviné en la cara de Leo que ella estaba pensando lo mismo. No dudé ni un instante. Lancé la mano para apoderarme de los relojes, pero el viejo relojero fue más veloz que yo. Cerró las suyas, haciendo un cuenco sobre los relojes, y sin alterarse me ofreció una sonrisa paternal, como si aquello fuese un juego infantil. Yo saqué entonces mi navaja, la abrí, y estaba ya a punto de esgrimirla, cuando Leo le soltó un puñetazo en toda la cara. El otro se trastabilló, pero como así y todo no soltó los relojes, yo le pinché en las manos con la navaja, un rápido metisaca, y ahora sí, ahí abrió el cuenco y yo pude rescatar los relojes y con ellos en una mano, y en la otra la navaja, salimos a escape de allí y echamos a correr por calles y calles, y en la carrera yo le grité a Leo: ¡Hay que separarse!, y ella tiró para un lado (¡Te quiero!, la oí gritar a lo lejos) y yo para otro, y cuando ya me supe a salvo, tomé el metro y regresé a casa.

Mi padre seguía en el sofá, postrado y entregado a sus penas de amor. Estaba sucio y sin afeitar, y no hacía más que suspirar y quejarse, y la habitación olía a animal enjaulado.

¿Has comido algo?

Dijo que no con su imperceptible movimiento de cabeza.

Fui a la cocina, abrí un yogur y una lata de atún, le pelé una manzana, le corté un poco de embutido, le unté de mermelada una rebanada de pan de molde, y se lo llevé, todo en el mismo plato.

Come, le dije, y deja ya de lloriquear. Ella no merece tus lágrimas.

Luego fui a mi cuarto y escondí los relojes en unas zapatillas viejas de deporte. Y en cuanto a la bisutería, la metí toda en una bolsa de plástico con la idea de tirarla al río esa misma tarde. Luego me eché en la cama y me dormí.

13

Una mañana, nueve o diez días después del robo, llamaron muy temprano a la puerta. Un solo y largo timbrazo, y luego un silencio cargado de inminencias. Ya están aquí, pensé. Este es el día grande, hecho todo él de realidad, sin la menor mezcla de invención o de ensueño. Y, en efecto, eran ellos. Dos de paisano y otros dos de uniforme. Parecían posar para un retrato al óleo, en posiciones y gestos largamente ensayados. Quizá nunca en mi vida sentí más miedo que en aquellos momentos. Tanto, que me dieron ganas de confesar allí mismo mi culpa. Pero ellos preguntaron por mi padre.

Está enfermo, dije.

Hemos de hablar con él.

Mi padre vivía ya permanentemente en el sofá. Allí comía, dormía y trabajaba. Revisaba papeles, dictaba documentos que yo le escribía, y me daba instrucciones de adónde ir y qué hacer para la buena marcha del negocio. Al principio me mandó que les comunicase a los presidentes de las fincas, a los encargados de las obras, a los proveedores, a los porteros, que estaba enfermo, pero que no tardaría en reincorporarse al trabajo. Entretanto, era yo el que iba y venía y despachaba los asuntos. Tuve así ocasión de hablar varias veces con el portero y con algunos vecinos del inmueble de los relojes, y como todo estaba en orden y no circulaba ni el más mínimo rumor sobre el hurto, no tardé en tranquilizarme y en entregarme a la esperanza de la impunidad. Porque desde que supe que los relojes eran tan únicos y valiosos, vivía a todas horas con el temor de que se averiguase el robo y comenzase una investigación en la que mi padre, y también yo, por fuerza, saldríamos sospechosos. Por la misma razón, en ese tiempo no vi a Leo, aunque hablábamos por teléfono a diario y a veces nos animábamos y a veces nos rendíamos a los augurios más sombríos.

Entretanto, cuidaba de mi padre lo mejor que sabía. Lo lavaba con un barreño, llevaba y traía el cubo con sus necesidades, lo cambiaba cada tanto de ropa, le hacía sopas de sobre y tortillas francesas, lo acompañaba en sus penalidades.

Esta es la ira de Yavé, el que todo lo ve.

Olvídate de Dios, Él no tiene nada que ver con esto, le decía yo.

La santa ira de Yavé. Quien aspira a mucho al final sufre mucho. Como quien quiere coger las sombras y perseguir al viento, así es el que fundamenta en sueños su existencia.

¿Por qué no dejas ya de torturarte?

Ay, Huguito, si se pusiera en una balanza mi desdicha, esta pesaría más que las arenas de los mares. Todo yo soy una llaga viva de dolor. Nunca, nunca la merecí.

Y dale. A lo mejor ella tampoco te merecía a ti. Lo que tienes que hacer es trabajar más y quejarte menos. Come algo, anda, ya verás como eso te alivia.

¿Comer? Los suspiros son mi alimento, y no necesito más para vivir.

Pues con tanto suspirar vas a perder la clientela y a ver entonces de qué vivimos.

¿Y eso qué importa ya?, decía él. Las mortajas no tienen bolsillos.

Y por ese camino lo iba llevando a donde yo quería, y poco a poco, interrogándolo sobre inmuebles y vecinos, y sobre sus muchas experiencias de administrador, donde no faltaban anécdotas, curiosidades, cotilleos, un día salió a relucir al fin la familia de los relojes mientras le daba de comer.

¿Te acuerdas que un día me llevaste contigo a un piso por no sé qué avería del agua?, y le di una cucharada de sopa.

Él entonces se animó.

Cierto. Había una fuga de agua. Sin los administradores, las casas se caerían a pedazos. Nosotros somos el sostén de las urbes.

Me acuerdo que era un piso muy grande.

¡Enorme!, dijo él. En realidad son dos pisos unidos, a cual más extenso.

Y tú lo conocías muy bien.

Como la palma de mi mano. El buen administrador tiene que conocer muy bien, como si fuesen suyas, las propiedades que administra.

Y recuerdo también que era muy lujoso.

¿Cómo no va a serlo, si es una de las familias más antiguas y ricas de España?

Aristócratas, ¿no?, y le di otra cucharada.

Marqueses por una línea y condes por la otra. Es además una familia muy cristiana. En su genealogía hay incluso un santo que, aunque apócrifo, no es menos santo que los otros. San Garcinuño, se llama, y es el único santo en los infiernos.

¿Un santo en los infiernos?

Dicen que se condenó a propósito, y es de suponer que

con la venia del Señor, para poder ser nuncio y espía del Vaticano en el reino de Lucifer. Es el único santo que pecó a su pesar y por orden divina.

Es una historia absurda, y le limpié la boca con el babero.

¿Absurda? Qué sabes tú de esas cosas. La religión está llena de misterios vedados al hombre. Tratándose de Dios, todo es posible.

Y ese santo, ¿hizo milagros? Porque para ser santo hay que hacer milagros, ¿no?

Así es. No hay cosa más hermosa en el mundo que los milagros. Yo me sé muchos, a ti te los contaba de niño, y a menudo me los cuento a mí mismo y encuentro mucho consuelo en ellos. Sin ir más lejos, el que tu madre se fijara en mí y se casara conmigo, ¿qué fue sino un milagro? Pero, volviendo a lo nuestro, se dice que, tres días después de morir, san Garcinuño, que entonces aún no era santo, apareció mezclado entre los peregrinos que iban a ver al Papa, y que uno que lo reconoció, solo de verlo se quedó ciego para siempre. Todos gritaron: ¡Milagro!, ¡milagro!, y dicen que el ciego sonreía como si siguiera viendo por dentro. Pero a otros que lo miraron y no lo reconocieron, no les pasó nada. Eso me lo han contado a mí sus descendientes, y hay documentos que lo atestiguan. Y todos sus milagros eran así, prodigios perniciosos, pero que mostraban igualmente la omnipotencia del Altísimo.

¿Dejar a alguien ciego es un milagro?

¡Quién sabe! Piensa que le privó de la luz natural, pero le abrió los ojos del alma a una luz interior. Debe de haber muchos milagros en el mundo que tienen la apariencia de una desgracia, y sin embargo son milagros, y prueban la existencia de Dios.

Recuerdo que en aquella casa había muchos objetos de

valor, le dije. Monedas, bandejas, cuadros..., qué sé yo lo que había allí.

Ni ellos mismos lo saben. Date cuenta de que es una familia de muchos años atrás. Siglos. Sus antepasados combatieron en San Quintín, y aún antes, hicieron la guerra contra los moros. Así que figúrate.

Por ejemplo, me acuerdo de algunos relojes... Pero no estoy seguro, no sé si los vi allí o dónde, y empecé a darle trocitos de manzana.

Quizá los viste allí. Pero las joyas y los relojes buenos de verdad, esos no los tienen a la vista. No por miedo a que se los roben, sino por no hacer ostentación de ellos.

Claro, los tendrán en alguna caja fuerte.

No lo creas. Esas familias no son de cajas fuertes. Sus apellidos y títulos son los mejores guardianes de sus bienes.

¿Y por qué no robaste alguno de esos objetos en vez de andar sisando pequeñas cantidades de aquí y de allá? ¿Nunca te entró la tentación?

De la tentación, ¿quién está libre? Pero yo no soy un verdadero ladrón. Mi conciencia no me lo permite. Yo solo me limito a maniobrar, a hacer pequeñas incursiones en las fronteras siempre movedizas de la honradez. Además, los objetos de gran valor los tienen todos registrados, están en los archivos de la policía, en las aduanas, en las joyerías y entre los anticuarios. Si alguien los robase, no podría deshacerse de ellos, y si lo intentara, él solo se descubriría.

O sea, que si alguien roba por ejemplo una joya, o uno de esos relojes únicos, ¿no lo podría vender?

Solo a algún coleccionista caprichoso, o a alguien que no fuese un experto. Claro que, si no es experto, no conocerá tampoco su valor.

¿Y si es experto?

Le exigirá documentos al vendedor, y de no tenerlos, lo denunciará. Esa es su obligación.

Desde entonces, yo tenía el pálpito fatal de que tarde o temprano la policía vendría a interrogarnos. Cambié varias veces de escondite los relojes y la bisutería, y en una de ellas los oculté en la caja fuerte, pero me dio tanta vergüenza inculpar tan directamente a mi padre en el robo, que no me atreví a tanto, y al fin las escondí en el cubo de la basura, bajo un montón de desperdicios que renovaba cada pocos días. Porque no había tenido valor para tirar todo aquello al río, en parte por codicia y en parte por el temor a que me estuvieran vigilando y me sorprendieran con el robo en las manos.

Por eso, cuando sonó tan a deshora el timbre de la puerta, yo supe de inmediato que había llegado la hora tan esperada y tan temida de la fatalidad.

El interrogatorio fue breve y directo. Le preguntaron si tenía noticias de que se había cometido un robo en uno de los inmuebles que él administraba. Mi padre, sorprendido, dijo que no, y abrió los brazos como si evangelizara a los presentes. Le preguntaron si yo era su hijo y él dijo que sí, su hijo Huguito para más señas; que si su hijo trabajaba de ayudante con él, y ahí mi padre empezó a explayarse sobre lo que legalmente se entiende por relaciones laborales y contractuales, de modo que más que una ayudantía yo desempeñaba, dados nuestros lazos consanguíneos, el mero papel de hijo y de aprendiz. Le preguntaron si poseía copias de las llaves del piso en cuestión, y él dijo que por supuesto, que no solo de ese piso sino de todos los pisos que caían bajo su jurisdicción administrativa.

¿Y también su hijo tiene acceso a esas llaves?

¿Tienes acceso, Huguito?, me preguntó.

Yo me encogí de hombros, como diciendo que no entendía de qué estaban hablando.

Finalmente le preguntaron cuánto tiempo llevaba enfermo, y si en ese tiempo se había ocupado de sus tareas administrativas. Él dijo que no, que desde la misteriosa desaparición de su mujer no había salido de casa ni una sola vez.

¿Dice que desapareció su mujer?

Él hizo un imperceptible movimiento con la cabeza, no tanto dirigido a los presentes como a un auditorio invisible, mucho más vasto y principal.

¿Y no lo ha denunciado?

Él hizo apenas una negación.

¿Por qué?

Dios me la dio, Dios me la quitó, bendito sea el nombre de Yavé, fue todo cuanto dijo.

Uno de los inspectores se echó la mano al bolsillo y sacó un papel.

Traemos una orden de registro.

Entonces mi padre se asustó de verdad, y quizá empezó ya a comprender, porque mientras los cuatro policías se dispersaban por el piso, él me preguntó en un susurro:

Hijo mío, ¿estás en pecado?

Ahora fui yo el que moví imperceptiblemente la cabeza.

¿Por qué lo hiciste?

Por amor.

¿Tú también, Huguito? ¡Oh mundo prodigioso! He aquí que los dos, padre e hijo, hemos incurrido en la misma pasión y en el mismo pecado. Pero, de haber un culpable, ese soy yo.

Intenté vender los relojes, le dije. Así que la policía ya sabrá que el ladrón soy yo.

En ese instante se oyó una voz de alerta, y pasos apresurados que confluían en la cocina.

Lo han encontrado, dije. Ahora me meterán en la cárcel, ¿no?

Calla, calla. Escúchame bien: no hables, sobre todo no hables. Acuérdate, ni una palabra.

Cuando aparecieron los policías con el botín, mi padre me pidió ayuda para levantarse, y yo lo ayudé, y así, puesto precariamente en pie, con voz alta y firme, dijo:

Ante Dios, que todo lo ve, y ante los hombres, solemnemente declaro que yo soy el único culpable, y que mi hijo Huguito, engañado y utilizado por mí, es del todo inocente. Señores, estoy a su disposición.

Y entre todos, unos sosteniéndolo aquí y otros allá, apuntalándolo en su camino hacia la expiación, lo bajamos hasta el portal, donde esperaba el coche en que se lo llevaron detenido.

Cuando regresó, tres días después, ya no era el mismo. Había envejecido mucho y apenas podía sostenerse en pie. Estaba entre torcido y encorvado y, cosa curiosa, le había salido en mitad de la chepa una pequeña joroba, una protuberancia cónica del tamaño de media piña tropical. Ayudado por los dos hombres que lo habían traído a casa, fue hasta el sofá y se desplomó en él.

Qué ha pasado, le pregunté.

Me contó que lo habían despedido de todos los inmuebles que administraba, con deshonor y sin derechos, que no tardarían en inhabilitarlo para ejercer su profesión, y que estaba encausado en un proceso judicial que con seguridad significaría para él la cárcel, la ignominia y la ruina.

Yo no me atreví a decir nada, y hasta me daba vergüenza mirarlo a la cara. Nos quedamos callados mucho tiempo, uno frente al otro. Bien mirado, pensé al rato, esto que le ha ocurrido es en verdad lo que se merece desde hace muchos años. Cierto es que la casualidad ha querido que pague él por mi delito, pero en el fondo está pagando por los suyos propios, entre los cuales está precisamente el haber sido mi maestro en el arte del robo y de la estafa. Animado por estos pensamientos, le dije:

Yo te cuidaré. Ya verás como al final todo acaba arreglándose. ¿No dices tú que Dios aprieta pero no ahoga? Pues aplícate el cuento.

No lo creas, Huguito, dijo él. Esos relojes son verdaderas obras de arte. Cuestan muchos millones. Tú no lo sabías, claro está, pero yo sí. Y por si fuera poco, escondido entre la bisutería, ¿qué mejor escondite que ese?, había engarzado en una gargantilla un diamante de gran valor. Pero que sepas que no me importa ir a la cárcel. Al revés. Nada es más dulce que el castigo cuando las sombras reinan en el alma.

Pero, ¡no es justo!, le dije, sinceramente indignado. No es justo que pagues por mí. Aún estamos a tiempo de decir que fui yo. Es más, y me levanté en un arranque de coraje, ¡ahora mismo voy a la comisaría y lo confieso todo! Yo soportaré la cárcel mejor que tú.

¡Ni se te ocurra!, me ordenó. Para empezar, no te creerían. Y, por otra parte, ¿no ves, hijo, que esto es cosa de Dios, que me ha castigado por mis muchos pecados utilizándote a ti como instrumento justiciero? Es la espada de Yavé, afilada para degollar y bruñida para blandirla y fulgurar. Como al santo Job, aunque yo no sea un varón justo, me está poniendo a prueba, bien claro siento sobre mí el soplo ardiente de su divina voluntad. Primero me arrebató a mi esposa, después indujo a mi primogénito al mal para sacar a la luz mi alma corrupta, y ahora se apresta a exponerme a la vergüenza pública, al cautiverio y a la devastación de mi hacienda y mis bienes. Piensa, Huguito, que lo que me ha ocurrido es como uno de los milagros de san Garcinuño. Un milagro pernicioso pero milagro al fin.

Yo insistí en postularme como víctima, pero él me atajó con una mano.

¿Qué sabes tú del mundo y sus misterios? ¿Sabes acaso cuál es el camino por donde se difunde la niebla, o por dónde se echa sobre la tierra el viento solano? Eres muy joven para entender en qué clase de laberinto se extravía el hombre cuando nace. Disfruta de tu juventud y búscate un buen camino hacia el porvenir, y déjame a mí cargar el fardo que la desgracia me ha asignado.

Entonces le pedí perdón. Me arrodillé ante él, tomé sus manos entre las mías e imploré su perdón por haber sido tan mal hijo y por haberle arruinado la vida, y empecé a sollozar.

No llores, Huguito, no me llores. En realidad tú me has pagado con la misma moneda que yo a ti. Es una vieja historia que se viene repitiendo desde el principio de los tiempos. Verás, hay un cuento antiguo que ilustra muy bien este conflicto fatal entre padres e hijos, y en general entre las generaciones, unas que vienen y otras que se van. ¿No te conté nunca la historia del abuelo y del nieto? ¿No? Verás, es una historia ejemplar, y dice así. Había un abuelo que le contaba a su nieto, siendo este niño, muchos y macabros cuentos de aparecidos, difuntos, brujas, ogros comeniños, sacamantecas y genios sanguinarios. Le gustaba que el niño se asustase y llorase para mejor abrazarlo luego y ofrecerle consuelo. ¿No ves, tonto, que los monstruos no existen ni los difuntos salen de sus tumbas? El niño aprendió la lección y esperó su momento. Y cuando fue grande y el abuelo era ya muy viejo, lo sentaba en sus rodillas a la fuerza y empezaba a contarle un cuento: Érase una vez una señora alta, vestida de negro, con la guadaña al hombro. Llamó a la puerta y preguntó: ¿Dónde está el abuelito? ¿No vive aquí un viejo de tales y tales características? Y el abuelito lo miraba espantado y se escondía en el regazo del nieto con garrota y todo. Y el nieto lo consolaba: Pero ¡si es solo un cuento y los cuentos son todos de mentira! ¿No ves que no hay señora, ni guadaña, y que todo eso no son más que leyendas? Pero el viejo no encontraba alivio, y el nieto lo abrazaba hasta hacerle daño y oírlo llorar. Y eso es más o menos lo que nos ha ocurrido a nosotros. ¡Oh mundo prodigioso!, he aquí que yo te conté la historia de mis pequeños pero terribles hurtos, y ahora tú me respondes con la historia, también terrible, de los tuyos. Lo que tienes que hacer ahora, ya que aprendiste de mí lo malo, es aprender también lo bueno. ¿No ves cómo purgo yo mis pecados, el alto precio que estoy pagando por ellos? Pues tú tienes que hacer lo mismo, expiar tus pecados, o al menos aligerar la culpa.

¿Y qué puedo hacer yo?

Dedícate al bien, cuida a los enfermos, reparte tus bienes con los pobres, ayuda a los ancianos, reconforta a los oprimidos. O bien, dijo al rato, tras quedarse dudoso y especulativo, y como asombrado de la ocurrencia: ¡Métete voluntario a la Legión! Pero haz algo, no dejes que los remordimientos emponzoñen tu alma.

Luego, organizamos nuestra vida en torno al sofá. Todo ocurría siempre en torno al sofá. Siempre en pijama, el sofá era para él la balsa o la isla mínima del náufrago. Allí pasaba los días esperando a la noche y allí dormitaba esperando la luz de un nuevo día. Yo le hacía la comida, le lavaba la ropa, le recortaba la barba y las guedejas, lo ayudaba en sus necesidades y le leía el libro de Job, que era lo único que lo consolaba y lo afirmaba en sus desventuras y creencias. Y, entretanto, le iba creciendo la joroba y se iba arruinando su salud.

Fíjate, Huguito, cuando me enamoré empecé a engordar, me dijo un día, y cuanto más feliz más gordo era, y ahora, con la desdicha me sale una joroba, lo cual demuestra que el cuerpo y el alma, en secreto, se comunican entre sí.

Deberíamos llamar a un médico, le decía yo.

Y aunque él no quería saber de médicos, un día llamé a uno, que lo auscultó, lo palpó, y al final le recomendó ingresar en un hospital. Pero él se negó. Dijo que su lugar estaba en el sofá, y que no necesitaba que ningún médico viniera a explicarle cuál era su mal. Y dijo:

Dios ha cerrado mis caminos y ha llenado de tinieblas mis senderos. Ya no tengo salida. Ya la noche eterna se cierne sobre mí. Eso es lo único que me pasa, doctor, y no le dé más vueltas ni ande buscando boticas en su maletín.

Le recetó unas pastillas y unos reconstituyentes que él no quiso tomar, y en pocos días comenzó a tener fiebre, y a delirar, y le salieron unas úlceras fétidas y purulentas en las piernas y en las nalgas que muy pronto se convirtieron en heridas negras y gangrenosas. Ya no podía lavarlo, ni cambiarle la ropa, porque el roce de mis manos le producía dolores insufribles. Incapaz de hacer nada por él, y ahora además que me sabía impune, empecé a salir de casa, a comer fuera, a ver a Leo, en fin, a recuperar mi libertad de antes. Le dejaba por la mañana hecha la comida, sopa, yogures, fruta pelada, leche y tortilla francesa, y le ponía junto al sofá el cubo para sus necesidades.

¿Quieres que llame al médico, o a una enfermera que te cure las heridas? ¿No? Vale, pues entonces salgo a la calle. Enseguida vuelvo.

Y convencido de que mi presencia era ya innecesaria, lo abandonaba a su suerte con la conciencia más o menos tranquila, y no regresaba hasta el anochecer. Y así fue como un día entre muchos días, al volver a casa, nada más abrir la puerta escuché el rumor de un coloquio. Pensé que mi padre estaría grave y que, por lo que fuese, había venido a verlo un médico. Según avanzaba por el pasillo el rumor crecía, y había algo en él que me resultaba familiar. Y cómo no habría de serlo si quien hablaba y estaba de rodillas curándole las úlceras era mi madre, que además había aireado y limpiado a fondo la habitación, lo había cambiado de ropa, lo había lavado y afeitado y le había hecho una comida rica, cuyos aromas aún perduraban en el aire.

¡Mira, Huguito, ha ocurrido un milagro!, dijo al verme. ¡Al fin Dios se ha apiadado de mí!

Cómo se había enterado mi madre de la enfermedad de su marido, nunca llegué a saberlo, pero allí estaba, tan guapa y delicada como siempre, pero con una dureza en el rostro y en la voz que me dejó acobardado y aturdido. Me miró fijamente desde su posición, con gasas y medicinas en las manos, y me sostuvo la mirada hasta que me obligó a bajar la mía. Luego, en un aparte, me dijo:

En adelante, yo lo cuidaré. En cuanto a ti, mientras esté yo en casa, y hasta que tu padre se cure, búscate otro lugar para vivir.

Durante los días que tardé en encontrar una pensión, pude observar con qué infinita entrega, con cuánta dulzura y devoción lo cuidaba y se desvivía por él. Por las noches, dormía en un sillón a su lado, velando su sueño, acompañándolo en sus insomnios, protegiéndolo, acariciándolo, calmándolo, y de día no se separaba de su lado, le daba conversación, le hacía mimos, lo curaba sin hacerle el menor daño, jugaban a las cartas, y hasta cantaban viejas canciones a dos voces. Viendo aquello, yo empecé a cavilar acerca de mí mismo, repasando y analizando los caminos por los que había llegado hasta allí, y qué iba a ser ahora de mí y de mi futuro. ¡Santo Dios, tan joven y ya tan canalla!, me decía. ¿Qué has hecho con tu vida?, ¿cómo podrás llegar algún día a purificarte de tanta iniquidad? Pero era extraño, aunque sentía remordimientos, era como si todas mis infamias me fuesen ajenas, cosas que habían ocurrido porque sí, porque el destino o el azar así lo habían dispuesto. Pensé en Leo, y en el amor tan exaltado que había sentido por ella la noche del atraco. ¿Seguía sintiéndolo o había sido todo un espejismo creado por la rabia y la desesperación? Y en cuanto a Olivia, ¿por qué me había desenamorado de ella en un instante? ¿Por qué? No lo sabía. No sabía nada. Y era incapaz de saber y sentir.

Con la mente y el corazón inermes, me fui a la pensión, y durante muchos días intenté descubrir quién era yo. Me pasaba las horas fumando en la cama, o caminando a solas por el barrio. Ni siquiera veía a Leo, ni pensaba en ella, porque quizá en el fondo, me decía, ella no significa nada para mí. Sí, quizá lo que me pasaba es que estaba incapacitado para el amor y para la amistad. Como otros nacen con una deformación congénita, quizá yo había nacido inválido para los afectos. Por eso no había querido nunca a nadie. Quizá ese era todo el secreto de mi forma de ser y de sentir.

Un día de primavera recibí una carta donde mi madre me comunicaba en breves y exactas palabras la muerte de mi padre, su entierro (sí, me avisó después del entierro, y supongo que, además de la expulsión del hogar, ese fue el castigo o la venganza última de mi madre) y la notificación de la herencia: el piso y una cantidad de dinero, modesta pero suficiente para sobrevivir un tiempo e intentar reconstruir mi vida. Eso era todo. Yo me lo imaginé muerto, bocarriba, concentrado en sí mismo, con las manos enlazadas y orantes, y pensé: Bueno, ya está, papá, ya está, ya pasó lo peor, ya descansas en paz, y me persigné.

Ese mismo día fui al piso, y lo encontré limpio y con olor a limpio, las ventanas abiertas, las estancias llenas de luz y perfumadas por la primavera, y sin ninguna señal, ni ropa, ni objetos personales, ni un detalle, ni siquiera una foto que recordara a mis padres. Ni rastro de ellos, de su paso por el mundo. Era como si no hubieran existido y todo hubiera sido un sueño y ahora empezara una nueva vida para mí.

Segunda parte

1

Sin saber qué hacer, con ánimos de airear mi vida, de refundarla, de romper con el pasado, me acordé del consejo que me había dado mi padre de meterme de voluntario a la Legión, y como homenaje a él y penitencia propia, y ya que no tenía otra cosa que hacer, si no a la Legión, que me pareció excesivo, decidí marcharme voluntario a la mili. Porque tú lo que necesitas es acción, me dije. Lo tuyo es la acción, y en cuanto te paras a pensar ya estás perdido de antemano. Tú no vales para pensar. Da un tajo en el tiempo, rompe con el pasado e inicia una vida nueva, como si empezaras desde cero. Lo hablé con Leo. Pensé primero en la posibilidad de enrolarme en un barco mercante, solo o con ella, y dedicarme a recorrer mundo, pensamos también en dar un atraco y comprarnos una estancia en la pampa, pero finalmente me decidí por el servicio militar.

¿Qué me reservaría el destino? Aquí mi vida, que venía de un drama, se convierte en comedia, entra en un tramo festivo, casi de títeres: un interludio un tanto irreal, que yo recuerdo como una segunda infancia, como si, en efecto, allí empezara para mí una nueva vida. Leo me acompañó a Cáceres y hasta la misma puerta del campamento de reclutas, y allí nos besamos y nos juramos amor eterno y lealtad absoluta. Te amaré siempre, te seré siempre fiel, nos dijimos, y quedamos en escribirnos todos los días sin falta.

Con mi petate al hombro y vestido de uniforme por primera vez en mi vida, me iba diciendo: Igual hay en ti cualidades innatas para la milicia y el combate, y en poco tiempo asciendes a cabo, haces luego el curso para suboficiales y te conviertes en sargento, te destinan a una misión peligrosa, tomar una colina o volar un puente, te distingues por tu heroísmo, te condecoran, asciendes a oficial, haces más cursos, sobresales por tus dotes de estratega, te envían a una guerra en África o en Oriente, usas sombrero colonial, gafas de sol y bastón de mando, ya eres comandante, te entrevistan en la televisión, sales con la piel curtida por los soles y arenas del desierto o las sales y las brisas del mar, hablas con voz lenta y segura, laten en ti la prudencia del diplomático y la determinación del guerrero, el zorro y el león, el águila y el cuervo, extiendes una mano para señalar al horizonte, un espacio inmenso por donde avanza la cámara cada vez más deprisa, más y más deprisa, hasta que la imagen se distorsiona y es que ha pasado el tiempo, como en las películas, y ya eres coronel, un hombre aún joven, que hace suspirar a las mujeres, tanto a las maduras como a las jovencitas, empieza a hablarse de ti como futuro ministro de Defensa, o bien entras en cuerpos especiales de combate, haces alguna heroicidad, liberas a un grupo de rehenes internacionales, la cara tiznada y unas ramitas verdes en el casco, sales en todos los telediarios del mundo, alcanzas el grado de oficial altamente cualificado, y sobre ese garante creas una empresa de seguridad con un socio capitalista, viajes, supervisiones, encuentros con gobernantes y empresarios, das cursos y escribes libros sobre defensa personal, sobre técnicas antiterroristas, participas en conferencias internacionales de paz, quizá también en alguna película, donde demostrarás al fin tus dotes innatas de actor, concedes entrevistas en televisión, te atribuyen romances con cantantes y estrellas de cine, sales en las revistas ilustradas..., ah, qué de promesas me ofrecía de golpe la vida militar, y así fui fantaseando, y cuanto más fantaseaba más lejano e irreal me parecía mi pasado, como si en efecto hubiese sido un sueño y ahora despertara de verdad a la vida, hasta que al fin llegué a mi compañía y ocupé mi taquilla, mi litera, mi pequeño rincón en aquel mundo. Luego, volviendo a la realidad, me dije: Que me manden, que me hagan correr, que me pongan firmes, que me echen broncas, que me castiguen y que me puteen, que me hagan limpiar las letrinas, ese será mi sacrificio, aquí harán de mí un hombre nuevo, un hombre de verdad. Es más, aquí lograré conocerme a mí mismo y podré forjar mi propio y singular destino.

Esa misma tarde nos hicieron formar, pasaron lista, y luego un sargento iba preguntando y asignando a cada cual una tarea. Todos sabían algo, menos yo. Unos sabían escribir a máquina, o entendían de albañilería, de electricidad o de mecánica, alguno era músico, otro jardinero, otro maestro, en fin, que todos tenían sus profesiones o cuando menos sus habilidades.

Y tú, ¿qué sabes hacer?, me preguntó el sargento cuando llegó a mí.

¿Y qué podía decirle yo? Tenía algunos conocimientos de administración, pero eran pocos y confusos, y fuera de eso lo único que sabía era lanzar la navaja. Bien mirado, lo único que había aprendido en la vida era eso.

No sé qué decirle, mi sargento.

A ver, dijo él, ¿sabes conducir?

No.

¿Sabes cocinar?

No.

¿Idiomas?

No.

¿Sabes manejar alguna herramienta?

No.

¿Algo de oficina?

No..., porque aunque yo sabía algo de oficina, no me atreví a decir que sí.

¿Pero entonces tú qué oficio tienes, o qué estudios?

Ninguno, mi sargento.

Es decir, que eres un perfecto inútil. Bien, y se quedó pensando unos momentos, entonces irás con el barbero de aprendiz.

Y, en efecto, al día siguiente, después de la instrucción, me presenté en la peluquería al brigada Ferrer, que era el maestro peluquero, un hombre menudo y ya mayor, con un bigotito anticuado de galán y una voz aflautada y un poco relamida. Me miró de arriba abajo y hasta dio una vuelta a mi alrededor con la mano en la barbilla, examinó mis manos, me mandó hacer con ellas diversas figuras para evaluar su agilidad, rapidez y destreza, me hizo algunas preguntas enigmáticas, si era o no religioso y hasta qué punto, si tenía o no fuertes convicciones políticas, si me gustaba leer revistas y ver magazines de televisión, si tenía facilidad de palabra, si era un demócrata sincero, y al final se acercó a un recluta, que ya estaba esperando con el babero puesto, y me dio una primera clase magistral.

Hundes el peine y lo sacas coronado de puntas. Y ahora, rápidos y pequeños cortes, como si picotearas, y otra vez a empezar. Así, haciendo capas, dos, tres, cuatro, las que hagan falta.

Me entregó el peine y las tijeras.

Sigue tú.

Y lo que son las cosas. ¡Oh mundo prodigioso!, como decía mi pobre padre. Yo, que carezco en apariencia de aptitudes y cualidades, era cosa digna de ver la habilidad innata con el peine y la tijera, y muy pronto con la navaja barbera y con la maquinilla, como si llevase toda la vida en el oficio.

El brigada Ferrer fue el primero en quedarse maravillado de la rapidez y sutileza de mis manos, y en pocos días me convertí en su aprendiz predilecto.

Si te lo propones, me decía, fíjate lo que te digo, llegarás a ser un peluquero de los grandes.

Así que me tomó bajo su tutela y, gracias a su influencia, me libraba de la instrucción, de servicios, de imaginarias, comía a menudo en el comedor de suboficiales, y era como si no hiciese vida militar, porque casi siempre iba con mi chaquetilla blanca y, por usar, casi no usaba ni la gorra. Qué rara es la vida, y qué caprichosa, me decía. Yo que vine a sufrir y a esforzarme y a curtirme en el duro régimen militar, y he aquí que me veo convertido en peluquero y viviendo casi como un civil.

Durante la primera etapa de aprendizaje, el brigada Ferrer, vestido también reglamentariamente con la chaquetilla, me fue iniciando en el apasionante y misterioso mundo de las peluquerías, según sus propias palabras, y raro era el día en que no me daba alguna lección teórica sobre esos lugares legendarios.

Lo primero que has de saber es que las peluquerías son lugares ecuménicos y enciclopédicos, me decía con su voz aflautada y su léxico escogido, donde tienen lugar todo tipo de exposiciones y debates, de modo que uno aprende mucho, aprende de todos, de jueces, de ingenieros, de médicos, de políticos, de comunicadores, de artistas, de gentes de la calle que son símbolos vivientes de la sabiduría popular, de santos y de criminales, de jóvenes y de viejos, con todos hace uno tertulia cada día, y si sabes escuchar y asimilar, hazte la idea de que al cabo del tiempo será como si tuvieses varias carreras, o al menos sólidas nociones de muchas de ellas, y desde luego una amplísima cultura general. ¿Qué son las peluquerías sino pequeñas universidades populares? Fíjate en mí. Yo apenas tengo estudios, y sin embargo ya ves, y más que verás, cómo me expreso, con qué facilidad hilo conceptos, sintetizo lo mucho y analizo lo poco, sé hablar prolijo o breve según las conveniencias, y en una conversación, puedo aportar algo a cualquier tema, y alguna luz a cualquier controversia. Y de pullas, citas, chirigotas, burlas, desplantes y retruécanos, todos los que quieras. Un peluquero tiene que saber hablar y adaptarse a todo tipo de asuntos y discursos, lo mismo con un rey que con el último vasallo. Porque igual que hay gente de lo más sofisticada, hay otra que se las apaña con un poco de pan y algo de unte, y también para alimentar el alma se arregla con lo básico, unos refranes, unas anécdotas, unos chistes, el sentido común y poco más, y con eso les vale. Como el buen torero, tenemos que saber lidiar todo tipo de toros.

Un peluquero, seguía adiestrándome en los secretos del oficio, ha de tener también una amplia batería de temas de coloquio, y ser un poco o un mucho psicólogo para conocer los gustos y el carácter de cada cliente. En una peluquería se habla mucho de política, y es deber y arte del peluquero moderar y matizar continuamente las opiniones de los pelucandos. O, por ejemplo, tener un chiste a tiempo, entre los muchos que se sabe, para poner una nota de humor en una discusión que comienza a nublarse. El peluquero, por otra parte, está expuesto a un sinfín de influencias ideológicas. Yo he conocido a peluqueros, y a mí mismo me ocurrió de joven, cuando tenía poca experiencia, que se levantaron de derechas y al término de la jornada eran ya anarquistas confesos, o de ateos pasaban a místicos, o se hacían futboleros fanáticos sin haber dado nunca una patada a una pelota.

Otro día, siguiendo con sus lecciones siempre magistrales, me habló de la propensión de algunos clientes a desahogarse con el peluquero.

Porque una peluquería es un espacio público de libertad y democracia, me decía, donde las opiniones circulan a su antojo, salvo que el peluquero (y es que en todos los oficios hay gente absolutista) imponga en ella la dictadura de sus propias ideas. Porque has de saber que la civilización les debe mucho a las peluquerías. Ellas cohesionan a la sociedad. ¡Cuántas revoluciones y fuertes corrientes de opinión no se habrán gestado en las antiguas barberías de Menfis, de Atenas o de Roma! Pero, por otro lado, también la peluquería es un espacio privado, y hasta de intimidad, donde, en voz baja, y a veces compungida, el pelucando se confiesa con su peluquero. Y es que la autoridad de los peluqueros sobre sus pelucandos, cuando el peluquero domina las artes de su oficio, es comparable acaso a la del médico con sus pacientes o a la del sacerdote con sus feligreses. Al peluquero le cuentan lo que a nadie se atreverían a contar, secretos sobre su trabajo, sobre su matrimonio y sus amoríos, sobre su salud, sobre sus triunfos y miserias. Y es que, de algún modo, el cabello es la extensión del pensamiento y hasta de la conciencia. De ahí que el peluquero deba ser un hombre discreto, piadoso y seguro de sí, con una escala de valores amplia y flexible, que le permita comprender, aconsejar, conciliar, consolar, dar y quitar razones, guiar y reconducir, como experto y gran conocedor del alma humana que es.

Y a mí me gustó, aunque también me asustó, aquello de los secretos, porque yo ya conocía lo que hay en ellos de dulce y de terrible. Y como ilustrando la teoría, una tarde en que yo le cortaba el pelo y le hacía el bigote (y yo era el único en cuyas manos se ponía), me contó el gran secreto de su vida: se consideraba un hombre fracasado. Con el babero al cuello, rendida la cerviz, y con la musiquilla celestial de las tijeras sobre su cabeza, me dijo con voz dolida:

Yo hubiera sido un peluquero de renombre si no fuese porque me ha tocado ejercer mi oficio en un cuartel. ¿Y qué puede hacer un peluquero en un cuartel sino obras vulgares, toscas, rutinarias? Creación, cero; refinamiento, cero; grado de dificultad, cero; lucimiento, cero; ambiente y motivación, cero; variedad de coloquios y colorido en los debates, cero; todo cero.

No obstante, me contó, ejercía también su arte en el mundo civil, y era experto en estilismo femenino, y ahí es donde su vocación y su talento encontraban ocasión de lucirse.

Muchas veces he estado tentado de dejar el ejército y montar mi propio local, e incluso un salón de belleza, Ferrer's Esthéticien Top, ya tenía incluso el diseño en modernas letras de neón, pero siempre surgía un contratiempo, un pequeño obstáculo, el miedo a perder la seguridad del grado y del empleo, los años, que no perdonan, las ilusiones que se van marchitando, la falta de fe en uno mismo, y todo eso mientras inclinaba la cabeza y me ofrecía su cogote indefenso, y ahí comprendí yo el poder que, en efecto, tenían los peluqueros sobre los pelucandos. Y en un momento dado, mientras ya al final le retocaba el bigotito, que más que cortar eran casi cosquillas, debió de sentir tanto gusto y tanto confort espiritual, que se sinceró de una vez por todas conmigo:

¡Me cisco en el ejército!, dijo, con un amargo y enérgico susurro, y los dos nos quedamos callados, y también la tijera, sobrecogidos, y ya en silencio terminé la faena.

Y otro día, pasado ya algún tiempo, cuando yo ya ejercía de peluquero como si no hubiese hecho otra cosa en mi vida, me dijo:

Mira, Hugo, yo voy ya para viejo y es bueno y necesario dejar paso a los jóvenes que lo merezcan, como tú. Porque, si he de serte sincero, tú eres el hijo que yo hubiera deseado tener. Así que he pensado cederte la clientela selecta que tengo en el cuartel. Ya he hablado con el coronel, y con otros jefes, para que me releves en esa misión. De aquí en adelante, tú les cortarás el pelo, les harás la barba y el bigote y los afeitarás. Y no solo a ellos, a veces también a sus mujeres, y hasta es posible que te llame un día la coronela, que es una mujer de gran porte y belleza, muy barroca, de esas que apenas las vemos ya nos hacen suspirar de nostalgia a los hombres. Por tanto, voy a enseñarte lo que sé sobre estilismo femenino, y tú, con tu talento natural, seguro que en poco tiempo superarás a tu maestro.

Durante un par de semanas, a veces por la noche, mientras todos dormían, me dio clases intensivas y me enseñó a usar las pinzas, los peines y cepillos, el bigudí y la paletina, el secador y el tinte, a alisar y a alborotar el pelo, a realzar y a rebajar, a rizar, a cardar, a moldear, a enrular, a depilar y a hacer la manicura, y a crear mechas y a sacar brillos y reflejos, y como yo poseía una facilidad casi milagrosa para aquel oficio, todo lo aprendía a la primera, y en poco tiempo me convertí en un virtuoso, hasta el punto de que un día el brigada Ferrer me dijo:

Ya te he enseñado todo lo que sé. Quizá no es mucho, pero me costó años aprenderlo, en tanto que tú lo has aprendido en un suspiro. No hay duda de que has nacido para esto, y de que estás llamado a alcanzar grandes logros en el arte incomparable no ya de la simple peluquería, que ya de por sí es mucho, sino en el estilismo de altos vuelos. Algún día te veré en las revistas ilustradas.

Entretanto, yo le iba contando a Leo el nuevo e insólito rumbo de mi vida, y en mis cartas diarias le hablaba con detalle de mi aprendizaje, de mi maestría con la tijera y la navaja, de que estaba deseando verla para cortarle el pelo y cambiarle el peinado, y de que quizá, en un futuro cercano, podríamos montar una peluquería o un salón de belleza y estética, y dirigirlo y llevarlo entre los dos. ¿No le gustaría ser peluquera? Ella me contestaba a vuelta de correo y me decía que no me pegaba nada ser peluquero, ni a mí ni a ella, y que aquel futuro no tenía ni punto de comparación con el del campo y los caballos, pero que por encima de todo lo importante era vivir juntos y amarnos para siempre. Y leyendo sus cartas yo pensé que, en efecto, no me pegaba nada ser peluquero, y que en el fondo a mí no me gustaba aquel oficio, que eso era poco para mí, y que si lo ejercía era porque me lo habían ordenado, porque era cómodo, y porque esa era de momento mi única cualidad innata que había salido a flote, y para lo único que servía. Entonces decidí que sería peluquero durante el servicio militar, pero que en cuanto volviese a la vida civil me olvidaría para siempre de aquel experimento, porque yo no tenía dudas de que estaba llamado a más altas empresas.

¿Y Leo, qué era de ella? Seguía estudiando, aunque sacaba muy malas notas, y a veces por las tardes iba a ayudar a una carnicería del mercado de San Miguel, su propio padre le había buscado aquel trabajo para que fuese espabilando, ganando un poco de dinero y aprendiendo un oficio. Como a mí con la navaja y la tijera, a ella se le daba muy bien el manejo de los cuchillos, y también a ella el carnicero le había dicho que parecía haber nacido para ser carnicera. A ver si terminas pronto la mili para vivir juntos, de peluqueros, de carniceros o de lo que sea, me decía, y siempre al final ponía con mayúsculas: TE AMO CON TODA MI ALMA Y CON TODO MI CORAZÓN, y dibujaba alrededor muchos corazoncitos de colores.

Total, que la vida transcurría plácida entre las cartas de amor y la peluquería, hasta que un día el brigada Ferrer me dijo:

Mañana irás a cortarle el pelo y a hacerle el bigote al coronel, y me explicó cómo tenía que tratarlo y cómo le gustaba el corte y otros detalles de ese estilo.

Al otro día me presenté con mi chaquetilla y mi maletín en la residencia del coronel, y así es como empecé a cortar el pelo exclusivamente a los mandos, y desde entonces, salvo para dormir, vivía en el pabellón de jefes y oficiales, y comía y bebía lo mismo que ellos, y en la habitación que servía de peluquería, grande y luminosa, había un sillón, una tele y un armario lleno de revistas, y yo me pasaba allí las horas, viendo películas y leyendo revistas ilustradas, esperando a que llegase algún cliente. Y no solo atendía a los mandos sino también a algunas de sus esposas, que a veces venían al cuartel expresamente a eso, porque muy pronto se corrió la voz de mi arte y talento creativo. Y es que era ver a un hombre o a una mujer y saber de inmediato cuál era el corte y el peinado que mejor le correspondía y favorecía según sus rasgos faciales y su tipo, su vestimenta y su modo de ser. Y, si era mujer, a mí me gustaba sugerirle esto o aquello, unos bucles aquí, el flequillo de esta o de otra manera, y ellas se entusiasmaban con mis propuestas y se ponían incondicionalmente en mis manos. Y con el tiempo aprendí a halagarlas, a requebrarlas, a intercalar algún dicho picante, a opinar discretamente sobre cualquier cosa, como me había enseñado el brigada Ferrer. Y es que, sin darme cuenta, me estaba convirtiendo en un peluquero de verdad, y se me empezaban a revelar las cualidades propias del oficio, la autoridad en el hablar, la amplitud de criterio, el don de la elocuencia.

Desde luego, como dice el brigada Ferrer, tú has nacido para esto, me decía el coronel. Ya ves, recluta, cómo el ejército te ha enseñado un oficio con que ganarte el pan el resto de tu vida.

El coronel tenía muy poco pelo, y yo lo único que hacía era afeitarlo y retocarle el bigote, que lo tenía gris, muy espeso, con las puntas caídas y ahumado todo él de nicotina.

Porque supongo que, cuando te licencies, te ganarás la vida como peluquero, ¿no es así?

No, mi coronel, yo no quiero ser peluquero.

¡Cómo! ¿Y eso por qué, recluta?

No sé, mi coronel, pero no acaba de gustarme, y ahí él se separó un poco de mí y, con la cara llena de espuma, me miró muy serio a la cara y luego a la navaja barbera que yo tenía en la mano. A lo mejor pensaba que renegar de mi profesión y rebanarle el cuello era todo uno.

¿Cómo que no te gusta tu oficio? ¿Quiere eso decir que me estás afeitando de mala gana?

No, mi coronel, todo lo contrario. Lo que pasa es que de peluquero hay que tratar a todas horas con la gente, ser simpático y hablar mucho, y yo de por sí soy más bien solitario y callado.

¡Qué raros sois los civiles!, dijo él. Nunca acabaré de comprenderos. Siempre quejándoos de todo, siempre poniendo trabas, siempre sacándole punta a cualquier tema, y a las dos por tres echándoos a la calle en manifestación con esas ridículas pancartas que usáis a modo de enseñas. Sois raros de cojones. Y ahora que hay democracia y están los socialistas os quejáis más que nunca. Pero ¿qué es lo que queréis? ¿Adónde pretendéis llegar? A veces me asomo a la ventana y os veo pasar por las calles, unos deprisa, otros despacio, vestidos cada cual a su modo, y me pregunto: ¿Adónde irán?, ¿qué misión irán a cumplir?, ¿a qué ideales servirán? No hay Dios del que no os moféis, pero no paráis de inventar y adorar a los pequeños ídolos de la moda. Toda libertad os parece poca, y sin embargo no sabéis en qué emplear la que ya habéis conseguido. Que hay una guerra, clamáis por la paz. Que hay paz, clamáis por la revolución. Nada os llena y todo os aflige. Sois tan raros como incansables. Me recordáis a esos ratoncillos exóticos que se dedican a dar vueltas y vueltas en un tambor.

Ese era su tema favorito, el misterio insondable que, según él, rodeaba a los civiles.

Nosotros, sin embargo, los militares, decía, tenemos nuestras consignas, nuestro santo y seña diario, nuestros toques de corneta, nuestras estrellas y galones, nuestros partes y nuestros estadillos, nuestros claros conceptos de la disciplina, del honor, de la patria, y cantamos nuestras canciones, festejamos a nuestros héroes, honramos a nuestros muertos, nos gastamos nuestras bromas, organizamos nuestros bailes, alzamos al unísono nuestras copas, y entre nosotros reina la camaradería y el trato franco y campechano. Ante el yugo, vosotros cabeceáis y coceáis, pero a nosotros las prohibiciones nos hacen aún más fuertes. Si algo no nos gusta, no apelamos al libre albedrío, sino al sentido del deber. La vida, simplificada, adquiere una grandeza y un porqué. Y así, no andamos por la vida atribulados y erráticos, y siempre insatisfechos, como vais vosotros, los civiles, que ni siquiera sabéis qué hacer con vuestras vidas.

Hablaba y hablaba, y fumaba y fumaba, y siempre venía con alguna copa de más, y entretanto yo, triquitriquitri, lo iba pelando apenas, porque aunque era calvo, le quedaban una hebras en el cráneo y unos festones en la parte de atrás, y debía de darle mucho consuelo aquel tijereteo, porque a veces se quedaba dormido con el puro en la boca, ronroneando de placer.

Y así las cosas, un día me dijo:

Recluta, mañana a las once te quiero aquí, que mi señora desea verte.

Y allí empezó, quién me lo iba a decir, un capítulo nuevo e imprevisible de mi vida.

2

Una doncella me condujo al salón, se retiró, y al rato apareció la coronela. Nada más verla entendí mejor al coronel, por qué tenía un carácter manso y como domesticado, impropio de un militar clásico como él. Era una mujerona guapa, con mucha abundancia de todo, muy arreglada y muy pintada, muy barroca, como había dicho el brigada Ferrer, y con unos aires lentos y majestuosos que intimidaban y hechizaban. Daban ganas de ponerse en posición de firmes ante ella. Tenía una gran melena, negra y espesísima, que llevaba recogida en un enorme moño, tan alto y complicado que parecía una tarta nupcial. Su vestido ceñido y estampado, sus altos tacones de aguja, los labios arrebatados de carmín, las joyas que lucía, todo en ella hacía pensar que estaba lista para salir de gala o para recibir una visita de excepción. Pero no, se había vestido así para mí, para que la viese en su plenitud y le dijese qué estilo de peinado, de ropa y de cosmética le convenían más.

Me han hablado muy bien de ti, me dijo, y no solo el brigada Ferrer. Dicen que tus manos obran prodigios. ¿Cómo te llamas?

Hugo Bayo, señora.

Hugo. Un nombre muy a propósito para un peluquero de moda. Porque dicen también que te gusta innovar y que eres muy creativo.

No sé qué decirle, señora. Hago lo que puedo.

Bien, pues entonces ya puedes empezar, y se colocó en pose, un poco de perfil, con una mano en la cadera y el rostro expuesto a la contemplación.

Era en verdad escultural, y de una hermosura abrumadora, a pesar de que debía de andar metida ya en la cincuentena. El salón era grande, muy barroco también, atiborrado de muebles y objetos ornamentales, y no era fácil moverse por allí. Pero aun así caminé a su alrededor buscando perspectivas y haciendo que hacía especulaciones estilísticas.

Si me permite, señora, le diré que es usted bellísima, y de un estilo único e incomparable, y no creo que pueda mejorarse lo que ya es perfecto de por sí, le dije, y no era una zalema aprendida del brigada Ferrer sino que me salió del alma, y que reafirmé y sostuve con una larga mirada extática.

¡Adulador!, me dijo ella, afectando un desplante teatral.

Es la verdad, señora. Y, si la verdad no ofende, me atreveré a decirle que hay en usted algo de divino.

¡Ay, tan joven y ya tan galán!, dijo. Pero déjate de lisonjas y empieza a trabajar. A ver qué puedes hacer por mí.

Me acerqué a ella y otra vez di una vuelta especulativa a su alrededor. Ella, apenas adivinó mi intención, se irguió y esbeltizó aún más, adelgazando la cintura y encumbrando los senos.

Con su cabello podrían hacerse maravillas...

Entonces, sígueme, dijo, y taconeando y contoneándose con mucho empaque y poderío me condujo al dormitorio y se sentó ante un tocador repleto de cosmética y frente a un gran espejo oval. Parecía una vedette en su camerino.

Le deshice el moño y desplegué su cabellera, que le llegaba a la cintura. La estuve deshilando y amasando durante un buen rato, y luego jugué a hacerle rizos, coletas, tirabuzones, una cola de caballo, diversos tipos de moños y flequillos, y se los iba mostrando en el espejo.

Jamás he visto un cabello así, le decía, tan lustroso y brillante, y acariciaba sus orejas al prender en ellas un mechón, o la nuca si le apuraba el pelo para modelarle una nueva figura. Y ella se miraba en el espejo y yo unía mi mirada a la suya para ver los efectos de mis experimentos, y la verdad, yo era feliz como nunca hundiendo mis manos en su cabellera y enredando con ella, y tanta era mi excitación que no me atrevía a hablar por temor a que no me salieran las palabras. Una de las veces le hice un moño despeinado, e incluso muy despeinado, que le daba un aspecto equívoco, casi impúdico, y de lo más provocador, y allá en lo más hondo del espejo nuestras miradas se cruzaron fugazmente y creo que yo enrojecí, pero mantuve expuesto el moño, a ver qué pasaba, y ella acentuó el gesto, abandonándose a una contemplación voluptuosa de sí misma. Yo me sentí audaz.

Encantadora, dije, y los dos nos quedamos arrobados ante el espectáculo.

A partir de ese día, ella me mandaba acudir a su casa dos y tres veces por semana, y yo la pintaba, le ponía mascarillas, le depilaba las cejas, le cortaba las puntas y la peinaba, le hacía la manicura, y siempre con mucha suavidad y sin ninguna prisa, porque ya uno de los primeros días me dijo:

Aunque mi aspecto parece saludable, sufro de los nervios y necesito serenarme. Y lo que haces, y cómo lo haces, me serena.

Y es verdad que se serenaba. Bien sentada en la silla o en un sillón, bien recostada en el sofá, cerraba los ojos y parecía adormecerse de puro gusto, y yo iba deslizando caricias furtivas, o breves masajes, en su cara, en sus manos, en su cuello, en sus hombros, y cuanto más la acariciaba más se serenaba ella, así, así, me decía, me animaba, muy bien, péiname un poco más, y a veces me hacía preguntas sobre mi vida personal, mis padres, mis estudios, si tenía novia, qué iba a hacer después de la mili, y yo le contestaba vagamente y según mis conveniencias.

Un día me dijo:

¿Te atreverías a hacerme las axilas?

Sería un honor, señora, dije yo.

Ella se puso entonces un antifaz negro de dormir (esto me serena aún más, me dijo), se quitó una mañanita que llevaba sobre un vestido sin mangas, se echó en una tumbona y se puso las manos bajo la cabeza, en plan maja de Goya.

Me quedé turbado y atónito ante lo que vi. Era las axilas más frondosas que yo había visto o imaginado nunca, unos vellones negros y sedosos que no me atrevía a tocar, de tan íntimos y sagrados como me parecían. Creo que fue en ese momento exacto cuando acabé de enamorarme perdidamente de la coronela.

¿Qué quiere que le haga, señora?, le dije con un hilo tembloroso de voz.

Arreglármelas un poco, dijo ella. Pero solo un poco, porque al coronel le gustan así. Hazme algo bonito.

Puedo utilizar las pinzas, o la rasuradora eléctrica...

No, mejor la navaja. La espuma de afeitar y el acero, con su frescura, me serenan mucho.

Bien, le dije, y me puse a la tarea.

Como no me veía, pude entregarme sin vergüenza a la contemplación de aquella maravilla. Nada me gusta más que una mujer con sus partes peludas, y más la coronela, que era el más acabado y primigenio ejemplar de mujer.

Por otro lado, aquella era mi primera experiencia erótica de verdad. A su lado, qué era lo demás sino juegos de niños, cándidos onanismos a cuatro manos. Tímido primero, y luego cada vez con mayor osadía, fui metiendo mis dedos en aquellos selváticos parajes, alisando, mullendo, ondeando, rizando y desenredando, separando a veces una hebra para admirarla en toda su suavidad y longitud, y a veces hundiendo por entero las manos en aquella prodigiosa espesura.

¿Qué me haces?, dijo.

Y yo:

Examino y me maravillo de este vello tan tierno y tan sutil.

¿También a ti te gustan las axilas pobladas?

Mucho, señora, no puede usted imaginarse cuánto.

Ella fingió una queja entre bostezo y suspiro.

He pasado muy mala noche, dijo. Mira, voy a echarme un sueñecito mientras tú haces lo que tengas que hacer.

Preparé el cuenco con la espuma y fui punteando y untando con la brocha aquella delicada pelambre. No daba crédito al regalo que se me hacía, poder gozar de aquellos encantos a mi antojo, que supongo que es también lo que quería la coronela. Y cuando esgrimí mi navaja barbera, llegué al colmo de la felicidad. Escamondé, rasuré los bordes, y después de enjuagar y secar empecé a hacerle travesuras, cosquillas, trenzados, caricias explícitas, y a soplarle para ver en el centro del remolino la blancura secreta, obscena, de su carne. Y de pronto, llevado por la pasión y el desconsuelo, hundí mi cara en aquella hondonada fragante, como si fuese mi único refugio en este mundo, y me puse a llorar sin ruido, empapándola con mis lágrimas, y ella levantó en sueños un brazo y me aprisionó y me tuvo allí mucho tiempo, y a veces aflojaba el brazo y se alejaba un poco para ofrecerse luego con renovada entrega, y supongo que para que también yo renovara mis ímpetus y mi osadía, y así estuvimos hasta que ella se desperezó y se despertó por completo.

Yo no me atrevía a hablar.

¿Has acabado?, preguntó.

Sí, señora, y me dieron ganas de besarla en los labios, y creo que lo hubiera hecho si no es porque ella me dijo:

Entonces, márchate, y allí se quedó tumbada voluptuosamente, en las tinieblas de su antifaz.

Y así fue como el género erótico llegó a mi vida casi de repente.

Tardó más de una semana en llamarme, y en ese tiempo yo no comía, ni dormía, ni sosegaba, siempre abatido, y siempre ansioso y alerta porque en cualquier instante podía llegar alguien con el mensaje de mi esperanza y mi tormento. Ya apenas le escribía a Leo, solo unas frases de relleno y un final rutinario donde le decía que la amaba, pero era mentira, porque yo a quien amaba de verdad era a la coronela, y mis pensamientos y mi imaginación estaban llenos de ella a todas horas, y comparadas con ella, incluso con una sola de sus axilas, Leo, y también Olivia, me parecían criaturas insignificantes, casi ridículas. Apenas esbozos de mujer. Pero, a la vez, ¿no sería también yo así para la coronela?, y me parecía que, en efecto, yo era poco hombre para tanta mujer, hasta el coronel era poco hombre para ella, ¿y qué iba a hacer yo si un día, por lo que fuera, me viese desnudo, tan alfeñique y pálido como era? Tenía miedo de que me llamase y miedo también a que ya no me llamase nunca. Se me iba el tiempo en darle vueltas a mi última visita, y tan pronto me arrepentía de haber sido tan atrevido como de no haberlo sido todavía más. Y en cuanto a ella, quizá le ocurría lo mismo, o quizá ni siquiera se acordase ya de aquel episodio, o a lo mejor, al no gustarle la experiencia, había decidido prescindir de mí.

Pero no. Al fin un día llegó el asistente con un sobrecito lacrado, que yo abrí temblando y rezando lo poco que sabía, y dentro había una tarjeta oficial con el escudo de la infantería y el nombre del cuartel y unas letras escritas reglamentariamente a máquina: «Sírvase atenderme mañana a las 10 h».

Temblando leí la nota y temblando me presenté ante ella. ¿Debía disculparme, echarme de bruces y pedirle perdón por mis temeridades en nombre del amor insensato que le profesaba, o bien aparecer imperturbable, seguro de mí y de mis actos? Qué era mejor, ¿ir en plan Humphrey Bogart o ir en plan de víctima y perdedor, tipo Charlot? ¿Y qué nos reservaría el destino a la coronela y a mí, un drama o una comedia?

Pero todo fue mucho más sencillo. Ella misma me abrió la puerta y, sin decir nada, caminando delante de mí y moviendo cadenciosamente el vuelo de su falda, me condujo hasta el tocador.

Hoy solo peinar, me dijo.

Me puse a ello. Le desarmé el moño y comencé a atusarle el pelo. Vi que ella se llevaba una mano a la frente y se la pinzaba con fastidio.

¿Ha dormido bien, señora?, le dije.

Apenas un devaneo al amanecer, se quejó. Los recuerdos no me dejan dormir. ¿Qué fue de la juventud?, ¿qué fue de mis amigas del colegio?, ¿qué fue de aquellos domingos tan alegres? ¡Ay, cómo se va la vida!

Pero ¡si está usted espléndida!, le dije, con mis buenas artes de peluquero. Parece una diosa.

No sé, no sé. Los años no perdonan. Había un poema de una rosa que no recuerdo ahora, y que explicaba muy bien el breve tránsito que es la vida y lo ilusorio del regocijo y la belleza. La vida es toda un espejismo.

No piense eso, señora. Piense en el esplendor de hoy. Mírese en el espejo. Vea, todo en usted es juventud y perfección, y con una mano, sin tocarla, le fui mostrando y demostrando su cara, sus hombros, sus senos, sus caderas.

¡Cuánto te gusta halagarme! ¡Ay, no sé qué podría hacer! ¡Los días son tan cortos!

Mayor razón para disfrutar de ellos, le dije. El pasado da pena y el futuro temor. Solo nos aprovecha el presente.

Eso mismo venía a decir el poema de la rosa.

Relájese. Quizá podría dormir un poco. Con el sueño se olvidan los pesares.

Sí, debo serenarme. Un sueñecito me vendría bien.

Pues claro que sí. Échese en la tumbona, o en la cama, y entretanto yo puedo peinarla, o darle un masaje en los pies. Eso relaja mucho. Pero, si lo prefiere, me voy y la dejo descansar y serenarse sola.

No, sola no. La soledad está llena de voces y trasmundos.

Échese entonces.

Sea, dijo ella. Y añadió, en un tono trágico: Ponme el antifaz.

Se levantó y yo le puse el antifaz.

Condúceme hasta la cama, dijo, desvalida en su ceguera.

Y yo la conduje hasta la cama, que era enorme y antigua, con dosel y cabecero de bronce ilustrado con viñetas míticas de amor y de guerra. Apenas se tumbó, yo le solté la cabellera y se la extendí sobre la almohada. Sí, era una mujer única, una diosa, el vivo emblema de la carnalidad y sus ciegos instintos.

Después de peinarla, me puse a masajearle los pies.

¿Está mejor, señora?

Sí, algo mejor.

¿No duerme?

Sí, parece que quiero trasponerme.

Si lo desea, me retiro y la dejo sola...

No, todavía no. Sigue con lo tuyo.

¿Y qué quiere que haga ahora?

Tú eres el estilista. No me tortures con preguntas.

Quizá podría, si lo desea, no sé, señora, podría depilarle, retocarle el depilado de las piernas.

Haz lo que quieras pero no hables. Tus palabras son como alfileres en las sienes.

Si es tan amable de quitarse las medias.

¡Ay, cuánto trabajo das!, dijo, y pudorosamente encogió las piernas, se alzó con los codos sobre las caderas y maniobró debajo de la falda.

Primero de rodillas en el suelo, y después subido y encogido en la cama, trémulo de emoción, fui haciendo que trabajaba con las pinzas, porque la única luz del dormitorio era la de los focos del tocador, y la cama quedaba en una media penumbra acogedora e incitante, y yo en lo único que pensaba era en seguir subiendo por aquellas piernas gloriosas hasta alcanzar el centro de mis locos anhelos. Empequeñecido por la anchurosa cama matrimonial y acurrucado a los pies de aquella hembra formidable, yo parecía un insecto acobardado, tanteando con sus antenas, sin saber qué camino tomar.

Calma, calma, me decía a mí mismo, pero cuando llegué a sus rodillas de pronto pensé en el coronel. ¿Y si apareciera en aquel instante? Me mataría a tiros allí mismo. A mí y quizá también a ella, los dos juntos y muertos como los amantes de las leyendas, y me imaginé la escena con tal verismo, que no sé si del susto o del valor suicida ante lo inevitable e inminente, el caso es que lancé violentamente arriba el vuelo de la falda, como quien levanta una piedra y se echa atrás, temeroso de lo que pudiera encontrar debajo.

Fue una visión sobrenatural, muy acorde con la posición preventiva de mis manos y mi cara llena de terror. Terror al vacío, terror a la muerte, terror al infinito y a la atracción fatal de lo desconocido. Como si todos los cuentos y películas de miedo de mi infancia vinieran a desembocar allí, a ese instante mágico en que por primera vez me asomaba al abismo, no a un abismo cualquiera sino al de verdad, al único, al insondable, al que nos hospeda y nos devora sin remedio, y así desde el principio hasta el fin de los tiempos. Eso por un lado. Y por otro, he aquí que entonces me ocurrió algo extraordinario. Y es que al ver rebosar y verterse el vello por las ingles, y al entrever lo que debía de ser la extensión y espesura de aquella maraña salvaje, de algún oscuro rincón de mi alma salió ávida e incontenible mi vocación innata de barbero, y la necesidad de meterle mano a aquella mata tentadora.

Fui al baño y enseguida estuve listo con el cuenco de agua caliente, el jabón y la brocha, y me puse a templar la navaja en el suavizador.

Señora, le dije entre pasada y pasada, con voz firme de profesional, voy a hacerle el pubis.

Ella no respondió. Dormía o fingía dormir. Suavemente, pero con decisión, tomé el elástico con dos dedos y tiré hacia abajo, muy poco a poco, y vi cómo la blancura y los encajes iban dejando al descubierto la floresta fragante, hasta que quedó por completo desnuda.

¿Puedo hacerle una flor?, le susurré casi a voces. ¿O una mariposa? ¿O prefiere que se lo rasure por entero?

Ella rebulló en el sueño y movió la cabeza como escapando de una pesadilla, al tiempo que decía una frase ilusoria de la que yo solo entendí una palabra: coronel. Ah, claro, no había pensado en eso. La flor, el coronel, la pistola, la muerte heroica de los dos. Pero aun así, no resistí la tentación de cortarle con la navaja un rizo de recuerdo, antes de hundir la cara en aquel gran boscaje encantado. Y luego, sigiloso, insignificante, como un chacal entre leones, me deslicé por ella, fui trepando y trepando con la impresión de que nunca lograría alcanzar mi objetivo.

Quién anda ahí —otra vez la cabeza agitada y la voz errática desde el sueño, ansiosa, suplicante.

Me bajé torpemente la cremallera de mi pantalón de faena, me saqué el chirimbolo y el resto debió de hacerlo ella porque enseguida me sentí succionado, engullido por un mar de lodo, llevado en volandas por el sutil pero poderoso empuje de sus caderas, sin entender cómo era posible que estuviese ocurriendo en ese justo instante, y de un modo tan elemental, y en cierto modo tan desencantador, el misterio más grande y anhelado del mundo.

Y así fue como me hice amante de una mujer ciega y dormida, porque ella siempre se tumbaba con el antifaz y me daba instrucciones desde el sueño con frases borrosas de las que solo se entendían una o dos palabras, lo suficiente para que yo cumpliera sus deseos y los míos.

¿Y si apareciera ahora el coronel?, le pregunté una vez.

Y ella desde el sueño dijo algo de un banderín y una corneta, y señaló a una ventana, y yo enseguida comprendí, porque desde la ventana se veía un banderín que, en efecto, permanecía arriado cuando el coronel estaba fuera del campamento, y al llegar se izaba, al tiempo que se daba un toque de corneta. Y desde la tumbona o desde la cama yo veía arriado el banderín mientras hacía mi trabajo de peluquero, porque ese era el gran pretexto para hacer las cosas como por accidente, como si el amor fuese una consecuencia menor de los quehaceres de la peluquería. Y siempre, acabada mi tarea, yo recogía mis cosas y me iba con mi maletín, y ella se quedaba allí tumbada como una odalisca, con su antifaz y sus suspiros.

Creo que aquella fue la mejor época de mi vida. Comía y bebía de lo mejor, llegué a tener mi propio dormitorio, no dependía de nadie, y si quería un permiso, no tenía más que negociar con la clientela, vestirme de bonito, agarrar el petate y trasponer la puerta. Pero ¿para qué iba yo a querer salir del cuartel? En ningún lado estaba mejor que allí. La vida civil me era ya muy lejana, y en cuanto a Leo, ya casi ni me acordaba de ella, y a veces tardaba en escribirle cuatro o cinco días. ¿Por qué no me escribes más, por qué ya apenas vienes a verme?, me decía, y yo le contestaba que estaba arrestado y que en el calabozo no te dejaban escribir ni comunicarte de ningún modo con el exterior.

Y de ese modo pasó el tiempo, y he aquí que, no sé cómo, también Leo empezó a espaciar sus cartas, y cada vez eran más cortas y desganadas. Al principio no le di importancia, casi ni reparé en ello, pero luego empecé a darle vueltas, a atar cabos, y una noche saqué todas sus cartas y las ordené por fechas encima de la cama. Observé entonces cómo habían ido cambiando las despedidas. TE AMO CON TODA MI ALMA Y CON TODO MI CORAZÓN, decía siempre, y todo alrededor lo llenaba de corazoncitos de colores, pero en cierto momento ponía solo TE AMO CON TODA MI ALMA. Y luego, TE AMO a secas, y ya sin los corazoncitos, y en las últimas lo escribía todo con minúsculas y ya nunca más aparecieron las mayúsculas, y por los trazos apresurados, ella que era tan cuidadosa en la letra, que ese era quizá su rasgo más femenino, se notaba que quería despachar cuanto antes y de cualquier manera aquella frase.

Entonces me entraron las sospechas y los celos, y de qué manera. Lo vi clarísimo. Se ha liado con otro, pensé. Es más:

se ha liado con el carnicero. Repasé otra vez las cartas, y al releer con atención algunas frases sobre el carnicero, que se llamaba Roque y era cinco o seis años mayor que ella, me reafirmé aún más en mis sospechas. Aquí y allá hablaba de su habilidad en el oficio, de lo bien que cortaba y deshuesaba, de su simpatía con la clientela, de lo atento que era siempre con ella, y cómo le abría las puertas y le cedía el paso, y jamás un reproche ni una mala palabra, y hasta de su atractivo y gentileza, y en una ocasión me decía que las clientas estaban todas enamoradas de él. Frases premonitorias, pero que yo no había sabido interpretar. Y es curioso. Yo no quería ya a Leo, ni estaba enamorado de ella, porque para mí la única mujer que existía era la coronela, e incluso me resultaba indiferente, pero al descubrir su infidelidad me enamoré otra vez de ella, y al imaginarla deseada por el otro, también yo empecé a desearla cada vez más, y a idealizarla, tanto que de pronto la coronela empezó a parecerme solo una vieja viciosa. ¿Qué habría visto el carnicero en Leo? Era como si el amor que pudiera haber entre ellos hubiera incitado el mío, y avivado de las puras cenizas una pasión que acaso no existió jamás. Y todo por los celos, ese gran inventor de historias que, por absurdas que sean, parecen siempre verdaderas.

No sé en qué proporción se mezclaron en mi alma torturada el amor, el orgullo, la rabia, la fatalidad, el miedo, pero el caso es que me volví loco de celos y me juré a mí mismo que si no conseguía rescatar a Leo de las garras del carnicero, los mataría a los dos, y luego me mataría yo, y me quedé mirando fijamente mi navaja barbera. Cualquier cosa con tal de evitar que se fuese con el maldito carnicero.

Dicho y hecho. Al día siguiente hice el petate y me fugué del campamento. Ya en casa, en aquel lugar donde no quedaba memoria de mis padres, tal como había planeado me disfracé con un peluquín rubio, a juego con el bigote y la barba, y me fui a espiarlos al mercado de San Miguel. Yo, claro está, me había imaginado al carnicero alto, fuerte y guapo, como un actor de cine, pero resultó ser un tipo bajito, enclenque, feúcho y un poco dentón. Tenía el pelo lacio, sin brillo, con indicios de una calvicie prematura. Pero aun así, no me sentí para nada aliviado por eso, sino al revés. ¿Qué extraordinarias cualidades ocultas tendría aquel tipo para haber seducido tan fácilmente a Leo? Porque la había seducido, sin duda, y no había más que ver sus miradas, sus coqueteos, sus caricias fugaces. ¿Habrían follado ya? Leo, tan enemiga de efusiones eróticas, y que era tan brava con los hombres, y que sentía asco por ellos, ¿habría consentido desnudarse y entregarse toda, impúdica y acaso jadeante, a aquel pequeño pero irresistible conquistador? Porque, no sé cómo, yo empecé a idealizar al carnicero y a sacarme defectos a mí mismo, hasta sentirme incapaz de competir con él por el amor de Leo.

Me fui a casa a lamerme las heridas y a rumiar mi venganza. Esa misma tarde, esperé a Leo, ya sin disfraz, y cuando la vi salir de casa, muy arreglada, con una falda corta y un bolso en bandolera, crucé la calle en diagonal y le corté el paso.

¡Qué! ¿Vas a ver a tu otro novio, el carnicero?

Ella me miró con los ojos muy abiertos, y la boca también abierta, horrorizada ante lo que veía.

Porque el carnicero y tú sois novios, ¿no es así? Dime, ¿sois novios?

Y Leo hizo un gesto que quería decir a la vez que sí y que no, o que sí pero que no, o que quién sabe, o que aquella era una pregunta imposible de contestar.

¿Habéis follado?

No.

Dime la verdad, ¿habéis follado sí o no?

Te juro por Dios que no.

Pero sí te ha besado.

No sé...

¿Te ha besado sí o no?

No sé, alguna vez.

¿Y estás enamorada de él? ¡Vamos, di!, y la agarré del brazo para obligarla a confesar.

No lo sé..., dijo Leo.

Y de mí tampoco lo sabes, ¿no?

No...

Entonces, ¿qué coño es lo que sabes tú? ¿Qué piensas hacer ahora? ¿Irte con él o venirte conmigo?

Ella movió impotente la cabeza y empezó a dar pataditas en el suelo, pataditas de rabia por no saber con claridad lo que quería.

Vamos, tienes que decidirte ahora mismo, o el carnicero o yo. Mira, y saqué y abrí la navaja barbera, si te vas con el carnicero me rebano el pescuezo aquí mismo. O a lo mejor primero se lo rebano al otro y luego a mí. Y espérate que no te meta mano a ti también. Ya me conoces, y sabes que conmigo no hay bromas.

Leo no dudó de que yo era capaz de cumplir mi palabra, y entonces hizo un puchero, cada vez más y más feo, se llevó las manos a la cara y se puso a llorar.

Bueno, ya vale, le dije, y la abracé y la consolé, y luego con mi pañuelo le limpié las lágrimas y las manchas de rímel.

No llores, no te preocupes, haz lo que quieras, lo que te pida el corazón, le dije. Y en cuanto a la navaja, mira, y di unos pasos y la tiré por la boca de una alcantarilla. Y ahora, vete con el otro, corre en su busca, y ojalá que seas feliz con él, y entonces le di un beso muy suave en la boca, sonreí, me di la vuelta y me alejé.

Eso es lo que hice, una escena elegante y dramática, no sé si sincera o fingida, pero que me salió espontánea, y de la que primero me sentí orgulloso y enseguida profundamente arrepentido. Has hecho el gilipollas, me dije, se lo has puesto a huevo al carnicero, así, sin pelear por ella, sin saber realmente cuáles son sus verdaderos sentimientos. Entonces me sentí abatido de verdad, como nunca en la vida, y vi delante el paisaje desolado de mi futuro, la interminable fila de días de soledad y de dolor, y en eso estaba cuando oí unos pasos que se acercaban apresurados tras de mí y el corazón entonces me dio un vuelco porque sabía que era ella, Leo, que todavía con el rostro lloroso corría a mis brazos, y allí se puso otra vez a llorar a mares, y yo la acariciaba y le decía: Ya está, ya está, como si fuese un niño.

Y allí mismo, entre el ir y venir de la gente, en un espacio mágico reservado solo para nosotros, ella me dijo:

Yo solo te amo a ti, y mirándonos a los ojos, trágicos de tan serios, trascendentes de tan inspirados, nos juramos amor eterno de por vida. Y esas palabras, pronunciadas en un momento de desesperación, sellaron fatalmente nuestro destino para siempre.

Volví al cuartel, me metieron en el calabozo por desertor, a la espera de un consejo de guerra, según me notificó el oficial de guardia. Pero el coronel, y quizá también la coronela, arreglaron aquello, y poco después juré bandera y me destinaron a Madrid, de peluquero, y el coronel me dio la tarjeta de un buen amigo suyo que tenía una peluquería, para que empezara a trabajar allí en los días de permiso, y fuese ya encauzando mi vida por esos derroteros. Y, en efecto, un año y medio después, ya licenciado, al renovar el carné de identidad, donde ponía profesión puse «peluquero», y donde ponía estado civil puse «casado». He ahí de qué forma tan caprichosa, tan absurda quizá, porque necesitó la actuación estelar de un carnicero y de una coronela, se decidió mi proyecto de vida. Y en cuanto a la coronela, fui a despedirme de ella y le dije:

Señora, ya he jurado bandera.

Estaba sentada en el tocador y me miró por el espejo.

Siempre es igual, dijo. Todos juran bandera y se despiden para siempre. Pasa como con el poema de la rosa. Eres recluta y ya eres soldado. Eres soldado y ya eres civil. Yo fui joven y ya voy para vieja. Mira por la ventana: se fue el verano y ya llega el otoño. Todo es un breve tránsito. La belleza es un sueño. ¡Dios mío!, ¿qué haré cuando lleguen las lluvias?

Mi coronela, usted siempre será hermosa y siempre tendrá algún motivo para ser feliz.

¡Márchate, adulador! Pareces mandado por el diablo. ¡Vete, vete, que tus palabras me envenenan el alma!, y cogió el antifaz del tocador y se lo puso con una lentitud regia y dramática.

Yo me incliné y, sin decir una palabra, le di un beso en los labios, largo y goloso, interminable, y luego sin hacer ruido me marché.

3

Nos casamos por la Iglesia, Leo vestida de blanco y con un ramito de flores silvestres en la mano y yo con traje azul marino y un clavel rojo en el ojal. El padre de Leo iba de chaqué, y la madre lucía un vestido vaporoso de color lila con grandes hombreras que le llegaba hasta los pies, un bolsito dorado y una pamela azul. Estábamos todos elegantes, guapos y contentos, y así se nos veía en el álbum de fotos que durante muchos años anduvo rodando de aquí para allá, apareciendo y desapareciendo misteriosamente hasta que un día al fin se perdió para siempre. O quizá no, quién sabe, quizá en cualquier momento aparezca en el lugar más inesperado. Cosas más raras he visto yo en la vida.

El padre se pasó todo el tiempo hablando a voces, repartiendo puros, cantando coplas picantes, bebiendo y obligando a beber, animando a todos a la alegría y al desenfreno. Vinieron pocos invitados, unos treinta o cuarenta, todos por parte de la novia. Unos eran familiares y otros amigos, y entre los amigos había bastantes ex luchadores y videntes, los videntes vestidos de un modo extravagante y los otros con ganas de recordar sus buenos tiempos, y tanto se enardecieron con los relatos y las copas, que de pronto salieron al estrado de los músicos, se quitaron las chaquetas y se pusieron a luchar en plan teatral y cómico. La gente los aplaudió y ellos saludaron adoptando poses de forzudos de circo. Una de las videntes, muy vieja, toda sumida y arrugada, como un ídolo primitivo, y a quien todos trataban con el mayor respeto, salió por un momento de su silencio impenetrable y nos leyó la mano a Leo y a mí.

El agua y el aire velarán por vosotros, nos dijo. Del cielo os vendrá la armonía, y por el agua llegará lo que haya de llegar. El panal en el cactus, los dulces besos en las amargas lágrimas, el fuego en el círculo, y bisbiseó algo mientras con las manos nos hacía un sortilegio a manera de bendición.

Por mi parte, aunque cursé dos invitaciones, no vino nadie, y eso me hizo pensar en lo solo que estaba yo en el mundo, y me prometí aprender la lección para que algún día, en otra celebración, estuviera acompañado de una pequeña y variada multitud de amigos, de conocidos, de incondicionales.

Antes de la boda, yo había hecho mis planes para forjarme una vida buena junto a Leo. Como cuando me enamoré de Olivia, también ahora hice una lista de buenas intenciones, de hábitos saludables, de proyectos honrados y sencillos. Sería amable con ella (qué guapa estás hoy, qué bien te sienta este vestido, ¿te apetece una taza de té?), amable con todos, a cada cual le preguntaría por sus dolencias y aficiones, lo felicitaría por su onomástica, y todos dirían: Hay que ver este Hugo, o este señor Bayo, qué gentil y cumplido que es. Yo trabajaba de peluquero y también con el tiempo Leo encontraría un trabajo, y con los dos sueldos y con piso propio viviríamos sin apuros, nos compraríamos un coche, haríamos viajes de placer, quizá hasta nos animáramos a esquiar, iríamos al cine y al teatro, tendríamos amigos con los que salir a cenar o reunirnos en casa, y con el tiempo llegaríamos también a tener una casa en el campo, en fin, una vida cómoda, apacible, sin grandes ambiciones, como había vivido siempre la gente de bien, porque para ser dichoso no se necesita apenas nada, poco más que lo básico, en eso consiste la sabiduría de vivir, y ya era hora de poner fin a los proyectos disparatados, a los deseos pueriles, a la hostilidad contra el mundo, a la pesadumbre de existir. Todo eso había pasado ya, y ahora venía la edad ancha y dulce de la razón y de la madurez.

Para culminar mis buenas intenciones, me prometí (aunque muy vagamente y muy a largo plazo) buscar a mi madre y reconciliarme con ella, llevar flores a la tumba de mi padre para honrar su memoria y devolverle, aunque fuese tarde y mal, la gratitud y el cariño que no le tuve en vida. Tan animado y confiado estaba en mi proyecto de enmienda, que de repente me dije: Voy a llamar a Marco. Eso es, lo invitaría a la boda, haríamos las paces, y así restañaría también esa herida que de tarde en tarde emitía en la conciencia un leve latido de dolor. Y lo llamé.

¿Diga?, se oyó su voz desmayada, angelical.

Yo pensaba hablar en un tono compungido y humilde y deshacerme en balbuceos y frases de perdón, pero no sé por qué me salió una voz jovial, casi eufórica, y sin preguntarle cómo estaba, qué tal le iba, me puse a hablar de la mili, de mi oficio de peluquero, de que me iba a casar y de que lo llamaba precisamente para invitarlo a la boda, y solo al final de aquella perorata le pregunté qué tal le iba la vida.

Bien, se oyó a lo lejos.

Te mandaré la tarjeta de invitación, le dije, y a modo de despedida: ¡Te espero en la boda sin falta!

Y no sé si él dijo o no algo, pero yo seguí a la escucha, fascinado por su silencio, hasta que al rato lo oí colgar el teléfono.

Le envié la tarjeta, pero él no se presentó a la boda ni me mandó ningún obsequio. Así que por mi parte no vino ningún invitado, ni siquiera mi jefe, el viejo Baltasar, el dueño de la peluquería a la que me recomendó el coronel y con el que trabajé durante la mili y con el que seguía trabajando ahora. La peluquería del viejo Baltasar era un local mínimo, para caballeros, con solo dos sillones antiguos, de barbería clásica, y un veladorcito con tres sillas para los clientes en espera. Los espejos estaban roñosos y medio cegatos, la luz era escasa, y más escasa aún porque el ambiente estaba cargado siempre de humo de tabaco. Lo demás eran unas repisas de vidrio para los útiles de trabajo, un pequeño lavabo de loza y poco más.

Era un lugar triste, o más bien lúgubre. Los clientes eran casi todos viejos o medio viejos, y más o menos relacionados con la milicia. Como la mayoría estaban jubilados, no solo venían a la peluquería a cortarse el pelo sino también, y sobre todo, a hacer tertulia. Los temas de conversación eran siempre los mismos, los achaques de la edad, lo fugaz de la vida, el precio de las cosas, la actualidad política, las modas, la juventud, las costumbres, y todos esos temas giraban en torno a un único eje, como los caballitos del tiovivo, y ese gran eje de autoridad y de cohesión era la decadencia imparable de los tiempos presentes y el esplendor de los pasados. Y aquel tiovivo no se cansaba nunca de girar, años y años girando sin tregua, siempre los mismos caballitos alrededor del mismo eje y con la misma música de fondo. En el ambiente reinaba y oprimía el ánimo el más lastimero pesimismo. Un pesimismo vestido de entero y riguroso luto. Y todos eran expertos en el arte de agravar el diagnóstico de cualquier noticia, por menuda que fuese. Vivíamos tiempos apocalípticos. Todo iba a peor. Allá donde se mirase aparecían señales de degeneración, de ruina, de debacle. El ocaso de España y su disolución eran un hecho. ¿Dónde quedaba la antigua grandeza?, ¿dónde el honor?, ¿dónde el orgullo, la lealtad y la hombría? No importa de lo que hablasen: siempre venían a parar a ese tema, y a darse de cabezazos contra él. Y siempre estaban de acuerdo en todo. Contaban anécdotas de aquel entonces, y a veces comparecía la risa, pero era solo el eco de la risa de entonces, y después de la risa volvían al presente y callaban apesadumbrados. Y si sus palabras eran tristes, sus silencios resultaban sombríos.

El viejo Baltasar (así lo llamó el coronel desde el primer día, y así lo llamaban muchos, no como merma sino como añadido de respeto, como si dijeran el viejo zorro, el que se las sabe todas, el que viene de vuelta) era viejo, sí, pero daba la extraña impresión de que había sido siempre viejo, siempre igual a sí mismo y siempre con el mismo, invariable aspecto. Por el viejo Baltasar no pasan los años, oí decir más de una vez. Era muy flaco, seco de carnes, la calavera en el rostro, y aunque tenía un aire triste, como estaba conforme con su tristeza, eso le daba un aire apacible, yo diría que hasta secretamente risueño y burlón, como si viniese en efecto de vuelta y se conociese todos los tropiezos, espejismos y triquiñuelas del camino.

A mí me tomó cariño desde el principio y me daba buenos consejos para la vida. Me llamaba *joven,* y siempre de usted. Me decía a menudo que no me dejase embaucar por los mitos de la modernidad y de las modas ni por los cantos de sirena del consumo sin tasa, que era quizá el mayor mal que afligía a nuestro tiempo. Me decía también que quizá en el futuro, cuando él se jubilase (y yo lo miraba incrédulo, porque aquel futuro no parecía que fuese a llegar nunca), podía venderme, traspasarme o alquilarme el local, y con él su clientela.

No es para hacerse rico, me decía, pero se va viviendo, y para qué quiere uno más. Yo he conocido, y conozco, a colegas ambiciosos, que me dicen: ¿Por qué no te haces con un local más espacioso, más alegre, unisex, con cuatro o cinco empleados, y con una clientela más joven y diversa? ¿Por qué te conformas con tan poco? ¿No ves cómo la gente va a más? Con la democracia todo el mundo prospera, vivimos tiempos de abundancia, y tú, sin embargo, te mantienes siempre igual, si es que no vas a menos. Y yo me sonrío por dentro. ¿Para qué quiero más si ya tengo bastante? No fumo, no bebo, no voy ni a los toros ni al fútbol, viajar no me gusta, no tengo hijos, no tengo deudas ni deudores, la comida de los restaurantes me sienta mal, cualquier ropa me sirve, coche no necesito, y mi señora en todo piensa como yo. No tenemos ni perro ni gato. No salimos de noche. No nos complace el lujo ni el capitalismo. Nos gusta pasear y paseamos por el barrio, y los domingos vamos al Retiro. Comemos cosas buenas, sabrosas y naturales. Y la comida casera sienta siempre mejor que la de fuera, y es mucho más barata. Nos gusta el cine y la música popular. Pues bien, para eso tenemos la televisión. ¿Qué más queremos?

No somos, mi señora y yo, muy religiosos, seguía contando, pero vamos a misa los domingos, a alguna procesión en su tiempo, guardamos la Cuaresma, y damos nuestras limosnas a los pobres. No nos convence la democracia, pero cumplimos como buenos ciudadanos y vamos a votar siempre, sin falta, y si hay que votar en blanco votamos en blanco, pero jamás nos abstenemos. Cumplimos con Hacienda, a pesar de los muchos ladrones y corruptos que hay en la política. Como no molestamos ni nos gusta que nos molesten, solo vemos a nuestros parientes próximos en fechas señaladas. Frecuentamos poco a nuestras pocas amistades, y cuando lo hacemos, son siempre visitas breves, donde compartimos una merienda frugal y hablamos de asuntos en los que estamos previamente de acuerdo. Nunca hemos estado enfermos, y yo nunca, ni una sola vez, he faltado al trabajo. Mi señora gusta de leer revistas ilustradas, que una vez leídas nos sirven para la peluquería. Yo leo a diario el periódico, y libros sobre la conquista de América y la Guerra Civil, que son mis temas favoritos. En casa, cada uno en su sillón, nos pasamos leyendo gran parte de la tarde. También jugamos a las siete y media y al parchís. Nos llevamos bien con los vecinos. Cuando el presidente de la comunidad nos convoca a una reunión, vamos siempre sin falta, y nos gusta que todos se atengan al orden del día, aunque no por ello lo exigimos. No vamos a manifestaciones de ningún signo. Tenemos nuestras ideas, pero no hacemos de ellas banderas ni consignas. Esa es mi vida, joven, y si usted quiere, alguna vez será también la suya.

A media mañana, el viejo Baltasar se comía un pequeño bocadillo de carne o de pescado o de tortilla del día anterior, que llevaba envuelto en papel de periódico y que acompañaba con un vaso de agua del grifo.

Vea, joven, me dijo desde el primer día. Otro se iría a un bar a beber cerveza y a tomar raciones. O traería el bocadillo de la tienda y envuelto en papel de aluminio, con tal de gastar. ¿Y todo para qué? Otros hubieran iluminado el local por todo lo alto con focos halógenos y tubos de neón. Sin embargo, con esta luz que tenemos, ¿no nos las arreglamos todos bien? Ese es el mal de nuestro tiempo, que a la gente le puede el ansia y siempre quiere más de lo que tiene, y siempre más y más, ¿y todo para qué?, para invertir en decoración más que en vivienda, que es lo que gusta hoy.

Y, la verdad, yo lo escuchaba y no sabía si el modo de vida y la filosofía del viejo Baltasar era cosa de la virtud o de la mezquindad. Por un lado me inspiraba respeto, y por otro desprecio. Y aún más porque, con tantos años trabajando y la vida tan económica que llevaba, debía de tener ahorrada una fortuna.

Naturalmente, allí se hacían cortes convencionales, que ellos llamaban clásicos, y no había lugar para la creatividad. Los cortes modernos, con sus rizos, sus melenas y coletas, sus crestas, mechas y colorines, les parecían a todos un escándalo, y desde luego una inequívoca señal del estado de anarquía, de decadencia, de promiscuidad, de los tiempos presentes.

Por todo eso, que es a lo que iba, cuando lo invité a mi boda, a él y a su señora, rehusó la invitación.

Mire, joven, me dijo, me pone usted en un compromiso. Por un lado, ¿qué se nos ha perdido en su boda a nosotros? Tendríamos que vestirnos de gala, desplazarnos, relacionarnos con desconocidos, comer a deshora un menú que casi siempre sienta mal, con lo cual se te estropea también la cena, y eso sin contar el ruido de la música, de las risotadas, de las conversaciones, y, en definitiva, nuestros hábitos echados a perder por un asunto que, la verdad, a nosotros ni nos va ni nos viene. Y por otro lado, aun cuando no acudamos a la boda, me veré en la obligación de hacerle algún obsequio.

Yo hice entonces grandes gestos de protesta, y ya iba a decirle que de ningún modo tenía que regalarme nada, pero él me detuvo alzando en son de paz la palma de la mano.

De sobra sabe usted, joven, vaya o no vaya a la boda, y haga o no haga el gasto del menú, que he de hacerle un obsequio, porque así lo exigen las normas sociales, y para mi señora y para mí las normas sociales son sagradas. No regalarle nada sería un desaire para usted, y un deshonor para nosotros. Todos saldríamos perdiendo. Así que le haré con sumo gusto ese obsequio, y espero, joven, que esta experiencia le sirva de lección.

Y, en efecto, aunque no vino a la boda me regaló un centro de mesa que eran tres piñas pintadas de purpurina color plata y adornadas con unos lazos rojos de satén. Y ya para siempre aquel adorno estuvo en la mesita baja del salón, y al verlo a mí me entraba a veces la tristeza, porque en él veía representada la posibilidad amenazante de un futuro desolador.

Vivíamos en mi casa de siempre, Leo y yo, y al principio las cosas nos iban muy bien. Leo aprendió a preparar comidas fáciles y ricas, íbamos al cine, los fines de semana visitábamos ciudades y parajes cercanos a Madrid, salíamos de cenas y de copas, llegó la Navidad y pusimos en el salón un arbolito adornado con guirnaldas y luces de colores, y de vez en cuando hacíamos el amor. Ahora bien, para hacer el amor teníamos antes que pelearnos. Siempre fue así. Después de cenar nos tomábamos un gintónic o dos y entonces, engallados y desinhibidos por el alcohol, podía ocurrir que empezáramos a hostigarnos. Al principio no eran críticas graves, apenas reproches cotidianos, quejas domésticas, burlas ligeras, un poco en plan de broma, y Leo me daba puñetazos suaves y yo la empujaba o le apresaba las manos, y ella entonces se defendía con mordiscos y patadas, pero todo sin hacernos daño, jugando, provocándonos, incitándonos, hasta que empezábamos a luchar de verdad, a rodar por el suelo, Leo resistiéndose, arañándome, zafándose, trabados en complicadas posturas de combate, y yo obligándola, volteándola y quitándole la ropa a la fuerza, y ella resistiéndose con todo tipo de artimañas, insultándonos a gritos, hasta que al fin, agotados, hacíamos el amor de un modo breve y brusco. Eso sí, nunca desnuda del todo, nunca del todo entregada, siempre defendiendo su último y delicado reducto de toda caricia o intrusión. Fuera de esas violaciones consentidas, lo demás era una repetición de nuestros viejos escarceos eróticos. Si en la cama yo intentaba un abrazo insinuante, ella se apartaba y decía:

No, así no.

Pero ¿por qué?, le decía yo.

Porque no, porque así no me gusta, porque así es una guarrería, y ya está.

Pero, durante el sueño, o fingiendo dormir, como la coronela, a veces se dejaba violar, y al despertarnos los dos hacíamos como que no había ocurrido nada, y guardábamos muy bien ese secreto. Por lo demás, como mucho retozábamos un poco, hasta que ella decía:

Ya está, ya vale, se acabó.

Pero, a nuestra manera, éramos felices con nuestros gintonics y nuestras luchas y demás. Aquella época, que duró más de un año, la recuerdo ahora como la más dichosa de mi vida. Luego, las cosas comenzaron a torcerse. Nuestra casa era demasiado cara, y además queríamos comprarnos un coche, viajar, irnos de vacaciones, y mi salario no daba para tanto. Así que Leo buscó trabajo, y lo encontró de cajera en un supermercado, y yo, por mi parte, apelando a la carestía de los tiempos, le pedí un aumento de sueldo al viejo Baltasar. Él cerró los ojos como si hubiera recibido una noticia trágica o una tremenda decepción.

Ya veo, joven, dijo, que ha desoído mis consejos y se ha dejado engatusar por el espíritu de los tiempos modernos. Ya veo que la garra del capitalismo ha hecho presa en usted. ¿Y ahora qué? Por más que gane, nunca le parecerá bastante, y siempre querrá más. Acaba de caer usted en un círculo infernal. Me da usted lástima, joven, porque con sus propias manos está cavando la tumba de su infelicidad. Si le digo, desde mi honestidad y mi experiencia, que no le conviene que le suba el sueldo, y si por su bien me negara a subírselo, usted sin duda se consideraría víctima de un abuso. Ya veo que no tengo salida: si le subo el sueldo, seré cómplice de su perdición, y si no se lo subo, seré un explotador.

Se quedó pensando un buen rato, la barbilla en el pecho y la mano en la frente.

Bien, haremos una cosa. Apelaremos al término medio, que es donde está la sabiduría. Ni para ti ni para mí. Le subiré el sueldo, pero de tal modo que la conciencia y el honor de los dos queden a resguardo.

Y sí, me lo subió, pero muy poco, una miseria, y a partir de ahí yo empecé a sentirme de verdad explotado. Trabajábamos nueve o diez horas diarias. Además de la peluquería, atendíamos también a domicilio, a enfermos, a ancianos decrépitos, a inválidos, y cuando moría algún cliente teníamos que ir a afeitarlo y a adecentarlo lo mejor posible. Y siempre de pie, siempre hablando y escuchando, siempre allegando algunas frases para mantener vivo el fuego del coloquio, siempre oyendo los estribillos de «los jóvenes de hoy», «la crisis de valores», «en los tiempos de Franco», «eso ya lo decía José Antonio», «cuando Brunete» o «cuando el Ebro». Yo, que siempre he sido callado de por sí, me fui haciendo más y más silencioso cuando al filo del anochecer abandonaba la peluquería: un silencio avieso, tenebroso, con el que descansaba de toda aquella molienda verbal. Entre la pesadumbre de aquel lugar lóbrego y vetusto, el sueldo escaso, la larga jornada laboral y los interminables y desalentadores discursos de los parroquianos, llegaba a casa cansado, malhumorado y sin ganas de hablar. Y lo mismo Leo. Su trabajo de cajera resultaba bruto de tan rutinario, y además su horario laboral era rotativo, de modo que había semanas en que casi no nos veíamos, y al igual que yo, también ella llegaba a casa agotada y sin ganas de otra cosa que de derrumbarse en el sofá. Sentados y en silencio, ausentes, zurumbáticos, veíamos la televisión hasta que nos rendía el sueño.

Fue entonces cuando empecé a ver claro que yo no quería ser peluquero, ni heredar el negocio del viejo Baltasar y su melancólica clientela, ni menos aún llevar la vida del viejo Baltasar y su señora esposa. No, a mí en realidad no me gustaba ser peluquero, nunca me había gustado, yo valía para más y estaba desperdiciando las buenas cualidades innatas que yo sabía que había dentro de mí, estaba tirando mi vida a la basura, y seguro que a Leo le pasaba lo mismo, no, no, no podíamos seguir así, estábamos labrando día a día nuestra propia desdicha. Pero, claro, si no es de peluquero, ¿cómo vas a ganarte la vida? A lo mejor es que estás equivocado, como todos los jóvenes que sueñan con un futuro único y estelar, y solo sirves para ser peluquero, eso es todo lo que has conseguido y lo que te mereces, lo que has dado de sí, y todo lo que sea aspirar a más es amargarte la vida con vanas ilusiones, y así un día y otro día, siempre dándole vueltas a ese asunto, como si también yo fuese montado en un tiovivo, y así hubiese seguido dando vueltas y vueltas si no fuese porque el cansancio venía con su velo piadoso a liberarme del triste espectáculo de la realidad.

4

Y ahora tendría yo que elevar el tono de voz, como en mis mejores momentos de retórica peluqueril, para entender algo de lo que pasó entonces. Y lo que pasó es que el curso de mi vida entró en un ancho remanso donde apenas se notaba el paso del tiempo, una lisa e imperceptible deriva hacia el futuro donde no ocurría nunca nada nuevo, nunca nada, y aquella total ausencia de aconteceres, que yo al principio había interpretado como el advenimiento de una época de paz, encubría sin embargo la guerra sorda, despiadada, inmemorial, del hombre contra el peso intolerable de su propio existir. Era el tedio, el monstruo del tedio, que venía con su cara de ceniza y su lento desfilar al ritmo del tambor, y su lúgubre cortejo de fantasmas, a clausurar oficialmente mi vida con el sello mortal de la monotonía. No hay trabajo más agotador e insufrible que la rutina frustrante de las horas, los días, los meses, todos iguales a sí mismos, el mismo trayecto diario, las mismas calles, la misma plaza, el mismo espejo de una tienda de ropa donde disminuía el paso para revistarme de un reojo, la cara siempre impenetrable, vacía de contenido, la mirada de oveja, de quien sufre miopía en la memoria y vive en el presente como en un espejismo, los mismos rostros, las mismas frases convenidas, el mismo borroso recuerdo de una esperanza cuya promesa ya apenas se recuerda.

Y así las cosas, he aquí que un día, al volver del trabajo, entre las tempranas luces nocturnas, vi pasar un camión donde ponía, con grandes letras rojas, y enmarcado por alegres viñetas infantiles de vacas y cerdos y ristras de embutidos: CÁRNICAS ROQUE. Parece mentira, ¿no?, pero en aquel preciso instante llegó el drama otra vez a mi vida. Porque al revelárseme tan repentinamente, y con tanta elocuencia, el éxito de mi antiguo rival, de pronto se me reveló también en toda su crudeza el fracaso general de mi vida. Fue uno de esos momentos deslumbrantes de inspiración en que hasta los más intrincados enigmas aparecen resueltos con una facilidad pasmosa. Me detuve en la acera, aturdido por aquella imagen desoladora de mí mismo, mientras veía alejarse el camión.

He aquí que el carnicero Roque ha triunfado en lo suyo, pensé, mientras que yo, que aspiraba a tanto, soy solo un triste peluquero, y peluquero seré hasta el fin de mis días. He ahí, resumida en una imagen de vacas, cerdos y chacina, por un lado, y de un peine y unas tijeras por el otro, el argumento de mi vida. No lo pensé dos veces. Acuciado por el afán de ahondar en esa trágica evidencia, allí mismo tomé un taxi y me fui derecho al mercado de San Miguel. Estaba anocheciendo. Algunos puestos estaban ya cerrados y otros a punto de cerrar. El de Roque había echado ya el cierre, y eso me permitió hablar con unos y con otros, contar que éramos amigos y que llevábamos tiempo sin vernos y preguntar qué había sido de él. Me enteré entonces de que le iba muy bien, de que ahora tenía seis o siete carnicerías, grandes y modernas, además de una distribuidora de productos cárnicos y de una fábrica de embutidos, y ese era solo el principio, se apresuraron a añadir, porque ya de antiguo se veía que aquel joven llegaría muy lejos, tan lejos como se lo propusiera, y todos hablaban de él en términos festivos y elogiosos, el amigo Roque, el jodío Roque, el bueno de Roque, y se veía que lo estimaban y lo admiraban y se alegraban de sus éxitos.

Yo pensé: De mí nadie dirá nunca el jodío Hugo o el bueno de Hugo. A mí nadie me ha gastado nunca bromas, nadie ha celebrado mis ocurrencias, nadie me ha dicho jamás que llegaría lejos, a donde yo me propusiera. A mí nadie me ha querido, y yo tampoco he querido nunca a nadie. Ese soy yo, y eso es todo cuanto puede decirse de mí y de mi paso por el mundo. ¿Hugo? Un inútil, y en voz baja: Y una mala persona. Lento, encogido sobre mí mismo, con ese discurso eché a andar hacia casa.

Pasó un día, pasaron dos, y no sé cómo fue despertando en mí el monstruo de los celos, tan temible acaso como el monstruo del tedio. Y cuando hablo de monstruo lo digo de verdad, en el sentido justo de la palabra, porque ese monstruo existe, ya lo creo que sí, yo lo he visto de cerca, he visto el fuego verde de sus ojos insomnes y su cabellera atormentada por el viento recio que sopla sin cesar del pasado, y puedo asegurar que es más espantoso que los más formidables dragones, demonios y demás engendros creados por la fantasía del hombre. No sé, no sé cómo pudo ocurrir, porque hasta entonces yo tenía casi olvidada la infidelidad de Leo, y ahora sin embargo el viento del rencor empezó a agitar y a remover el pasado, a traerme intactas las miserias de antaño, a soplar con rachas huracanadas de rabia y de despecho, de amarga y ciega hostilidad. A todas horas sufría el tormento de aquella historia de la que apenas supe nada, ni quise saber nada, y de la que ahora de pronto quería saberlo todo, explorarlo todo, y bien a fondo, hasta sus escondrijos más secretos. Todo, todo era vital ahora para mí.

Dándole vueltas, armando y desarmando las piezas reales o supuestas de aquel viejo asunto, empecé a cortejar algunas hipótesis que, cuanto más razonables eran, más atractivas parecían. Ahora empiezo a verlo claro, me decía, con el placer morboso de quien hurga y rasca en la herida para vengarse del dolor. Ahora veo claro que Leo no eligió libremente entre los dos. Si se vino conmigo fue porque en el último instante cometió el error de apiadarse de mí. Es más, porque yo la obligué con mis tretas sentimentales a apiadarse de mí. Vete y sé feliz, le dije, y le di un beso y me marché, en plan perdedor, supongo que las manos hundidas en los bolsillos y un cigarrillo colgado del labio, el héroe incomprendido camino ya de un destino fatal. Pero, de haber podido, lo habría elegido a él, al jodío Roque, al bueno de Roque, a Roque el triunfador, y de haberlo hecho ahora viviría como una señora, sin necesidad de trabajar de cajera por un sueldo ridículo, y seguro que harían el amor de un modo natural, sin tener que anestesiarse con gintonics ni recurrir a broncas y peleas para enardecer y encubrir su apatía erótica, y en el fondo su íntimo rechazo hacia mí. Al contrario, se entregaría a él con gusto, con desenfado, quizá con desvergüenza. Claro que sí. Y de pronto pensé: ¿No se habrán visto a escondidas después de la boda? ¡Y qué sugestivo, qué tentador, qué rico en posibilidades, me pareció aquel hallazgo! Porque durante el primer año ella no trabajó, razoné, y luego, en el supermercado, con el horario rotativo, poco le costaría en ambos casos encontrarse con él, quizá en su casa, o quizá en un hotel o en un apartamento por horas. Como mi madre con el falso doctor Ruiz. Vaya, vaya con la mosquita muerta, escuché un susurro amigable en la oreja. Y además, y cómo no haber caído en la cuenta hasta ese instante, entre ellos había asuntos pendientes, deseos reprimidos, placeres sin consumar, de los que ahora podían desquitarse, y no solo por las urgencias del deseo sino también por el gusto añadido de vengarse de mí, que había venido a truncar un brillante porvenir amoroso. Tan claro lo veía, tan verosímil era todo, que hasta la razón, cómplice regocijada de aquella temeraria evidencia, se deleitaba en aportar sus mejores y más impecables silogismos, deducciones, argumentarios, inferencias, para que todas mis negras conjeturas compareciesen ante mí ataviadas con los más llamativos fundamentos lógicos, y así el viento del pasado iba soplando y soplando cada vez con más fuerza y constancia.

Entonces comenzaron los interrogatorios. Meses y meses de interrogatorios incansables. Primero como ocurrencia casual, ¿cómo dices que se llamaba aquel carnicero del mercado de San Miguel?, ¿cómo es que empezaste a trabajar allí?, ¿qué horario tenías y qué tal te pagaban? Hacía tiempo que ya no salíamos de excursión, ni íbamos al cine, ni a pasear, ni hacíamos proyectos, por modestos que fuesen. No, ahora nos dedicábamos únicamente a descansar, no solo del trabajo sino también del tedio, que era como una segunda jornada laboral y que agotaba tanto o más que la otra. Ahí es donde entendí yo cabalmente el significado de por qué Dios, con ser Dios, después de crear el mundo tuvo también que descansar. Y hasta me pregunto si no se aburriría también en su día de descanso. Extenuados y tristes, tomábamos gintonics y veíamos la televisión, sin fe y sin alegría. Y en ese silencio agónico, mis preguntas comenzaron a fluir cada vez más directas y más llenas de doble intención. Estaba deseando llegar a casa al término del día para reanudar las inquisiciones en el punto exacto en que quedaron la noche anterior. Ese era ahora el único sentido de mi vida, el único momento de exaltación o de placer.

A la pregunta de si había visto, y qué le parecía, alguno de los camiones de su «antiguo novio» (ese era el nombre oficial que yo le había puesto desde el principio, con la variante irónica de «pretendiente alternativo»), Leo dijo que no había visto ninguno, y que esa era la primera noticia que tenía. Su respuesta me dio pie para el asombro. ¿Cómo era posible si su antiguo novio poseía una flota de camiones que pululaban a todas horas por Madrid con un diseño publicitario de lo más divertido y vistoso? Leo se reafirmó en lo suyo, y yo dije, reafirmándome en mi extrañeza, y añadiéndole un punto de ironía, que debía de ser la única persona que ignoraba la existencia de esos camiones, que formaban ya parte como quien dice del paisaje urbano. Ella se encogió de hombros. ¿Y tampoco sabía que su antiguo novio, además de camiones, era dueño de quince o veinte carnicerías y de una enorme fábrica de embutidos? Es raro, dije, que tú, trabajando en el ramo de la alimentación, no te hayas enterado de esto.

Yendo más allá, otro día le dije que, de haberse ido con él, ahora viviría como una reina, con todo tipo de lujos, y todos los caprichos que quisiera. Ella no dijo ni que sí ni que no. Siguió viendo la televisión como si tal cosa.

Cuando no te interesa oír te haces la sorda, le dije, como si hablase para mí.

De ahí pasé a preguntar si no se arrepentía de haberse ido conmigo y no con él. Y ella, con lo brava que era, no dijo nada, solo movió la cabeza y puso cara de aburrimiento e impaciencia.

¿Por qué sacas ahora todo eso?, me decía a veces, ¿por qué no dejas ya de decir tonterías?

Pero yo seguía firme en mis indagaciones y pesquisas. Los sábados y domingos, desde primera hora de la mañana, ya estaba yo con mis preguntas, tenaz, infatigable, como una gota de lluvia cayendo intermitentemente pero sin cesar sobre una lata, como la cigarra en las siestas ardientes del verano, como la punzada puntual de un dolor de muelas, como el bisbiseo coral de las letanías en la penumbra de una iglesia. ¿Por qué se vino conmigo y no con él? ¿O es que le daba igual uno que otro?

Porque lo decidiste en un momento, acuérdate, no me digas que no, lo cual quiere decir que lo mismo pudiste escoger al carnicero, total qué más da, como quien echa una moneda a cara o cruz. ¿Eso es lo que entiendes tú por amor? Ahora comprendo aquello que decías de que los hombres te dan asco, y supongo que sobre todo yo, ¿no?

Meses y meses, a todas horas, por la mañana en la cocina o al ir a comprar el pan, persiguiéndola luego por toda la casa, en la comida, durante la siesta, ella amodorrada en el sofá y yo con mi abejorreo invencible dándole vueltas y vueltas a la historia y escudriñando en sus rincones, ávido de saber, y luego por la tarde, allá adonde fuéramos o donde nos quedáramos, incansable, insomne, resistiéndome a dar el día por acabado, continuando con mis preguntas en la cama con la luz ya apagada, en la incitante oscuridad, que si no había vuelto a verlo desde entonces, y como ella juraba que no, que si al menos había pensado en ir a verlo, que si no había tenido esa curiosidad, y si ella volvía a decir que no, yo le decía que al menos sí tendría que admitir que en algún momento se habría preguntado por él, por su antiguo novio, cómo le iría, y quizá, y no había nada malo en ello, le decía, para animarla a hablar, hasta se le habría pasado por la imaginación ir al mercado de San Miguel, ¡mira!, voy a ir al mercado de San Miguel a ver cómo le va a Roque, solo por curiosidad, por saber si sigue allí, y hasta es posible que hubiera ido de verdad, ¿por qué no?, y que hubiese hablado con él, ¿qué había de malo en eso?, pero lo que no podía es venirme con la milonga de que en todo este tiempo no había pensado en él alguna vez, al menos una vez, ¡una!, y enarbolaba el índice a modo de argumento inatacable, y como Leo claudicó al fin y dijo que sí, que es posible, que quizá había pensado en él alguna vez, yo entonces me callé, hice una pausa interminable, y dije con una voz remota de ultratumba:

O sea, que sigues pensando en él.

Y si ella se levantaba de noche para ir al baño, ya estaba yo listo para recibirla con una nueva pregunta, o con un nuevo giro o un matiz que agregar a una antigua pregunta, cómo se le insinuó él, en qué momento exacto, y dónde, y cómo iba vestida, ¿llevabas falda o pantalón?, esta era una de mis obsesiones, y si él fumaba, y qué marca de cigarrillos, si bebía y qué bebía, y si ella era también compañera de tragos, si se emborracharon juntos alguna vez, si hacían planes para el futuro, si hablaron de casarse, si la bruja de su madre fue celestina del romance, qué hacían los domingos, adónde iban, y como Leo dijo que primero iban a misa y después solían ir de excursión en el coche de Roque por los alrededores de Madrid, yo me apoderé inmediatamente de esas dos noticias y durante muchos días exploré sus muchas y sombrías posibilidades:

O sea que con él ibas a misa los domingos.

Y ella:

Sí, ¿qué pasa?

Y yo:

No, nada, que tú nunca ibas a misa, ni te pega ir a misa, ¿o es que tú no eras atea, como yo?, pero en cambio con él si ibas, ¿no?, ¿por qué?, y como ella no sabía qué contestar, o se negaba a hacerlo, porque ya estaba harta de mis preguntas, de la gota en la lata, era yo el que contestaba por ella: Pues yo te voy a decir por qué, porque eres una hipócrita y todo te da igual, una mujer sin convicciones ni principios, una veleta al viento, tan rebelde como parecías y de repente tan sumisa, y seguro que te confesabas y comulgabas, ¿y todo por qué?, por él, por complacerlo a él, los dos contándole al cura los mismos pecados, padre, he cometido actos impuros, he tenido pensamientos lujuriosos y horribles, y le daríais detalles, me tocó aquí o allá, me hizo esto o lo otro, y también pecamos de palabra, nos decíamos guarrerías al oído, y después de comulgar juntos y de rodillas os faltaría tiempo para montaros en el coche e ir a pecar de nuevo, ¿no?, y si también, por cierto, la besó y la magreó en el coche, y en ese caso dónde, ¿en el asiento delantero o en el de atrás, más cómodos y lascivos?, y así meses y meses, hasta que una noche a Leo le dio un ataque de histeria y se puso a gritar y a estampar vasos y platos contra el suelo y a dar patadas a las mesas, a las paredes, a todo lo que encontraba por delante, y hasta un vecino llamó a la puerta alarmado por el estropicio, y cuando llegó otra vez la calma hubo un silencio que duró varios días, y entonces no hablábamos de nada, absolutamente de nada, todo lo hacíamos en un silencio absoluto, como si estuviéramos en una iglesia, y ya ni siquiera encendíamos la televisión, y en aquella quietud parecía que se transparentaban los pensamientos, y así seguimos hasta que una tarde de domingo, después de haberlo pensado mucho, volví a la carga con un nuevo argumento.

En un tono sereno y didáctico le dije que era necesario que ella me contara la verdad, toda la verdad, porque hasta que no lo confesara todo y yo lo supiese todo no saldríamos de aquel pozo sin fondo en el que habíamos caído, pero que si me lo contaba todo entonces la verdad nos purificaría, nos traería la paz y nos uniría más que nunca para el resto de nuestra vida, y ya nunca habría secretos entre nosotros y, como cuando el cura te da la absolución, quedaríamos libres de pecado y de culpa. Si ella me contaba con detalle la relación con su antiguo novio, ya las sombras del ayer no oscurecerían nuestro presente, y volveríamos a ser felices y, como en los viejos tiempos, viviríamos en armonía ya para siempre.

¡Luz, luz!, esto es lo que necesitamos, le dije.

Contase lo que contase, yo no me iba a enfadar, yo solo quería saber la verdad de una vez por todas para liberarme de la tortura de la duda, de la sospecha atroz de que entre nosotros había zonas oscuras, episodios inconfesables, y de que vivíamos por tanto en la mentira. No, ante todo debíamos ser sinceros con nosotros mismos. Todos cometemos errores. No teníamos que dar voces ni tener vergüenza de contar por menudo toda la verdad. En voz baja, sin enfadarnos, como amigos, y si ella quería, si lo prefería así, yo preguntaría y ella con la cabeza diría que sí o que no, con eso era bastante, yo no necesitaba más para ponerle fin a mi desdicha y zanjar de una vez por todas el pasado.

Y entonces comenzó otra vez el interrogatorio. Preguntas inocentes al principio, por ejemplo si consideraba que su antiguo novio era una persona educada. Leo, más serena también, más habladora, dijo que era un caballero.

Él me cedía siempre el paso, él es el único hombre en mi vida que me ha cedido el paso. Me abría siempre las puertas para que pasara yo delante. En el coche, primero me abría la puerta invitándome a subir y esperaba hasta que yo estuviera sentada, y entonces la cerraba, daba la vuelta al coche y se montaba él. Todo lo pedía por favor, y siempre estaba pendiente de mí, de satisfacerme en las pequeñas cosas. Así era él, para que te enteres.

Bien, bien, dije yo, ¿ves como no me enfado?

Le pregunté luego si le hacía regalos. Ella me dijo que sí, que le compraba pañuelos y perfumes. También una vez le compró un collar. ¿Y ella?, ¿había correspondido a esos obsequios?

Creo que una vez le compré también un perfume.

Bien, bien, dije yo.

De ahí pasé a indagar cómo eran las relaciones entre los dos durante el trabajo, qué aficiones tenía su antiguo novio, si hacía deporte, dónde vivía y si vivía solo, si le habló a él de mí y qué le dijo, si era o no peludo, si lo consideraba o no atractivo, y qué nota le pondría del uno al diez, y por ese camino llegué al momento que yo ansiaba, cuándo la besó por primera vez y cómo fue la cosa, el lugar, la hora, el ambiente, los prolegómenos, si llevaba falda o pantalón, si ella se resistió al principio, si pensó en mí en algún momento, cómo fue el beso, si además del beso la abrazó y cómo fue ese abrazo, y si su antiguo pretendiente besaba mejor que yo, o cuál de los dos primeros besos le gustó más. Leo contestaba con muy pocas palabras, y a veces con evasivas, y a veces decía que cómo se iba a acordar de aquellas cosas. Tolerante, mundano, casi festivo, yo celebraba sus respuestas y la animaba a continuar, mientras me iba adentrando en curiosidades cada vez más íntimas y atrevidas. Al fin y al cabo yo era el cornudo, la víctima, y tenía derecho a exigir, a saber. No pregunté si él le tocó las tetas sino, dándolo por hecho, cuánto tiempo pasó desde el primer beso hasta que le tocó las tetas.

No me acuerdo, dijo ella.

Pero te las tocó.

Solo por encima de la ropa, me dijo.

¿Y cuántas veces?

Y yo qué sé, no lo recuerdo.

¿Cómo no te vas a acordar tú de esas cosas, si no te gusta que te toquen ahí? Intenta recordar. ¿Cuántas veces?

No sé, dos o tres.

Dos o tres, es decir, que a lo mejor fueron cuatro. Y ¿te las tocó también en el coche y en el asiento de atrás?, y en ese caso qué llevabas, ¿falda o pantalón? Si haces memoria seguro que te acuerdas.

En ese momento ella empezó a dar pataditas en el suelo y yo, condescendiente, afable, dejé ahí las cosas de momento.

Otro día, retomando el asunto de las tetas y razonando con mucho sentido común, le dije que, si él le tocó las tetas, lo normal y lógico es que ella correspondiera con otras caricias similares; es decir, que le pagase, como quien dice, con la misma moneda. Eso era así siempre, y no había por qué escandalizarse ni tenerle miedo a la verdad. Y, por otro lado, si ella se dejó tocar las tetas, es seguro que él entonces intentó ir un paso más allá, a ver qué pasaba, no hay que ser psicólogo para saber cómo son los hombres y cómo funcionan estas cosas.

Así que cuanto antes digas la verdad antes acabamos, y ya nunca, jamás, volveremos a hablar de este asunto.

Durante muchos días estuvimos jugando al gato y al ratón, ella diciendo y sosteniendo que no llegaron a más, que él no intentó nunca tocarla ahí ni ella tampoco lo tocó a él ahí, que nunca estuvieron en el asiento de atrás del coche, que ella casi siempre llevaba pantalón, y yo insistiendo, rebatiéndola, proponiendo nuevas hipótesis, que qué hacían cuando iban de excursión, que si buscaban en el campo lugares solitarios para besarse y revolcarse por el suelo, que si fueron alguna vez a casa de él, y tanto y tanto porfié en mi sospecha que ella al fin confesó que sí, que una vez estuvieron en su casa pero que no pasó nada especial. Yo entonces me quejé de su insinceridad, de que había que sacarle todo con sacacorchos, que por qué no decía la verdad y toda la verdad de una vez por todas.

Seguro que estuvisteis en su casa más de una vez y seguro que os metisteis en la cama.

Machacando en esa conjetura, logré que ella admitiera que, en efecto, estuvieron allí dos veces y que una vez se abrazaron en la cama, pero completamente vestidos. Casi una semana estuve a vueltas con ese episodio. ¿Se quitaron al menos los zapatos?, ¿llevaba falda o pantalón?, ¿y no se desnudarían al menos de cintura para arriba?, porque era raro que, retozando en la cama, no dieran un paso más de los que ya habían dado. ¿Y cuánto tiempo estuvieron allí afanándose y cuántos orgasmos llegaron a tener? Ella se negó a contestar, y yo:

Claro, qué más da, si luego ibais a confesaros los domingos, los dos juntitos, limpios, inocentes, después de estar toda la semana haciendo porquerías, y nunca me cansaba de seguir indagando en aquella historia inagotable.

Y no sé en qué momento, Leo pasó a la contraofensiva, a defenderse de mi acoso acosándome a mí.

¿Y tú qué?, me dijo un día, que te las das de tan puro y leal. ¿No te enamoraste tú de Olivia?, porque yo le había contado aquella historia, aunque a mi modo y por presumir, diciendo que en realidad fue Olivia quien se enamoró de mí, y que quería que nos casáramos y nos fuésemos a vivir al campo, pero que para mí fue apenas un capricho inocente.

Sin embargo, Leo había adivinado o sospechado la verdad, y ahora la soltó con toda su crudeza.

Yo sé que el robo aquel lo hiciste por ella, dijo, que era a ella a quien querías conquistar, y no a mí, pero como ella te falló entonces viniste en mi busca, no porque me quisieras, sino porque no tenías nada mejor. ¿Crees que soy tonta o qué?

Yo moví amargamente la cabeza:

Qué tramposa eres, le dije, y qué inmoral. No tienes escrúpulos en inventarte las cosas más absurdas con tal de escabullirte de mis preguntas.

¡Tú robaste por ella, no por mí! ¡Anda que no te conozco bien! ¿Qué le contaste, lo de la cabaña junto al río y lo del lago y los ciervos, y lo felices que ibais a vivir allí? ¿Y tú hablas de trampas y de escrúpulos? ¿Tú que no tuviste vergüenza en chantajear a tus padres, que atosigaste a tu madre hasta conseguir echarla de casa, que dejaste que tu padre cargase con la culpa del robo y que luego cuando enfermó lo abandonaste como a un perro, y que por eso se murió? ¿Y no prometiste cuando nos casamos que ibas a buscar a tu madre y a llevarle flores a tu padre? Seguro que ni siquiera te has acordado de la promesa, ¿no? ¿Y tú vienes ahora a preguntarme si llevaba falda o pantalón y a echarme en cara que fuese a misa los domingos? ¡Eres un bicho!

Y ahí la discusión empezó a subir de tono.

¿Yo un bicho? ¡Ellos eran los bichos! Una puta y un estafador. Ellos me corrompieron desde niño. Ellos arruinaron mi vida, y luego tú la remataste, yéndote a la cama con el primero que te cedió el paso en una puerta. Entre los tres habéis matado las buenas cualidades que había en mí, hasta convertirme en lo que soy, un fracasado.

Ah, claro, dijo Leo, si no fuese por mí ahora serías millonario, o un gran actor de cine, ¿no?, como ibas contándole por ahí a todo el mundo.

Pues probablemente, dije yo. Tú ríete, pero yo no soy un cualquiera, yo no soy como tu pretendiente alternativo, un pobre carnicero, por muchos camiones que tenga, o como tú, que te da igual irte con uno que con otro, o ir a misa que no, porque careces de ideales, los dos sois de la misma calaña, pero yo no, yo soy un tipo, no sé, yo soy un tipo original, con talento, con inquietudes. Yo no soy un conformista como tú, yo en el fondo soy un artista, y ojalá que la vida me dé ocasión de demostrártelo.

Sí, que te crees tú eso, dijo Leo. ¡Menudo artista! Más vale que te resignes a ser peluquero, que es para lo único que vales y el único modo que tienes de ganarte la vida.

Qué mal me conoces, le dije. Yo no seré peluquero mucho tiempo, acuérdate de lo que te digo. Antes me suicido.

Y luego, cuando salíamos del laberinto de esas discusiones, yo volvía otra vez a lo mío, a mis preguntas, incansable y fanático, y así pasaban los días, las semanas, los meses, hasta que una tarde me atreví a preguntarle algo que ansiaba saber desde el principio, si la verga del carnicero era más grande que la mía. Leo se mordió los labios y empezó a dar con el pie en el suelo.

¿Era más grande o no?

Ella no contestaba.

Eres una cínica, le dije, lo sabes pero no quieres decirlo. Y si no lo quieres decir es porque era más grande, ¿no? ¡Confiésalo!

Eres un gilipollas, dijo ella.

¡Y confiesa que follasteis alguna vez!

No, dijo ella, con voz débil y desalentada.

Pero te hubiera gustado, no me digas que no. Te hubiera gustado que te metiera entera esa enorme polla que tenía. Y grité con todas mis fuerzas: ¡Vamos, di la verdad de una puta vez!

Entonces Leo cogió de la mesita baja el centro de piñas pintadas de purpurina y me lo tiró a la cabeza, con tanta potencia y puntería que me descalabró. Miré mis manos llenas de sangre, y lleno de rabia me lancé sobre ella y nos pusimos a luchar y a insultarnos. ¡Cabrón!, ¡marimacho!,

¡chantajista!, ¡puta!, y nos golpeábamos y nos mordíamos y nos arañábamos rodando por el salón, derribando sillas y desplazando mesas y sillones, poniendo en la pelea toda la ambigua y ciega fuerza que nos unía y que nos separaba, todo el odio y la atracción que nos teníamos, toda la desesperación y el desprecio pero también la devoción y la lealtad a la que estábamos condenados de por vida. Parecía que el daño que nos infligíamos nos unía más y más. Extrañamente, casi monstruosamente, estábamos hechos el uno para el otro. Teníamos el dolor como condena, pero también el goce secreto, oscuro, que ese dolor nos producía. Y para hacernos más daño y reforzar así el nudo que nos ataba, Leo me decía en plena conflagración que el carnicero la ponía más cachonda que yo, solo con mirarla. Y yo, para contribuir al rito, le hablaba de los encantos de Olivia y de la coronela, que esas sí que eran mujeres, y no como ella, que en el fondo era solo una boyera reprimida.

Ellas sí que me la ponían dura, y no tú, porque contigo hasta mis erecciones han sido casi siempre fingidas. Y una vez que me sentí inspirado le dije: Yo en el amor le pedí a los Reyes Magos un scalextric, un coche teledirigido, una bicicleta, y qué sé yo qué más, y fíjate lo que me echaron al final, un par de calcetines, dos castañas pilongas y una bolsita de caramelos de café con leche. Esa es toda mi historia sentimental.

Nos confesábamos sin vergüenza que no nos queríamos, que jamás nos habíamos querido, y era verdad, y nosotros lo sabíamos, y yo sabía además que mis celos desaforados y ridículos formaban parte de los designios que había urdido el destino para unirnos indisolublemente, pero aun así continuábamos juntos, aunque solo fuese para repetir siempre lo mismo, para dar cuenta del error, del escándalo y de la fatalidad de ese error.

Fue un tiempo agotador. Nuestra vida se había convertido en una pesadilla. Hablábamos de separarnos, sí, pero no movíamos un dedo para empezar a hacerlo. No nos aguantábamos, pero estábamos deseando llegar a casa para reanudar las hostilidades ante el escándalo ya casi diario de los vecinos. Nuestra desdicha compartida parecía ser ya la única razón para seguir juntos. Y así, el malhumor, la desarmonía, el cieno del tedio, la falta de ilusiones, la cháchara incesante en el trabajo, la tristeza siempre igual de los días, todo eso fue ensanchándose y ahondándose cada vez más, en una sórdida crecida que yo sentía circular por mi cuerpo y desbordarme el alma.

Y he aquí que un día estaba pelando a un vejete, subteniente de intendencia ya jubilado. Hablaba de toros, de cómo el ganado bravo había venido a menos, en casta, en fuerza, en fiereza, en trapío, en todo, nada que ver con los toros de antes, aquellos morlacos que ponían los cuernos en las nubes, y lo mismo que entonces los toros eran más toros, también las mujeres eran más mujeres, porque eran los tiempos en que las mujeres se dedicaban solo a ser mujeres, y los hombre más hombres, y ahí fue subiendo el tono, enviciándose y enardeciéndose con las comparaciones entre el ayer y el hoy, y enseguida saltó a la política, a las semanas santas de antes, y a los tomates, que para tomates los de antiguamente, y a aquellos viejos trenes de carbón, y a la música, y a la seguridad ciudadana, que entonces sí que se podía pasear por cualquier lado a cualquier hora de la noche, y así siguió, presa ya de la avidez enumerativa, y en un momento dado se incorporó en el sillón y gritó, exaltado por su propio discurso:

¿Tengo o no tengo razón?

El viejo Baltasar, y los que hacían corro junto al veladorcito, se unieron en un murmullo sombrío de aprobación.

Entonces el subteniente, como yo no me sumé al coro, y como él me estaba viendo por el espejo, se me quedó mirando con mala cara y dijo:

¡Eh, muchacho!, ¿y tú no dices nada?, ¿es que no te han parecido bien mis ideas, o es que a los jóvenes de hoy les importa todo un bledo?

Yo le sostuve la mirada con la tijera parada en el aire, y según lo miraba, sentí que las yemas de los dedos se me llenaban de hormiguilla y que la sangre se me ponía a correr a borbotones por todo el cuerpo.

Mire, le dije, esto es lo que haría yo con sus ideas, y me puse a tijeretear muy rápido y menudo. ¿Y sabe por qué? Porque creo que sus ideas necesitan una buena poda. ¿Ve?, así, y le acerqué la tijera a la oreja. Yo incluso las cortaría al rape, como en la mili, y nada me gustaría más en el mundo que ser peluquero de ideas, todo el día así, y me volví hacia el viejo Baltasar y hacia todos, tijereteando y con la cara llena de codicia y mordiéndome los labios y relamiéndome de las ganas que tenía de empezar a cortar ideas cuanto antes. Así, así, así, decía, porciones mínimas, ricitos de nada, mechoncitos de argumentos, pelusas de opiniones, flecos y pelusillas de doctrinas, así, así, y me fui acercando a ellos con pasos de baile, moviéndome al ritmo del tijereteo, y ellos retrocedían espantados, y el subteniente se escabulló con el babero puesto hasta un rincón y ya no se atrevió a moverse de allí. Entonces tiré la tijera y me puse a dar voces:

¡Me cago en Franco y en sus muertos!, ¡me cago en los toros y en la Semana Santa!, ¡me cago en los peluqueros, en los carniceros y en los militares y en la puta madre que los parió a todos!, y me puse a destrozar la peluquería.

Eché abajo la vitrina, con sus cuencos, sus jabones, sus navajas y sus cepillos, sus brochas, sus polvos de talco, rompí uno de los espejos con un frasco de colonia, y con otro la triste lámpara del techo, me puse a darles patadas al veladorcito y a las sillas y lo esparcí todo por el suelo, las revistas y los ceniceros salieron volando, los clientes se refugiaron en un rincón mientras yo le metía mano al lavabo, hasta que conseguí arrancarlo y lo lancé con toda mi furia contra el otro espejo, y luego con una navaja rajé el cuero de los sillones y empezaron a salir plumas de gallina, una gran nube de plumas blancas, y no contento con el destrozo, amontoné con los pies todo lo que había disperso por el suelo y me puse encima a bailar un zapateado.

¡Mirad!, ¡mirad!, gritaba, lleno de júbilo y de euforia, y zapateaba con todas mis ganas, y por último agarré una navaja barbera, apunté al grupo atemorizado y compacto del rincón, y la lancé con toda la fuerza y la destreza de que era capaz. Ellos se agacharon todos a una, y la navaja silbó en el aire y fue a clavarse en la pared por encima justo de sus cabezas.

¡Me cago en el mundo!, ¡me cago en Satanás!, grité aún, me quité la bata, la rasgué por la mitad, hice un burujo con ella, la tiré contra el grupo y me marché.

5

Agotado por tantos meses de lucha contra los engendros del tedio y de los celos, esa misma noche me senté por fin a descansar y, sin alzar la voz, con una convicción que venía de lo más profundo de mi ser, solemnemente juré y proclamé que nunca más en la vida volvería a ser peluquero. Nunca más.

Haces bien, dijo Leo. Yo tampoco quiero ser cajera, y también yo estoy pensando en buscarme otro oficio. Hasta he pensado en hacerme vidente, como mi madre. Cualquier cosa con tal de cambiar.

Solidarios de pronto en nuestras penas, nos pusimos a hablar como los amigos que habíamos sido en los buenos tiempos. Ahora comprendíamos que todos nuestros males y nuestras discusiones, y nuestro mal humor, y nuestra desgana vital, eran aguas de la misma noria, y es que aborrecíamos la vida presente y, lo que era aún peor, también la futura, porque ya nos veíamos condenados para siempre a lo mismo, a dar vueltas y vueltas sin pausa, uno de peluquero y la otra de cajera, y así año tras año hasta llegar a la vejez. Ante ese horizonte yermo e inalterable, ¿cómo emprender cada mañana el camino con gentileza y alegría? Apenas necesitamos palabras para recordar aquellos tiempos, todavía recientes, en que sosteníamos con segura altivez que nosotros no seríamos como los demás, y que antes de caer en la trampa del matrimonio, del piso, de los hijos, del triste devenir de los días, nos dedicaríamos a vagabundear por nuestra patria natural, que era el mundo, o cometeríamos un atraco, o nos iríamos a vivir al campo a la manera antigua. Y he aquí que, como corderitos, casi sin darnos cuenta, y sin que nadie nos arreara, nosotros solos habíamos ido pasito a paso al matadero. ¿Qué quedaba de nuestros ideales? Nada. Todas, todas nuestras convicciones las habíamos dilapidado como quien dice en un instante.

Pero luego, tanteando en esa cruda realidad, fuimos acordándonos de que éramos todavía jóvenes, de que no teníamos hijos, ni deudas, y de que aún era tiempo de cambiar nuestro destino. Estábamos sentados en el sofá, frente al televisor, y recuerdo que me salió del alma echarle el brazo por el hombro y apretarla amorosamente contra mí, y que ella reposó en mí su cabeza, supongo que entre cansada y soñadora, y que estuvimos así mucho rato, reconfortados por el ensueño de un porvenir nuevo, luminoso, donde fuese posible recuperar las ganas de vivir. Yo creo que esa fue una de las pocas veces que Leo y yo nos hemos querido de verdad.

Y como siempre ha ocurrido en mi vida, después de la guerra llegó otra vez la paz, y después del drama otra vez la comedia. Porque al otro día, ilusionado y seguro de mí, me puse a buscar un nuevo empleo. No sé qué idea me había hecho yo del mundo laboral, o de mis méritos y destrezas, pero lo primero que hice fue afilar a conciencia un lápiz para seleccionar en los anuncios de los periódicos las ofertas de trabajo que me parecieran más ventajosas y atractivas. Pero ¿a qué empleo podía aspirar yo, que lo único que sabía era cortar el pelo y nada más? Peluquero: ese era todo mi currículum. Por no tener, ni siquiera tenía el carné de conducir. En los anuncios buscaban a gente preparada, con estudios y experiencia, con idiomas, con conocimientos de informática, y fuera de eso, para los que carecíamos de cualificación, y éramos además primerizos, solo quedaban puestos de vendedores a comisión, de repartidores de propaganda, de encuestadores a pie de calle y poco más.

Pero no por eso me desanimé, sino que otro día me eché a la calle en busca de fortuna. A ver si es verdad que existe el destino, me dije. Era marzo, una mañana gris y ventosa, y yo me puse a caminar despacio por la Gran Vía y por otras calles céntricas, con el cuello de la cazadora subido, mirando a los lados, dejándome llevar por la benevolencia del azar. Pero no sé lo que buscaba. Desde luego no esperaba encontrar un cartel que dijese: Necesitamos joven con dotes inusuales, original, imprevisible, buen lanzador de cuchillos, no importa estudios ni experiencia. No, yo no buscaba nada concreto sino algo excepcional, un golpe de buena suerte, de varita mágica, un empresario que me parase en la calle y me dijese: Usted es el hombre que yo andaba buscando, o un director de cine que al fin encontrase en mí, por vagas señales inequívocas, al actor de sus sueños. Alguien que descubriese y valorase de un solo golpe de intuición las cualidades latentes que había en mí. No, no era ninguna locura. ¿De dónde salieron si no todos esos actores famosos que, sin pasar por ninguna escuela o academia, y trabajando de estibadores o de buscavidas, de pronto alguien, un productor, un cazador de talentos, acierta a ver algo único y prometedor en ellos, les dan una oportunidad, y de la noche a la mañana los convierten en estrellas mundiales, así sin más ni más? De ese modo escogió también Jesús a sus apóstoles, no entre gente notable o erudita sino entre pescadores y artesanos, hombres comunes y aparentemente vulgares, pero en los que Él, un auténtico cazador de talentos, supo ver el aura invisible de la genialidad. ¿Por qué no iba a estar yo llamado a desenvainar de la roca la espada Excalibur? Un joven cualquiera por cuyas venas corre sangre real. Y nadie lo sabe. Heredero de un reino, de quien todos se mofan cuando tiende su mano sucia para empuñar la espada. Un cazatalentos, algo así como las hadas madrinas de los cuentos infantiles, o un bienhechor cualquiera, eso es lo que yo necesitaba, solo eso.

Pero ¿dónde estaban esas criaturas fabulosas? Hacía falta mucha suerte para cruzarte con uno de ellos en el momento exacto y oportuno. Y al mirar alrededor vi unas oficinas en cuyo frontal ponía algo en inglés, de lo que solo entendí dos palabras: importación y exportación. Eran unas oficinas amplias y modernas, y por las cristaleras ligeramente tintadas de azul se veían ocho o nueve mesas donde los empleados trabajaban absortos frente a las pantallas de los ordenadores. Suelo enmoquetado, luz ubicua, muebles funcionales, ropa pulcra y ligera. Algunos empleados tecleaban, otros tenían una mano en el ratón y la otra pensativa en la barbilla o en la frente. Aquel espacio tenía algo de idílico, o más bien de sagrado, porque parecía la versión moderna de los antiguos monjes amanuenses, cada cual en su pupitre, todos entregados a una tarea humilde pero en el fondo trascendente para la humanidad. Al portero de la casa de al lado, que me miraba con curiosidad, tan embebecido me vio contemplando aquel ámbito, le pregunté qué productos exportaban e importaban allí.

Granos, semillas, abonos, cosas del campo, me dijo.

Volví a mirar: ¡Cuánto me gustaría trabajar en ese lugar tan apacible y silencioso! Si eso fuese posible, la vida sería entonces tan fácil y leve como una excursión campestre, como un juego infantil. ¿Y si entrase y pidiese hablar un momento con el director? Un confuso sentimiento de euforia parecía hervirme en la cabeza. Solo un momento. Señor director, le diría, yo soy el hombre que ustedes necesitan, la pieza que les falta. Yo conozco bien las cosas del campo. Yo tengo cualidades innatas. Poseo dotes de persuasión, capacidad de liderazgo. Tengo sólidos conocimientos administrativos, don de gentes. Sé montar a caballo y subir a los árboles. Yo amo profundamente la naturaleza. Podría hablarle de los ciervos que bajan al atardecer a beber a los lagos, del oro del otoño, del viento que se esconde en la hierba y tirita de frío, de la humilde flor del azafrán, de la calidez del zorro en su cubil. Míreme: A ratos soy poeta. Hay un manantial queriendo brotar de mi interior. A veces percibo su ímpetu como una música lejana, cargada de melodías jamás oídas. Intente ver dentro de mí: Soy formal y simpático. Conozco el arte de hacer dinero. Soy hombre de carácter. No le temo a nadie. Le ruego que no repare en mi currículum sino en las muchas cualidades ocultas que hay en mí. Déjeme abrir al azar una página cualquiera del muestrario de mis habilidades, déjeme contarle por ejemplo que soy experto en defensa personal, que sé manejar armas, que soy un buen conocedor de la Biblia, que he sido actor, que sé de relojes, que puedo hablar con soltura de cualquier tema, y fíjese que hasta puedo hacer de peluquero. Créame, le exijo que crea en mí, olvide por una vez las referencias y cursillos y déjese llevar por el instinto, por la inspiración. Mire dentro de su alma, busque al cazatalentos que hay en usted, y luego míreme a la cara, penetre en mi conciencia y descubra qué de aptitudes y de anhelos pululan por mi mundo interior. Y quizá el director, tras mucho mirarme con los ojos entornados y un dedo sellando gravemente en los labios la enjundia de sus pensamientos, me dijese: Joven, me ha convencido. Desde mañana, empezará a trabajar usted en nuestra empresa.

No, no se trataba de una fantasía. Las cosas a veces eran así de sencillas, así de milagrosas. Pasaba como en la religión, donde Dios, que todo lo ve y todo lo sabe, elige a alguien, y no a otro, para una gran misión, y de ese modo se le aparece en sueños o le manda señales o emisarios. Así ocurrió con Abraham, con Moisés, con Jacob, con José, y con tantos otros que ahora no recordaba. Y eso también ocurría en la vida real, donde había un acontecer secreto, un orden misterioso, que a falta de mejor nombre se llamaba destino. Pero ¿dónde, cuándo, cómo distinguir e interpretar las señales de su advenimiento? Y he aquí que, embelesado con estas cavilaciones, de pronto mi vista extraviada fue a fijarse como por cuenta propia en el logotipo de una empresa de seguridad privada que tenía su sede al lado de la otra. El perfil inflexible de un ave de presa, un águila real. ¿Sería esa la señal que esperaba? No oficinista, sino hombre de acción. Eso era lo mío. Ahí sí que me atrevería yo a entrar y a hablarle al director con dominio y solvencia. Esa era sin duda la señal. Yo había salido al encuentro de mi destino y he aquí que el destino se me había revelado. El presagio de lo inminente me produjo un escalofrío en la nuca. Y ya me disponía a entrar allí, si no para echar un discurso sí al menos para solicitar un puesto de agente de seguridad (y luego ya me encargaría yo de ascender en el escalafón), cuando alguien me tocó suavemente por atrás en el hombro. Me volví apenas, con la expresión ausente, o más bien alelada, y al principio no lo reconocí, no entendí lo que estaba ocurriendo, hasta que luego se hizo la luz, y de qué forma, en la memoria. Y, ¡oh mundo prodigioso!, ¡era el brigada Ferrer!

No sé yo la de cosas que pensé en un momento. No puede ser, me dije, no puede ser que este sea el emisario que me manda el destino, el cazatalentos que descubrió nada más verme al peluquero innato que había en mí, y que ahora llegaba para devolverme al buen camino cuando ya me disponía a enfilar mi vida hacia otros derroteros. Era la primera vez que lo veía de paisano, y vestía con una elegancia atildada y un tanto anacrónica. Gabardina clásica ceñida a la cintura, sombrero beige de fieltro de ala corta, mocasines blancos, una pajarita de mariposa azul al cuello. Fumaba en una larga boquilla de ámbar. Solo la voz redicha y el bigotito de galán recordaban al hombre que había conocido en el cuartel.

Hace rato que te estoy mirando, me dijo con su voz aflautada, y preguntándome qué haces aquí parado, tan pensativo y tan ausente. Ay, Hugo, intuyo que algo en tu vida no va del todo bien. ¿Qué esperas, qué buscas, qué te aflige, qué avería te retiene aquí quieto a estas horas de la mañana?

Yo lo miraba sin dar crédito todavía a la aparición. ¿Era una burla del destino o una señal propicia de la providencia?

Busco trabajo.

¡Cómo! ¿Un peluquero como tú, cuyos servicios deberían disputarse los más renombrados salones de belleza? Yo pensaba que estarías ya de primer oficial en una peluquería de las grandes.

No, mi brigada. Es que me he dado cuenta de que yo no quiero ser peluquero.

¡Ay, Hugo, qué cosas dices! Aunque ya entiendo cuáles son los síntomas y la causa de tu enfermedad. A ti lo que te pasa es que tienes una crisis de vocación. Todos la hemos sufrido alguna vez. Lo que hoy amamos, mañana lo aborrecemos. Eso ocurre en todas las profesiones que son de verdad vocacionales. No en las otras, en las grises e indiferenciadas. A los camareros, a los dependientes, a los notarios, no les alcanzan esas disyuntivas. Y de todas las profesiones, las artísticas y espirituales son las más expuestas a la duda, a la melancolía y al desaliento, y según hablaba me tomó del brazo y me fue llevando Fuencarral arriba, y yo me dejaba guiar dócilmente porque sus palabras, no sé cómo, me habían traído un soplo de consuelo. Alguien me protegía, alguien velaba por mí, se preocupaba por mis cosas. Y luego estaba el perfume y las lociones del brigada Ferrer, los suaves y frescos aromas en que sus palabras llegaban envueltas. Y me hablaba del arte, y de las dificultades del camino, y de los espejismos y trampantojos que acechan y conspiran para confundirte y desviarte hacia sendas más fáciles de andar, como era mi caso, cuando le conté mis súbitos deseos de ser oficinista o agente de seguridad.

He ahí un caso paradigmático de tentación diabólica, me dijo. Lo mismo me ocurrió a mí con el ejército. Esa fue mi tentación y en ella caí, estúpido de mí, y donde hoy debía haber un peluquero célebre hay solo un pobre brigada de intendencia. Por eso, no quiero que tú sigas mis pasos, y que al correr de los años te arrepientas y penes por lo que ya no tiene enmienda. ¡Agente de seguridad!, ¡oficinista! ¡Fíjate de qué pobres señuelos se vale el destino para torcer una vocación!, y como empezaba a lloviznar aceleró el paso, siempre llevándome agarrado del brazo.

Tú has nacido para peluquero, lo supe en cuanto vi cómo cogías el peine y la tijera. Tú puedes llegar a ser un Antoine, un Llongueras, un Grateau. ¿Y sabes de dónde vienen tus dudas, y el porqué de tu crisis? Porque hasta ahora solo has trabajado en el ejército y con el viejo Baltasar. Y como tú no estás llamado a ser un vulgar rapabarbas sino un gran estilista, sufres la insatisfacción crónica que es propia de ese abismo que se abre entre lo que uno hace y lo que uno desearía hacer. ¿No acuden a tu mente mil estampas famosas cuando hablamos del artista frustrado? Algunos, altos de miras pero inseguros de su vuelo, llegaron al suicidio en la flor de la vida. Menos mal que el cielo, o san Martín de Porres, santo patrón de los peluqueros, dijo en tono jovial, me ha enviado a tiempo de evitar que cometas la mayor locura de tu vida. Dentro de unos años, cinco o seis, te veo dueño de un salón de belleza, atendiendo solo a tus clientes predilectos, que serán actores, cantantes, toreros y empresarios, con veinte o treinta empleados, rico y célebre también tú, y tratándolos de igual a igual, no un servidor sino un colega, y según hablaba yo me acordaba del carnicero Roque, y de que en el mundo había al menos una persona que confiaba en mí y que me animaba a llegar tan lejos como yo quisiera, y así fuimos un buen rato, el brigada Ferrer sin dejar de hablar y yo caminando mansamente a su lado, acomodado a sus pasos, en una especie de estado hipnótico, y cuando llegamos a la glorieta de Bilbao nos desviamos hacia Princesa y caminamos otro trecho, mientras arreciaba la lluvia, hasta que al fin llegamos a una peluquería grande y moderna, unisex, y solo cuando entramos el brigada Ferrer me soltó el brazo y me dijo:

Tú espera aquí.

Recuerdo que en el ala del sombrero titilaba a la luz de los focos una miríada de chispitas de lluvia de todos los colores, que a su vez se reflejaban y multiplicaban en los espejos, dándole a la escena un carácter de lo más irreal.

Luego me enteré de que el brigada Ferrer había trabajado en aquel local en su tiempo libre, no por necesidad sino por pura vocación, por el gusto de crear y aprender, y de que era un viejo amigo de la dueña y de los padres de la dueña. Y lo que son las cosas, necesitaban a un oficial, de modo que me citaron al día siguiente para hacerme una prueba, y así fue como, buscando mi destino, me di de bruces una vez más con él. Y en cuanto al brigada Ferrer, tan milagrosamente como había aparecido, y después de darme una bofetadita en la cara y de encender un cigarrillo en su larga boquilla de ámbar, envuelta la cara en una nube de humo, desapareció, como si su presencia hubiese sido solo una ilusión.

Esa misma noche, sentado frente al televisor, le dije a Leo:

Ya he encontrado trabajo.

¿De qué?

De peluquero.

Se hizo un silencio sepulcral.

Pero esta vez, dije, aunque sin entusiasmo, todo será distinto. Seré un peluquero de los grandes, un estilista, y con un poco de suerte, en unos años me haré rico y famoso.

Y seguimos viendo la televisión, ya sin hablar, hasta la hora de dormir.

6

Al día siguiente me hicieron la prueba y solo entonces descubrí que no sabía tanto como yo creía, o como me había hecho creer el brigada Ferrer. La dueña, Amalia, una joven gruesa y enérgica, no paró de sacarme vicios y pequeños defectos, y al final me destinó a la sección de caballeros, pero solo para cortes fáciles y convencionales y para hacer barbas y bigotes. Éramos diez empleados, cinco hombres y cinco mujeres, cada cual en el sillón que tenía asignado, y el local era amplio, con muchas luces y espejos y mucho instrumental moderno, y tenía un aspecto lujoso y exclusivo que era pura apariencia, porque en realidad no dejaba de ser una peluquería de barrio, aunque con mucha puesta en escena y no pocas ínfulas estéticas. La gran mayoría de los clientes eran habituales, y como se trataba de un barrio acomodado, la concurrencia era mucho más diversa y selecta que la del viejo Baltasar. Ni punto de comparación. Había, entre otros oficios más genéricos o corrientes, políticos, profesores, periodistas y escritores, algunos de ellos conocidos, abogados, jueces, pequeños y medianos empresarios, diplomáticos, en fin, gente exitosa y de carrera, y ahí es donde yo comprendí que, como decía el brigada Ferrer, uno de peluquero puede llegar a aprender mucho, y a enterarse de cosas raras y curiosas, tanto en las tertulias abiertas como en los coloquios íntimos que uno mantiene con sus pelucandos. Uno se refina culturalmente, ya lo creo que sí, porque allí se hablaba con criterio de temas importantes, de viajes, de libros, de política, de asuntos científicos, de negocios, y eso por no hablar de la tendencia que todos tienen a filosofar en cuanto ocupan la tribuna del sillón, les ponen el babero y suavemente los invitan a rendir la cerviz. No sé qué cosa gustosa tiene ese momento, ni qué musas andarán revoloteando por las peluquerías, pero es sentir el frescor del agua pulverizada en el cogote y oír la música de las tijeras y ponerse cada cual de lo más dócil y elocuente. Todos hablan por turno y se rebaten con cortesía y circunspección. Apenas hace falta que el peluquero, cuya autoridad es similar a la del comandante de un avión o al capitán de un barco, entre a poner paz en los debates, porque si surge alguna fuerte discrepancia y se encrespan los ánimos, entre todos buscan un término medio al que acogerse y, dando por zanjado el asunto, pasan luego a otro tema. No hay lugar donde luzca más la tolerancia que en las peluquerías. Por eso sostenía el brigada Ferrer, y yo estoy con él, que debió de ser en las antiguas barberías de Grecia donde arraigaron y germinaron las primeras semillas de la democracia, y donde se formularon las primeras preguntas esenciales en que se origina el arte de filosofar, y, de resultas, hasta la misma civilización occidental.

Los cortes eran allí más modernos y creativos, y más sofisticados en su ejecución, pero con el don innato que yo tenía para el oficio no tardé en adquirir la misma soltura y destreza que mis compañeros. En pocos meses, me convertí en un profesional modélico, y a veces Amalia me miraba de lejos y asentía con la cabeza y las pestañas, animándome a seguir por ese buen camino.

A mí me gustaba sobre todo atender a los artistas, a los políticos, a los intelectuales, a la gente notable, y preguntarles cómo era eso de defender ante un tribunal la inocencia de alguien o fallar en un juicio, cómo se hacía para ganarse la atención de los alumnos en las aulas, de qué manera se fundaba y dirigía una empresa, se negociaba un tratado en las cancillerías, se escribía una novela o un artículo, se elaboraba una noticia o se componía una canción. Y yo los incitaba con halagos, con gestos de admiración y de sorpresa, con sonrisas obsequiosas, para desatarles la lengua y que no se cansaran de hablar, del mismo modo que yo no me cansaba nunca de escuchar. Porque era un gusto oír a aquella gente tan instruida y bien hablada, algunos de mi edad o poco mayores, y que no solo sabían de lo suyo sino también de cualquier materia que se les pusiera por delante. Y, oyéndolos, no tardé en darme cuenta de mi mucha ignorancia y en llenarme de remordimientos y pesares por haber perdido tan miserablemente el tiempo de mi juventud. Mi vida toda me parecía un drama, y a veces un sainete.

Pero luego, echándole un poco más de coraje al asunto, pensé que yo no valía menos que aquella gente, y que lo único que me había faltado para igualarlos e incluso superarlos era el estudio, o lo que es lo mismo, el haber aprovechado mejor mis años de estudiante. Pero, por lo demás, si me lo propusiera, lo que hacían ellos también lo podría hacer yo. Incluso con una ventaja, porque en mí había un don del que ellos carecían, algo que se tiene o no se tiene, y que no se enseña en las escuelas, un punto de originalidad y de rareza que me hacía único, y a veces, mientras ya de pie les cepillaba la ropa o los ayudaba a ponerse el gabán, decía para mí: Yo valgo más que este, y él no lo sabe. No sabe las cualidades ocultas que hay en mí. No sabe que yo soy único. El gilipollas de él cree que soy solo un triste peluquero, y que he venido al mundo para cortarle el pelo y ponerle el gabán. Pero aunque me sentía orgulloso de mí, en el fondo aquella convicción me enemistaba aún más conmigo mismo, porque ellos, mal que bien, hacían sus cosas lo mejor que sabían, en tanto que yo ni siquiera había intentado hacerlas.

Y no sé cómo, obsesionado con todo aquello, se fue apoderando de mí el ansia del saber, y la angustia de la fugacidad del tiempo. Al atardecer, cada cual se vestía y arreglaba y uno a uno nos dispersábamos por la ciudad hasta el día siguiente. Un día más que se va, pensaba yo entonces, mientras enfilaba hacia el metro, y aprovechaba el trayecto a casa para hacer balance de lo que había aprendido en la jornada, y siempre me parecía muy poco, una limosna apenas, para lo que yo quería y podía llegar a saber y a ser si me lo propusiera. Pero los años vuelan, me decía, y cuando quieras darte cuenta habrás dejado de ser joven y empezará a ser tarde para emprender cualquier tarea de mérito. ¿Y qué va a ser entonces de todas esas buenas cualidades ocultas que hay en ti? ¿Qué sabes tú de medicina, de leyes, de política, de física, de arte o de filosofía? ¿Qué sabes tú de nada? Todo, todo en el mundo está por descubrir, pero tú llegarás a viejo tan ignorante como en la niñez, y la negrura de tu ignorancia irá a confundirse con la definitiva de tu tumba. Y esa será la historia de tu vida. Pasó por el mundo sin abrir los ojos a la luz, deberías poner en tu epitafio.

Y fue entonces, en esos anocheceres laborales, cuando empecé a pensar con emoción y gratitud en las muchas generaciones de hombres esforzados, unos insignes y casi todos anónimos y humildes, que habían laborado durante siglos, en recogimiento y soledad, para alzar el edificio del conocimiento, y la mente se me llenaba entonces de imágenes claras y didácticas, la de aquel sabio que a la luz de un candil y una mano en la frente permanece extático como por obra de encantamiento ante el enigma insondable de un libro, o la de aquel estudioso que en lo hondo de la noche observa a los astros con una lente y un compás, o el explorador que esboza en su cuaderno de viaje el delicado filo de una hoja o el curso de un río desconocidos hasta entonces, o aquel famoso filósofo con túnica y barba, recordé de repente una noche, que diserta entre un corro de ciudadanos en el ágora..., y aquí me detuve: ágora. ¿De dónde me vendría a mí esa imagen y esa palabra, y qué significaba? Y en ese momento me llené de nostalgia (ágora, dije en alto, y algunos en el vagón del metro se volvieron a mirarme), y era como si hubiese perdido un reino del que solo quedaba ese magnífico despojo. Lo que vagamente y con desgana había aprendido en el colegio, regresaba ahora a mi mente, como un pobre cortejo de ánimas en pena. Otros nombres acudieron al reclamo de aquel vocablo mágico: Don Juan Manuel, hipotenusa, Heráclito. Por primera vez me sentí hermano y cómplice de mis antepasados, unidos todos en una tarea común y en una aventura prodigiosa. Recordé que, cuando conocí a Olivia, también me entraron unos deseos súbitos de aprender, de conocer todos los mundos ignotos del saber humano, pero aquella pasión desaforada nacía del interés y se avenía con la impostura, era solo un instrumento de conquista, nada que ver con el noble y armónico sentimiento de amor a la ciencia que me embargaba ahora. Quién sabe si el destino me había enviado a aquella peluquería para que conociese a hombres ilustrados y, oyéndolos hablar y comparándome con ellos, encontrase al fin mi verdadero camino, que no era otro que el de la sabiduría.

Y no sé cómo, dándole vueltas a todo aquel asunto de lo infinito del saber y de lo breve de la vida, una noche, después del segundo gintónic, le dije a Leo:

¿Sabes? He estado meditando mucho sobre nosotros dos, sobre nuestro futuro. Tú no quieres ser cajera, y yo he descubierto de una vez por todas que tampoco quiero ser peluquero. Ya nunca más. He pensado también mucho en el tiempo, en cómo se va yendo la vida. Parece que fue ayer cuando nos conocimos.

Sí, los años pasan muy deprisa, dijo Leo.

Mucho, remaché yo. Hasta que no lo vives no lo sabes. Cualquier día de estos, al despertarnos por la mañana, descubriremos que tenemos ya cuarenta años. ¿Y qué será entonces de nosotros?

Hablábamos en voz muy baja y en un tono escéptico y desengañado.

Nada, no pasará nada. Seguiremos igual. Siempre será lo mismo. Ya te dije cuando te conocí que el mundo es una mierda.

Y sin embargo, dije yo, aún somos jóvenes.

Jóvenes para qué.

Para intentar cambiar de vida. Para que cuando lleguemos a los cuarenta no sigamos igual que ahora.

Eso quiere decir que se te ha ocurrido otra de tus ideas geniales, ¿no?

Sí, la más genial y sencilla del mundo. Volver a estudiar. Verás, es muy fácil, me animé, y apagué el televisor y me encaramé y arrellané en el sofá para argumentar más a mis anchas. Hay muchos casos de gente que ha empezado a estudiar tarde, mucho más tarde que nosotros, algunos casi viejos, y que han conseguido acabar una carrera en pocos años. ¿Por qué? Porque con la madurez y la voluntad de aprender todo se asimila mucho mejor y más rápido que de muchachos. Y nosotros somos todavía jóvenes. En un año, dos como mucho, podemos acabar el bachillerato. Estudiaremos por correspondencia, o en una academia nocturna. Y quizá consigamos en el trabajo una jornada reducida. Todo, todo es cuestión de empeño, de constancia. De proponérselo. Querer es poder.

Hablaba con euforia, y con una convicción contagiosa. Pinté escenas de nuestro futuro con tanto verismo y viveza, señalando al aire como si las viese allí representadas, que Leo fue animándose y convenciéndose de lo hacedero y razonable de mis planes, y de lo bonita que podía llegar a ser nuestra nueva vida.

Imagínate. Podemos hacer magisterio, por poner el ejemplo más modesto de todos. En cuatro años ya somos maestros. Hacemos oposiciones, nos destinan a un pueblo, que puede ser un pueblecito perdido en algún lugar montañoso, o no importa dónde. Nos compramos una casa en el campo, con huerto y con jardín. Y entonces tú podrás tener un caballo, y yo un perro, siempre he querido tener un perro, iremos a cazar y a pescar, haremos excursiones a las montañas con la mochila al hombro, prepararemos nuestras clases mientras afuera nieva o ruge el viento. ¿Es mucho pedir? ¿Es que no nos merecemos nosotros ser maestros de escuela en un pueblo, o es que no tenemos voluntad y ambición para conseguir al menos eso? Y quien dice magisterio, dice periodismo, podíamos irnos de enviados especiales al fin del mundo, o abogados, o veterinarios, o arquitectos, lo que nos propongamos. Todo es cuestión de voluntad. Y, fíjate lo que te digo, si no lo intentamos, nos arrepentiremos y cargaremos con la culpa para toda la vida. Aún estamos a tiempo, pero mañana será tarde.

Y seguí hablando, y Leo siguió animándose, excitándose, y seguimos bebiendo gintonics, y cuando Leo dijo que a ella le hubiera gustado hacer oposiciones a Correos, o estudiar para enfermera, yo le dije, y le di un puñetazo en el hombro, que por qué no aspiraba a más, por ejemplo a ser médica, o farmacéutica, o registradora de la propiedad, y le di otro puñetazo, y ella me lo devolvió mientras me decía que por qué yo no me hacía aviador, y ahí yo me reboté y le dije que si se estaba burlando de mí, que si creía que yo no era capaz de pilotar un avión, y por ese camino comenzamos a pelear y terminamos haciendo el amor con una vocación y un frenesí como pocas veces en la vida.

Y nos pusimos a estudiar. Aquella fue una época desatinada pero apasionante, y como siempre, entre cómica y trágica. Nos apuntamos a una academia nocturna. Leo se matriculó en tercero de bachillerato, y yo, más ambicioso, me atreví con las dos o tres asignaturas que me quedaban de segundo, con todo tercero y con todo COU. Volvíamos tarde a casa, cansados, sí, pero ilusionados con el futuro, y nos poníamos a estudiar en la mesa grande del salón. Tomábamos café y nos animábamos a proseguir un poco más, siempre un poco más (acuérdate del caballo, piensa en el jardín), hasta que el sueño nos vencía.

Los sábados y los domingos, y los días de fiesta, los dedicábamos también al estudio, sin concedernos apenas un descanso. Luego Leo empezó a tomárselo con bastante más calma que yo, y a veces iba a la cocina a comer algo o se ponía a silbar, o veía un rato la televisión, o salía a dar un paseo, pero lo mío fue como una enfermedad o un arrebato religioso. Eran tantas las prisas y el ansia que tenía de saber, tanto mi fanatismo, tanta mi voluntad, que me parecía pecado perder un instante con cualquier cosa que no fuese cumplir la misión que me había impuesto. Mi hambre de conocimiento no se colmaba nunca. Todo me parecía poco para lo mucho que tenía que aprender. Devoraba los libros, y con la furia de empaparme de ellos los subrayaba, los anotaba, pasaba las hojas o buscaba una página velozmente y a manotadas, hasta que los rasgaba, los desencuadernaba y los descomponía, hacía esquemas, escribía mil veces los pasajes más arduos para mejor asimilarlos, redactaba resúmenes, recurría a todo tipo de trucos nemotécnicos, le recitaba las lecciones a Leo, y cuanto más aprendía y memorizaba más júbilo me entraba y más avidez sentía por seguir memorizando y aprendiendo, y si los conceptos y argumentaciones me gustaban, lo mismo o más me ocurría con la erudición, las retahílas de nombres y de fechas, o los términos cultos, nuevos para mí, maravillosos por su rareza y su sonido exótico, que yo atesoraba en el estuche de un breve contexto para encajarlos en un coloquio en cuanto se me presentase la ocasión.

Todo, todo era para mí como una golosina para un niño glotón, y no me saciaba nunca, y con la codicia de saber más y más, me fui quitando horas de sueño, porque todo lo que no fuesen los libros me parecía tiempo desperdiciado, y además me había propuesto recuperar cuanto antes los años perdidos, y al pensar en ellos, y al acordarme de mi desidia de estudiante, me preguntaba y no entendía cómo era posible que no hubiese descubierto hasta ahora el placer sublime de estudiar y saber. ¿Cómo era posible? A veces cerraba los ojos para prolongar la plenitud gozosa que me producía la adquisición de un nuevo concepto o de un dato recóndito. Hubo noches en que el amanecer me encontraba estudiando, o bien dormido de bruces sobre la mesa atestada de libros y papeles. En los bolsillos llevaba siempre chuletas con las partes más áridas o intrincadas, y si, al hacer por ellas un rápido barrido con la mente, no recordaba alguna, me entraba tal angustia y desazón que tenía que levantarme en plena noche, o pararme en la calle o ir al baño en la peluquería para, a hurtadillas, remediar el olvido.

Vas a caer enfermo de tanto estudiar, me decía Leo. Y además, cuando se comienza algo tan a lo bestia no se llega muy lejos.

Y yo, que a lo mejor estaba leyendo a algún autor de enjundia, levantaba la vista del libro y la miraba con el vértigo de la sintaxis en los ojos:

¿Qué has dicho?

Porque yo ni la escuchaba, y seguía con lo mío. Leí con pasión todos los libros obligatorios, con una pasión incluso física, porque en poco tiempo los desbarataba, y las hojas sueltas se caían y esparcían por el suelo, el *Mío Cid,* la *Celestina,* el *Lazarillo,* el *Quijote,* Lope y Calderón, Shakespeare y Molière, Moratín y Cadalso, Dostoievski, Galdós, Baroja, Antonio Machado, Valle Inclán, Platón, Maquiavelo, Descartes, pero no satisfecho con eso, leía aún otros libros afines por mi cuenta, y cuanto más leía más y más ganas me entraban de leer, tal era mi apetito desordenado de conocimiento.

Y no solo eso. Leyendo esos libros, pensaba que también los podía haber escrito yo. ¿Por qué no? No me parecía tan difícil hacerlo, como cuando vi mis primeras películas y pensé que en mí había escondido un gran actor, tan bueno o más que los de la pantalla. Y, para remachar mi convicción, me puse a hacer probaturas, y la verdad es que enseguida se me venían a la cabeza un montón de ideas para ensayos, novelas, dramas y demás. Cierto que eran ideas vagas, genéricas, la historia de un asesino a sueldo que se enamora de su víctima, la de un detective ciego, la de un niño que es testigo accidental de una infidelidad y chantajea a su profesor, un diálogo entre un intelectual sedentario y un hombre de acción, un estudio sobre los límites de la libertad y del mal..., pero todo era cuestión de ponerse a ello, de ir concretando, atando cabos, amplificando, explorando caminos, escribiendo y tachando... Sin duda, dormitaban en mí cualidades prometedoras, quién sabe si extraordinarias, como ya había sospechado yo desde muy niño.

Y seguía estudiando y estudiando, sin desaliento ni descanso. Incluso cuando Leo empezó a aflojar en su empeño, le dije:

No importa, yo estudiaré por los dos, y construiré para los dos un futuro magnífico. Y ya no hablaba de ser maestro en un pueblo sino de llegar a catedrático, a abogado del Estado, a director de una gran empresa.

Y Leo:

O sea, que lo del huerto, el perro y el caballo, ya no te interesa.

Y yo:

Podemos aspirar a más. Todo es cuestión de proponérselo.

Parecía un iluminado. En la academia interrumpía a los profesores, los interrogaba, les exigía que profundizaran o ampliaran, polemizaba con ellos, los corregía al menor error. Aprendí a hacer una antesala antes de hablar, y a veces hablaba esforzado y lúgubre, como si tuviera una joroba en la voz. Mi carácter se fue volviendo agresivo y fanático, y aprovechaba cualquier ocasión para provocar un pleito intelectual, y entonces me enardecía y me ponía a gesticular y a hablar a voces y a querer tener razón a cualquier precio. Para resaltar mi nueva condición, me dejé una barbita de chivo y me compré unos viejos lentes redondos de cristales neutros y fina armadura de metal.

Y en cuanto a la peluquería... Bueno, yo en el fondo albergaba un oscuro rencor contra mis pelucandos. Tal como había dicho el brigada Ferrer, a veces se confiaban a ti y te contaban asuntos personales, delicados, incluso secretos. Yo al principio me sentía halagado como receptor de aquellas confidencias, pero luego, pensándolo mejor, empecé a sentirme humillado, porque si los clientes carecían de escrúpulos para revelarle al peluquero sus noticias privadas, era porque no lo temían ni lo respetaban, sino que lo juzgaban una figura inofensiva, un sirviente, que está precisamente ahí para eso, para divertimiento y desahogo sentimental, un asalariado ante el que se podía prescindir del pudor que inspira en general el prójimo, y con el que se tomaban libertades que no se hubieran permitido con sus esposas o sus más íntimos amigos. Al final, quizá te daban una propina, y yo miraba aquellas míseras monedas como el pago, la limosna, por la complicidad.

Quizá por eso, y por un velado afán de desquite, mi relación con los clientes empezó a cambiar. Día a día, poquito a poco, fui interviniendo cada vez más y con mayor autoridad en las tertulias abiertas y en las charlas particulares. Ya no me callaba como antes, ni incitaba a hablar con silencios admirativos o preguntas obvias a mi interlocutor, sino que aquí y allá me atrevía a intercalar una duda, una pausa que valía por una refutación, un carraspeo irónico, un matiz, una cita, una puntualización, un episodio histórico o una breve reflexión filosófica que venían muy al caso, si usted me permite, déjeme recordarle, y así, iba tomando cada vez más a menudo la palabra para corregir, para interpelar, para discrepar y rebatir, para desmentir, para ilustrar y demostrar, hasta que me apoderaba del diálogo y lo llevaba por donde yo quería, luciéndome incluso con disertaciones magistrales, como si estuviera en un estrado o en un púlpito. Y más de una vez, ebrio de elocuencia, me quedaba con la tijera o la navaja suspendidas en el aire mientras me explayaba en alta voz sobre algún tema traído a cuento con cualquier motivo casual, temas a veces excéntricos, las mónadas de Leibniz, el sistema de pesos y medidas en la Castilla del siglo XVII, qué era un monema y qué una alegoría, y todo en un tono exaltado, como si estuviera dando un mitin. A cualquier comentario le sacaba yo punta, y encontraba la forma de derivarlo hacia donde más me convenía. Esperaba con expectación a los profesores, periodistas, escritores y demás intelectuales, para medirme con ellos, para hostigarlos con mis preguntas y aleccionarlos con mis respuestas, buscando gresca, porfiando sobre la exactitud de algún punto, de algún dato, la fecha de una batalla, las licencias rítmicas de un hexámetro. Toda mi cultura escolar resplandecía y sonaba en el silencio atónito del local, mis compañeros con sus tijeras y sus peines, los pelucandos con la cabeza gacha y el cogote ofrecido, como si estuvieran en la escuela castigados a escuchar la lección. Amalia, cada vez con más frecuencia, me miraba fijamente, con una mezcla de asombro y de repulsa.

Y en casa, con Leo, lo mismo. A todas horas la sometía a la autoridad de mi saber. Ella había empezado hacía tiempo a flojear en sus estudios. Los libros de texto la aburrían, quizá porque en algún lugar de su alma permanecía intacto el ideal de una vida de acción. Yo la trataba de ignorante, de voluble, de superficial, de conformista. Y ella:

Lo que te pasa ahora con los libros es lo mismo que te ha pasado siempre con todas tus cosas. Es solo humo, un poco de humo y nada más. Y más vale que te rapes la barba y te quites esas gafas ridículas, que parecen de feria. Tienes como un modo cómico de parecerte a ti mismo.

Y otra vez aparecieron los reproches de antaño, el carnicero Roque, Olivia y la coronela, el chantaje a mis padres, mis sueños de ser actor o hacerme millonario, su secreta y reprimida condición de lesbiana, y otra vez a forcejear, a luchar en serio, no para llegar al retozo erótico sino para hacernos daño de verdad.

Hasta que una tarde en la peluquería, no sé cómo, hablando con un periodista traje a cuento a Larra, y de rebote a la Generación del 98, y a la España tan negra como eterna, gobernada siempre por la aristocracia, la clerigalla y la milicia, y el periodista entonces, que debía de ser de muy otra opinión, se puso gallito y dijo bien en alto, para que todos lo oyeran, que lo que yo decía era un tópico de lo más rancio, y que me callase de una vez y que le cortase el pelo con aplicación y en perfecto silencio, que ese era mi oficio y por él me pagaban, y que me dejase de echar discursos vulgares, impertinentes y superfluos.

¿Yo vulgar?, le dije. ¿Vulgar yo? ¿Un triste plumilla como tú me llama a mí vulgar? ¿Habéis oído? Pues mire usted por dónde, hablando de la España negra e intolerante, aquí tenemos un ejemplo de lo más actual. ¿No decía Larra que escribir en España es llorar? Pues yo digo, y que lo oigan todos, que tanto o más que por escribir, en España se llora por leer a gacetilleros como tú, y ahí empecé a tensar mi diatriba, arrebatado por un soplo de inspiración. ¡Liendres de la noticia, esbirros del poder, luciérnagas a sueldo, raspaquesos, trabucaires de la gramática!, que con juntar cuatro palabras ya se creen con derecho a decirle a cada cual lo que tiene que hacer, sin saber por ejemplo de mí si mi vocación es la peluquería y si no valdré yo más que él y no será mi destino a la larga más brillante que el suyo.

Y entonces, como vi que Amalia venía hacia mí con una tormenta de furia en el rostro, me deshice del peine y la tijera y empecé a darle de pescozones y a ponerle un remoquete por cada pescozón, chinchorrero, torquemada, alcahuete, lagartijo, qué sé yo las cosas que le dije, y entre medias decía: ¿Yo vulgar?, ¿yo impertinente?, ¿yo superfluo?, y le arreaba otro pescozón, y cuando llegó Amalia, que ya venía desde lejos con el brazo extendido a más no poder, y con el índice señaló y me ordenó que cogiera al instante mis cosas y que desapareciera para siempre de allí, yo la obedecí, porque no tenía nada contra ella y entendía sus razones, pero mientras me quitaba la bata y me ponía la ropa de calle, eché un discurso incendiario sobre la ignorancia cerril de este país, y me remonté a Erasmo de Rotterdam y a Trento y a Felipe II para venir a parar a esta España cóncava, frívola y confiada, y señalé a las revistas del corazón que había en el velador, y de ahí salté a Fernando VII y a los Cien mil hijos de San Luis, y a los toros y a la zarzuela, y a Franco y a José Antonio y al teniente coronel Tejero, y al Siglo de las Luces que no tuvimos, y ya desde la puerta, enmarcándome en ella, fulminé con el índice al periodista, que aún estaba en su sillón encogido e inmóvil, y cuando me disponía a decir una frase célebre, una cita latina, que me venía ya de camino de la mente a los labios, de pronto se me borró y en su lugar grité lo único que se me ocurrió en ese momento:

¡Muera don Quijote!, y me marché.

Esa noche, después de cenar, ya instalados en el sofá, me puse a contarle a Leo lo que me había ocurrido en la peluquería, pero no sé de qué manera me enredé otra vez con Larra y con la España inculta y bruta de entonces y de ahora y de siempre, y entonces la tomé con ella, con Leo, y le reproché su falta de voluntad, y cité a Azorín y a Baroja, y de inquietudes culturales, su desidia vital, su indiferencia ante los males de la patria, y su desinterés por el progreso y la modernidad, como hija que era de una pitonisa, y qué sé yo qué más le dije, y en un tono tan pendenciero que Leo me tiró otra vez a la cabeza las piñas de purpurina, y entonces yo me fui hacia ella y le di tal puñetazo que le rompí los labios y le salté un diente, mientras invocaba la pérdida de Cuba, y seguí acosándola con hechos y palabras hasta que ella agarró de la mesa una cacerola con las sobras de la cena y me la estampó en toda la cabeza, y ya desde el suelo, coronado de espaguetis y salsa de tomate, los lentes colgados de la nariz, vi y oí cómo ella hacía el equipaje y se iba de casa.

¡Que te pudras!, me gritó.

Y yo aún tuve fuerzas para responderle:

Vete y no vuelvas, y en voz baja, casi un susurro para mí mismo: Con mis libros me basta para ser feliz.

7

Los exámenes de fin de curso me salieron digresivos, caóticos, atropellados, llenos de tachones y llamadas al margen, de tantas cosas como quería meter en el papel, y aunque aprobé casi todo, me quedó para septiembre un pequeño surtido de asignaturas de lo más variado entre los tres niveles que cursaba. Ya sin Leo, ya sin deberes conyugales, lo primero que pensé fue en vender o alquilar el piso, irme a otro pequeño y barato y seguir estudiando a tiempo completo hasta acabar una carrera —o dos, tal era mi empeño y entusiasmo—, y me puse a pensar cuáles me gustaban y me convenían más. ¿Derecho, filosofía pura, periodismo, economía, artes escénicas, psicología, arquitectura...? De haber podido, hubiera hecho todas a la vez. Mientras lo meditaba, y como tenía algunos ahorros, me puse a vivir con mucha economía y a estudiar no solo las asignaturas de septiembre, que eso era poca cosa, sino manuales diversos de todas las carreras entre las que debía elegir. Apenas salía de casa, comía apenas nada, frutos secos y latas de conservas, y me pasaba los días enteros y parte de las noches enfrascado en los libros.

Fue un verano tórrido y agotador. A veces la boca se abría con angustiosas alentadas de asfixia para poder respirar aquel caldo caliente y espeso que era el aire. Sofocado por el calor, me tumbaba a ratos a estudiar en el suelo, y enseguida tenía que cambiar de sitio para buscar un poco de frescor, como hacen los perros. Cada poco tenía que ir a lavarme para que las manos sudorosas no humedecieran las hojas de los libros. De pronto el problema no estaba en un concepto o en el relámpago de una intuición sino en las luces saladas que unas gotas de sudor encendían en los ojos. Y había un momento en que el calor empezaba a emitir un zumbido desde algún punto del cerebro, tan agudo y punzante como el aleteo de una mosca en sus últimos trances. Al rato, el zumbido se había convertido en un latido de dolor que se iba extendiendo por la cabeza, por la frente, hasta que finalmente se instalaba en los ojos. Salir a la calle se antojaba una ilusión irrealizable. ¿Y de qué sirven en esas circunstancias las declinaciones latinas o las contradicciones de la Revolución Francesa?

Y no sé cómo, quizá abrumado por el calor, además de alguna secreta reacción alquímica en el alma, pero el caso es que hacia finales de julio, y sin querer, empecé a pensar en Leo. Algo me hervía también por dentro. Leía algo, tomaba un apunte, y de pronto descubría que no me enteraba de nada porque la mente por su cuenta se había puesto a recordar a Leo. Me costaba admitirlo, me enojaba conmigo mismo, me armaba de argumentos y me cargaba de razones, pero lo cierto es que añoraba su compañía, sus pasos desacompasados yendo y viniendo por la casa, las películas y los programas populacheros pero divertidos que veíamos juntos, los gintonics, las pendencias dialécticas y las trifulcas amorosas... Era absurdo, porque yo no la quería, no sentía por ella nada parecido al amor, ni me gustaba apenas, y andábamos siempre con discusiones y reproches, y sin embargo ahora, que podía dedicarme por completo a la soledad y al estudio, resulta que no podía vivir sin ella. Sin ella, me sentía solo y desamparado. Me imaginaba mi vida de catedrático o de abogado, o de simple maestro en un pueblo, y descubría que en esos lugares y ambientes también mi vida sería anodina, triste, rutinaria, y más cuando la pasión por el estudio fuese declinando, y en una de esas me quedé con la vista perdida y en ese mismo instante empecé a advertir en mí remotos síntomas de cansancio, de aburrimiento, de decepción, ante los encantos y brillos del saber. ¿Saber qué, y para qué? Recordé con una nostalgia inconsolable los tiempos en que aspiraba a vivir en una cabaña junto a un río, o a llevar una vida despreocupada y vagabunda... No, quizá no había en mí cualidades tan estupendas como rumbosamente yo me había atribuido, solo porque sí. Había vivido engañado acerca de mí mismo, y ahora, por primera vez, me sentía aliviado de aquella pesada carga de ilusiones, y deseoso de conocerme a mí mismo y de aceptarme tal como en realidad era. ¿Y cómo era yo?, ¿cómo demonios era yo? Mi vida ahora se convertía en una novela psicológica.

Una noche me desperté bañado en sudor y atormentado por una sospecha súbita y atroz. ¿Y si Leo, libre y despechada, volvía con el carnicero Roque? Y otra vez se me vino a la cabeza la duda obsesiva de si aquel tipo la tendría o no más grande que yo. Ya no pude dormir, y con la fresca del amanecer, en vez de volver a los libros, salí a pasear sin rumbo por las calles vacías, con solo algún corredor en chándal y un arrullo de palomas, a modo de servicios laborales mínimos, y así caminé durante mucho tiempo, a cuestas con mi pena, y algo en mi memoria debió de llevarme después de tanto andar hasta el cruce de calles donde en otros tiempos había observado y admirado el quiosco de cerrajería. Allí estaba, con su cerrajero dentro. Habían pasado los años y él seguía allí, con su bata azul, fiel a su humilde pero grata tarea. Tenía un pequeño ventilador y se afanaba sobre su maquinita de copiar llaves. Estuve mirándolo durante mucho tiempo, y no me cansaba de mirarlo. En un momento dado, una mujer tocó con los dedos en la puerta y él salió del quiosco, le dio un beso en la boca, encendió un cigarrillo y, enlazados por el hombro y la cintura, caminaron un rato por las inmediaciones del quiosco. Luego la mujer se fue, y otra vez se besaron, y él entró y prosiguió con su trabajo. Me llené de ternura hacia ellos, pero también hacia el quiosco, hacia la acacia que crecía protectora junto a él, hacia un perro que en ese momento pasaba por allí. El mundo era hermoso y la vida era así de clara y de sencilla. Me sentía desbordado por un sentimiento de puro amor hacia todo cuanto me rodeaba.

Ahora entendí con total lucidez que yo era un solitario, y que amaba mi soledad por encima de todo. Siempre fui un solitario. Quizá porque desconfiaba o le tenía miedo a los demás. Por eso no tuve amigos, por eso no quería ir al colegio sino quedarme en casa, protegido y a solas. Por eso me gustaba tanto aquel quiosco, reducto mínimo que no podía compartirse con nadie. Por eso quizá había puesto mis ideales tan altos, para no poder alcanzarlos y no tener así que tratar con el mundo. Pero, en mi soledad, necesitaba a Leo. Ella, de algún modo, era parte de mi soledad. Vivir solo, sí, pero con ella. Los dos solos. Quizá eso no era amor, o a lo mejor sí, o a saber lo que era. Pero una fuerza fatal, irresistible, me arrastraba hacia ella.

Tengo que recuperarla como sea, pensé. Iré a buscarla y le pediré perdón. Le contaré que me he convertido en otro hombre. Y tenía que hacerlo rápido, antes de que irrumpiese otra vez en su vida su antiguo pretendiente. Pero, claro, seguí razonando, no puedo ir con las manos vacías. He de ofrecerle algo. Pero ¿qué? Un quiosco de cerrajería era muy poca cosa. Seguro que ella aprovechaba para burlarse de mí: tantos sueños, tantos castillos en el aire, tantos faroles y bravatas, para venir a parar a esto.

Pensando y pensando, y llevado esta vez no por la fantasía arbitraria sino por la humilde magia de la lógica, de «quiosco» pasé a «tienda», y de «cerrajería» a «ferretería». ¿Por qué no montar una ferretería? Al cabo de los años, tengo buenas razones para pensar que la vida es absurda, y que el absurdo viene casi siempre revestido de lógica, y para reafirmarlo, pienso a menudo en aquella repentina iluminación: podía haber sido un bazar, una tienda de telas y botones, de cachivaches antiguos, de instrumentos de música, de alimentación, o un bar, o una librería, pero no, desde el principio opté sin dudarlo, como si hubiese tenido una revelación, por la ferretería.

Dicho y hecho. De pronto, ya estaba otra vez lleno de ilusiones. Me informé, estudié a fondo el asunto (después de arrumbar los manuales universitarios para dejar espacio a mi nuevo proyecto), me pateé la ciudad hasta en las horas de más calor, apresurado e incansable, busqué un local en venta y lo encontré, allá por Carabanchel, en una parte con poca competencia, un barrio obrero medianamente próspero, donde los profesionales del ramo podrían abastecerse en nuestra tienda a precios ventajosos. Naturalmente, visité muchas ferreterías, y vi que en algunas había un mostradorcito, o una casilla, donde se hacían copias de llaves. Ese trabajo lo solía hacer la cajera. Entonces yo pensé en Leo, los dos en la ferretería, y al imaginármela metida en su casilla, manejando la maquinita de las llaves, me llené de una ternura infinita por ella. A lo mejor eso era el amor y yo no lo sabía.

Ahora bien, ¿tenía yo aptitudes y vocación de comerciante? Y, ¡oh mundo prodigioso!, apenas miré dentro de mí, descubrí agazapado en lo más hondo a un tímido comerciante ansioso ya por salir a la luz. Un comerciante orgulloso de su profesión. Porque (y aquí elevé el tono de mi discurso y me sentí inspirado como pocas veces en la vida), a pesar de las apariencias, aquella era una profesión hermosa, y con su punto de audacia y aventura, como descendientes que éramos de los antiguos mercaderes que recorrieron el mundo hasta sus últimos rincones en frágiles navíos y en arriesgadas caravanas. Pacíficos, sí, pero prestos a empuñar la espada y a defender sus pertenencias contra piratas y bandidos. ¿Qué fue Marco Polo sino un mercader? Y un mercader era también Simbad, a quien más que «el marino» le tenían que haber llamado Simbad «el mercader». ¿Y qué decir, por ejemplo, de la ruta de la seda? Jamás volvió a formarse un río humano tan formidable y abigarrado como aquel, y como en sus alforjas portaban ideas e inventos nunca vistos, las más remotas ciudades del mundo conocido hasta entonces quedaron enlazadas por el vínculo indestructible del comercio. Ellos, los mercaderes, tanto o más que nadie, civilizaron el mundo, y ellos fueron quienes proveyeron de yesca y arrimaron la leña para encender y avivar la llama de la cultura y el progreso. Sin ellos, y sin el comercio, ¿qué hubiera sido el mundo sino un vago conjunto de pequeñas tribus autosuficientes, desmedradas, dispersas e ignorantes? Como el hilo que ensarta las perlas de un collar, los mercaderes unieron las ciudades y cohesionaron a la sociedad, y así nació la burguesía y así se liquidó el régimen feudal. ¡Qué bien me venían ahora mis conocimientos escolares para reafirmarme en mi flamante condición de tendero! Ellos, los comerciantes, los tenderos, fomentaron y sustentaron el arte con encargos y mecenazgos, ensancharon y modernizaron las urbes, fundaron las universidades, redimieron las miserias del campesinado ofreciendo a la plebe nuevos y vastos horizontes, tal como ahora, tantos años después, venían a redimirme y a ofrecérmelos también a mí. Ese fue el elogio que, con mi elocuencia de peluquero y estudiante, hice sobre el comercio, y si alguna vez alguien se permitía en mi presencia un chiste o un comentario despectivo sobre los tenderos, recibiría como lección y escarmiento mi discurso. Y, además, como ocurría con el pleito entre las armas y las letras, el comercio no estaba reñido con el saber. Seguiría leyendo, aprendiendo, y sería un comerciante ilustrado, un mercader humanista, incluso con carrera, y si llegaba a rico, también sería mecenas.

¡Y qué ufano, qué seguro me sentía de mí mismo! Tanto, que sin darme cuenta, y sin acordarme del pacto que había hecho conmigo mismo de no entregarme a vanas ilusiones, me puse a fantasear sobre el futuro, y ya me veía creando un estilo propio y exitoso de ferretería, con su logotipo y demás distintivos, y no una sola y triste ferretería sino con el tiempo una cadena de tiendas de bricolaje repartidas por Madrid y por otras ciudades, por qué no, con docenas o cientos de empleados, todos vestidos igual, quizá un mono blanco con el emblema de la empresa bordado sobre el pecho, y una flota de vehículos propios, donde pondría..., pero ahí me acordé del maldito carnicero Roque y de sus alegres camiones con vacas y cerditos risueños, y de su enorme polla, y entonces volví de golpe a las miserias de la realidad. Es decir, a Leo.

Había caminado sin rumbo aparente y muy deprisa, llevado en volandas por mi ensueño, y al acordarme de Leo, y del miedo a perderla, otra vez sentí el dolor inhumano de vivir sin ella, porque, sin ella, mis proyectos de convertirme en comerciante carecían de sentido. Sin ella, yo no quiero vivir, me dije, y decidí que si Leo me abandonaba, yo me abandonaría a mi vez a la bebida y al hastío.

Y yendo así, paladeando ya por adelantado mi porvenir funesto, he aquí que al pronto me paré en seco porque en dirección contraria, y también ella se paró en seco, venía Leo, con unos vaqueros cortos y gastados y una camiseta roja de baloncesto, desaliñada y desgarbada como siempre, de manera que allí estábamos los dos, justo a mitad de camino entre la casa de sus padres y la de los míos, porque resulta que ella tampoco podía vivir sin mí y también quería reconciliarse y reanudar nuestra vida en común, y por eso había salido en mi busca, igual que yo en la suya, y todo esto nos lo dijimos sin apenas palabras, entre lágrimas y sofocos, y así nos fuimos derechos a casa y enseguida nos pusimos a pelear con un encarnizamiento y una ternura nunca vistos, con nuevas mañas y fierezas, hasta que al fin, bajo la mesa del salón atestada de libros y cuadernos, con la ropa rota, lastimados y medio desnudos, rodeados de objetos y muebles desparramados y volcados, nos quedamos dormidos. Y aunque parecía que nos habíamos encontrado en la calle por casualidad, yo sé que no, yo sé que fueron los hilos del destino los que secretamente nos movieron para unirnos de nuevo, dándole así un aire azaroso a lo que en el fondo era solo añagaza y fatalidad.

8

En cuanto Leo conoció mis planes, se ilusionó de inmediato con ellos.

De niña me gustaba mucho jugar a las tiendas, dijo, y siempre pensé en la posibilidad de tener un comercio propio.

Por mi parte, yo le recordé mi vieja aspiración de convertirme en hombre de negocios.

Así que ahora, le dije, vamos a hacer realidad aquellos juegos infantiles.

Y, sin más, nos pusimos a la tarea. Pedimos un crédito en el banco a cuenta del piso, que lo sacamos a la venta, compramos el local, y nos fuimos a vivir de alquiler a un pequeño apartamento de los alrededores. Yo creo que nunca estuvimos tan unidos y compenetrados como en aquellas fechas. Contratamos albañiles, pintores, carpinteros, fontaneros, electricistas, y entretanto nosotros mismos nos encargamos del diseño, aquí el mostrador, aquí las estanterías, los módulos para exhibir los artículos y que los clientes se sirvieran por sí mismos, la casilla para duplicar llaves, el escaparate, el rótulo frontal de la entrada, que después de muchas probaturas quedó así: HL, en grandes letras corpóreas, y debajo: Ferretería, en letras azules y rectas de metacrilato, y más abajo, en alegres cursivas rojas: Bricolaje. También nosotros nos encargamos del papeleo, y de entrevistarnos y asesorarnos con proveedores y corredores de productos y de seleccionar los artículos imprescindibles para iniciar nuestra aventura comercial.

Y fue aquí donde surgió precisamente nuestra primera y más notoria discrepancia. Leo no quería arriesgarse a comprar productos caros (motosierras, generadores portátiles, cortadoras de césped, compresores, taladradoras...), que luego tardarían mucho en venderse, si es que se llegaban a vender.

¿Quién va a comprar en este barrio una motosierra, salvo que quiera asesinar a alguien?, decía.

Pero yo argumentaba que en los negocios había que hacerlo todo a lo grande.

El comercio no es para pusilánimes, le decía. Hay que ser atrevidos, como los mercaderes de la antigüedad, que más que mercaderes eran grandes aventureros.

Y Leo volvía otra vez a lo suyo, que había que pensar ante todo en atender a la clientela, que no era otra que la gente del barrio, pero yo sostenía que, cuanto más ampliásemos la oferta, más clientela abarcaríamos, y desde luego más nombre y más prestigio.

Se correrá la voz entre los profesionales y los pequeños empresarios y vendrán a comprarnos productos caros y al por mayor. Lo mucho hace lo mucho, le decía. Imagínate que viene alguien a buscar por ejemplo una fresadora y no la encuentra. Pues bien, ese no vuelve más, y se lo contará a otros. Yo lo que quiero es que si alguien viene a comprar una fresadora, o un equipo electrógeno, o lo que sea, que en cuatro o cinco kilómetros a la redonda solo pueda encontrarlo aquí, únicamente aquí.

Y ella:

Eso son fantasías. Este es un negocio de barrio.

Y yo:

En qué poco te estimas. Qué cerca de la mano pones el deseo. Mira, todo negocio ha de tener por principio una vocación universal. La esperanza está en lo universal. Si queremos triunfar tenemos que expandirnos, no esperar a que entre alguien a comprar cuatro tornillos sino ir a la conquista del mercado. Y eso sin contar que, comprando al por mayor, conseguiremos mejores precios y podremos hacer mejores ofertas a nuestros clientes del barrio, es así de sencillo.

Porque no solo me había empollado a fondo el mundo de las ferreterías, sino que además había leído unos cuantos libros sobre cómo triunfar en los negocios, y en esencia encontré en ellos las mismas básicas nociones que ya conocía yo por mí mismo desde la adolescencia. Por otro lado, y en esto empezamos a ponernos de acuerdo, una cosa no quitaba la otra. Atenderíamos las menudencias del bricolaje y a la vez seríamos una ferretería industrial de referencia.

Inauguramos la tienda a últimos de noviembre. Poco antes, hicimos una campaña de buzoneo con un tarjetón plastificado que era a la vez calendario y agenda de teléfonos útiles y de urgencia, repartimos folletos por las calles, mandamos estampar nuestros distintivos en las bolsas que entregaríamos a nuestros clientes, aunque yo en lo que más confiaba era en el boca a boca y en el envío de cartas personalizadas a profesionales y empresarios del ramo. Sabíamos que al principio quizá no nos fuese del todo bien, lo habíamos hablado muchas veces para mentalizarnos contra los infortunios, llevaría su tiempo hacerse una clientela fiel y darse a conocer en otros ámbitos, eso pasaba en todos los negocios, no había que alarmarse, pero teníamos recursos para resistir y esperar a que llegaran los vientos favorables. Porque ese era el secreto: resistir. En Navidad, adornamos el escaparate con lucecitas de colores y un gran muñeco de algodón de nieve, lanzamos ofertas especiales, nos pusimos un gorrito de Papá Noel, y la verdad es que nos fue bastante bien en esos días, y Leo en la casilla o en la caja y yo en el mostrador, a menudo intercambiábamos miradas de ánimo y sonrisas de complicidad.

Y pasó el tiempo, y aquí mis recuerdos se internan en un terreno hostil y en un tiempo confuso de los que prefiero no recordar demasiadas cosas. El local era amplio, con dos secciones, una para el bricolaje y otra para la ferretería industrial. Tenía además un cuartito que destinamos a oficina y una habitación grande e interior que servía de almacén. Como todo en la vida, también los negocios tienen mucho de misterioso. Y así, ocurrió (pero de esto empecé a darme cuenta tarde, muy tarde) que por un lado los aficionados al bricolaje y los que venían a comprar cosa menuda se intimidaban ante la ostentación que hacíamos de artículos industriales, y por otro lado los profesionales nos rehuían desconfiados pensando que nosotros nos dedicábamos más bien al bricolaje y al trapicheo doméstico. Total, que allí todos se sentían intrusos, y aquello no acababa de funcionar ni al por menor ni al por mayor.

Entonces Leo empezó a recordarme que si hubiésemos seguido su consejo, las cosas nos hubieran ido bien, e incluso muy bien, y que fue mi ambición y mi ineptitud lo que nos iba llevando sin remedio a la ruina. Y, en efecto, íbamos a la ruina. Entre los impuestos y las tasas, los gastos directos e indirectos, los fijos y los variables, los previstos y los sobrevenidos, además de la gran inversión que habíamos hecho en productos costosos, pronto nos vimos llenos de deudas que cada día costaba más pagar.

Pero yo seguía fiel a mi plan. Como ya era tarde para

reconvertir el negocio en algo reconocible, ya fuese ferretería industrial o solo bricolaje, decidí huir hacia delante y ampliar aún más nuestra oferta.

Hay que crecer y diversificarse, decía, y como cerca de allí había un colegio, comenzamos a introducir artículos de papelería y libros de texto.

Luego siguieron las chuches, y los juguetes, todo repartido en microsecciones, y como la madre de Leo conocía a algunos artesanos de bisutería, pues añadimos también una sección para baratijas, y artículos de regalo y de decoración, y algo también de pesca y de informática, y hasta prendas de ropa, de modo que la antigua ferretería acabó convertida en una especie de bazar, en algo tan amorfo e indefinido que la gente no venía a comprarnos porque no sabía con exactitud qué es lo que se vendía allí.

Por si fuese poco, vivíamos en un caos ingobernable. En la mesa de la oficina, y en las dos sillas, y hasta en el mero suelo se acumulaban documentos sin atender, facturas mezcladas con cartas sin abrir, papeles y papeles pertenecientes a muy distintas fechas en los que ya era tarde para poner orden, y en cuanto al almacén, había allí un tumulto tal de artículos dispares, todos entremezclados, que llegó un momento en que era ya imposible encontrar algo concreto en aquella montonera de cosas. Varias veces se dio el caso de alguien que vino a buscar uno de los productos caros de ferretería que nosotros teníamos almacenados desde nuestros primeros tiempos, y no pudimos encontrarlo de tanta maraña de cachivaches que habíamos apilado allí de cualquier manera según iban llegando.

Y, entretanto, Leo y yo discutíamos con amargo rencor dónde estuvo el origen de nuestra desgracia.

Todo empezó el día en que te fuiste con el carnicero, le decía yo en momentos de exasperación. Si no hubieras sido tan puta yo no habría perdido la fe en mí mismo, ni en ti ni en el mundo. Aquello fue como el pecado original, que lo jodió todo de una vez para siempre.

Y ella:

Para puta tu madre. De no haberse liado con el señor Ruiz, el pianista, yo no te hubiera conocido, y viviría ahora tan feliz.

Con el carnicero, claro, el de la gran polla, que es lo que en el fondo tú querías.

Y ella:

Pues a lo mejor sí, porque era un caballero y un encanto de hombre, y no como tú, que solo has traído disgustos a mi vida.

Y luego... ¡Oh mundo prodigioso! Habían pasado casi dos años y estábamos ya pensando en liquidar la tienda y vender el local y salvar del naufragio lo que se pudiera, cuando un día, en el bar donde desayunaba cada mañana, un tipo gordo y bigotudo se me quedó mirando extrañado, achicando los ojos, como haciendo memoria de algún lejano acontecer. Lo miré, me apliqué a mis churros y a mi café, volví a mirarlo y él seguía allí, haciendo memoria sobre mí. Y así dos o tres veces, hasta que de pronto se le iluminó la cara con un gesto de maravillada sorpresa, al tiempo que elevaba y abría los brazos como para mostrar el tamaño de su admiración. Entonces dio unos pasos hacia mí y me dijo, en tono pícaro y amigable:

¿Cómo va esa peluquería?

Muchos se volvieron a mirarme, y los que me conocían, que eran casi todos, ya se quedaron en esa posición para ver en qué paraba aquello. Yo, sin saber qué decir, con la boca llena, balbuceé apenas una excusa:

No, yo no, yo no soy peluquero.

¿Cómo que no?, dijo el otro. ¿Pero tú no eres un tal

Hugo Bayo, y no hiciste la mili en el campamento de reclutas de Cáceres?

Sí, dije yo, pero...

¡Tú me has cortado el pelo a mí, y a mi señora! Yo era el teniente Menacho, y ahora soy comandante, ¡no me digas que no te acuerdas de mí y de mi señora!

Ah, claro, ahora caigo, dije yo en voz baja, y me sentí descubierto, desenmascarado, porque llevaba muy en secreto mi antiguo oficio de peluquero, del que no quería volver a saber nada, ni siquiera de oídas. Y he aquí que ahora, de repente, el pasado volvía a salirme al paso. Y todos allí escuchando y enterándose de mis cosas privadas. Aquel hombre, además, parecía conservar aún su autoridad militar sobre mí, y hablaba en alto, para que todos lo oyeran, y con una familiaridad y una condescendencia que me hacían sentirme ridículo.

El soldado Bayo era un gran peluquero, y aprendió el oficio en el servicio militar, bajo el mando y el magisterio del brigada Ferrer, dijo, dirigiéndose ya abiertamente a la concurrencia. Excelente muchacho. Servicial, laborioso, dócil y simpático. Buen elemento, sí señor. El fusil le gustaba poco, para eso no servía, pero para las tijeras era un figura. Un fenómeno. Nuestras esposas le llamaban Huguito y estaban todas encoñadas con él. Y en el bar de oficiales, siempre que se hablaba del recluta Bayo, siempre la misma cantinela: Ese muchacho es un artista, Mira cómo ha venido a encontrar su destino en la mili, y el propio coronel solía decir: Cuando vuelva a la vida civil, montará su propia peluquería y se hará rico, y según Ferrer, llegará incluso a ser famoso. Siempre había una frase elogiosa para él. Y él con su bata blanca, todo el día en el campamento de acá para allá con su cartera de peluquero, y viviendo a lo grande, el muy cabrón, porque no me dirás que no pasaste una buena mili. Qué jodío Bayo. Entró sin saber nada, sin oficio ni beneficio, lo que se dice un perfecto inútil, y salió hecho todo un hombre. Y mire usted por dónde, ahora me lo encuentro aquí, por pura casualidad, porque yo no soy de este barrio. Por eso te he preguntado cómo te va en la peluquería, y se quedó esperando mi respuesta.

Y allí tuve que darle noticias de mi vida, dando ya por malogrado el desayuno, y explicarle delante de todos cómo y de qué manera había encauzado mi destino por otros derroteros, y él abrió los brazos decepcionado y en la cara se le pintó un gesto de reproche, y yo tuve que disculparme por no haber seguido la carrera de peluquero y por no haber montado mi propia peluquería y por no haberme hecho famoso, como habían vaticinado los jefes y oficiales, y hablaba con una voz humilde, porque absurdamente yo seguía sintiéndome subordinado suyo, y él aún siguió con su discurso:

Con ese talento innato que él tenía para el corte, dijo, como reprendiéndome, tanto de caballeros como de señoras, qué pena que haya acabado en una ferretería, no se lo van a creer cuando lo cuente en el cuartel, y todos allí escuchando y mirándome con lástima, me parecía a mí, y yo diciendo sobre mí mismo frases exculpatorias, estúpidas frases genéricas, así es la vida, qué se le va a hacer, el destino tiene esas cosas, hasta que al fin miré el reloj y forcé entre excusas una despedida de urgencia. Iba a pagar la consumición no consumida, y el comandante Menacho le ordenó al camarero:

¡¡¡Chsss!!! ¡Ni se te ocurra! ¡Lo del soldado Bayo es mío!

Y yo le di las gracias y me fui yendo hacia la puerta. Y ya iba a salir cuando me quedé inmóvil, casi en posición de firmes, para oír sus últimas palabras:

¡Bayo, todavía no hemos perdido la fe en ti! ¡Todavía estás a tiempo de rectificar y de llegar a ser el gran estilista que todos creíamos que llegarías a ser!

Y allí empezó para mí otro capítulo de mi vida, mitad comedia y mitad drama, como parece que ha sido mi sino desde siempre.

9

Es de suponer que los testigos de aquel breve episodio ocurrido en el bar lo contaron después a su manera, y que cada narrador añadiría por cuenta propia un comentario, una ocurrencia, una mínima invención, y que quienes oyeron la historia se la contarían a su vez a otros con nuevas variantes, y que de ese modo la anécdota se extendió por el barrio hasta quedar fijada en su versión definitiva, y con un aura ambigua de relato jocoso que ya no se sabía si era fruto de la ficción o de la realidad.

Algo así debió de ocurrir, porque unos días después, una mujer entró en la tienda, miró extrañada alrededor y preguntó:

Pero ¿esto no es una peluquería?

Otro día, yendo por la calle, alguien gritó mi nombre desde la otra acera y, a modo de explicación, tijereteó con dos dedos, mientras con la otra mano me iba diciendo adiós. Un hombre, otro día, me paró por la calle para preguntarme si hacíamos también servicio a domicilio, para que fuese a su casa a atender a una inválida. Y otro día, un joven entró en la ferretería y dijo sin más que venía a cortarse el pelo, y cuando yo le advertí de su error él se quedó extrañado:

No solo me han dicho que esto es una peluquería, sino

que es la mejor del barrio y una de las mejores de Madrid. Y además es urgente.

Leo y yo nos miramos consternados pero con un atisbo de resignada esperanza en el gesto. El joven nos dijo que se casaba al día siguiente. En voz baja le dije que volviese a las cuatro de la tarde, hora en que la tienda estaba cerrada, y a las cuatro, en efecto, después de buscar y encontrar al fondo de un armario mi maletín de peluquero, y de adecentar entre Leo y yo el cuartito que servía de oficina, recibí al cliente y le corté el pelo a navaja, un corte elegante y moderno del que debió de quedar muy satisfecho porque esa misma tarde se presentaron otros tres jóvenes recomendados por el otro, que también iban a la boda. Ya puestos, Leo se encargó de despachar en la tienda y yo de cortar el pelo en la oficina. Los pocos clientes que entraban en busca de cualquier minucia se quedaban asombrados viéndome trabajar, y preguntaban si aquello era también peluquería. Leo y yo, sin ponernos de acuerdo, les dijimos que sí.

Y de ese modo tan raro y a la vez tan lógico y absurdo (y ahí se veía la mano maestra de la fatalidad) el bazar se fue convirtiendo en peluquería. Yo acepté mi negra suerte por necesidad, comidos por las deudas como estábamos, pero sobre todo por resignación, porque ya veía que era inútil rehuir mi destino.

Ya ves, le dije a Leo, cómo el destino me la tiene jugada.

Y ella:

Hay que salir adelante como podamos y luego ya veremos.

Y añadió, medio en broma:

Casi estoy por montar yo también en la tienda un consultorio de videncia.

Pero yo no le reí la gracia. Ahora trabajaba siempre en la oficina y casi nunca sonreía. Trabajaba con los dientes apretados y el gesto inescrutable, sin pensar en nada, sin apenas hablar, como si actuase bajo los efectos de un poder hipnótico.

Y con gran éxito, por cierto. Pronto hubo que ganar espacio a la ferretería, o al bazar, o a lo que fuese aquello, para montar una salita de espera con su velador lleno de revistas y unas sillas alrededor. Luego derribamos las paredes de la oficina para ampliar el salón, en el que instalamos el sillón de peluquero, el espejo frontal, el lavabo, las repisas para las herramientas y lociones, al tiempo que íbamos reduciendo la tienda a un pequeño mostrador, demasiado pequeño, casi ridículo, para la cantidad y variedad de mercancía que se acumulaba en las estanterías y módulos portátiles. Con unos biombos, separamos los dos espacios, pero como la peluquería se iba comiendo a la tienda, no tardamos mucho en meterle mano al almacén. Lo que salió de allí no tiene cuento, menajes de cocina, juguetes, cajas fuertes, cuadernos y plumieres, libros de texto, podadoras eléctricas, chubasqueros de todos los colores, ristras de bisutería, un traje de hombre rana. Lo pusimos todo en liquidación, a precio de saldo, bien a la vista, y enseguida se corrió la voz por el barrio y muchos vinieron a comprar y muchos solo por el gusto de ver y de enterarse, y a todas horas el local era un barullo de gente, entre compradores, curiosos, pelucandos, tertulianos, viandantes y ociosos atraídos por el tumulto, y como algunos compradores querían comprobar si en efecto las taladradoras o las motosierras funcionaban de verdad, el estrépito era a veces insufrible, y además atraía aún a más gente, y así estuvimos muchos días, hasta que al fin lo malvendimos casi todo y tuvimos espacio y calma suficientes para dedicarnos solo a la peluquería.

En lo alto de la puerta pusimos una banderola luminosa donde por ambas caras se leía: HUGO'S. PELUQUERÍA ESTÉ-

TICA. UNISEX, porque al principio solo venían hombres pero enseguida empezaron a venir también mujeres, de modo que hubo que crear dos secciones y contratar a una peluquera, además de Leo, a la que le di clases aceleradas para aprender a lavar la cabeza, limpiar el cutis, depilar las cejas, hacer la manicura y otras tareas menores.

Esto de la peluquería es solo para salir del paso, me animaba, al verme tan callado, tan torvo, tan ausente. En un par de años, si quieres, cambiamos de profesión. Ya verás como al final encontramos algo que de verdad nos guste.

Yo pelaba y callaba.

Y ella:

Anímate, hombre, que por lo menos hemos conseguido escapar de la ruina.

Y yo trabajaba con método, a buen ritmo, cobraba y devolvía el cambio, saludaba con gravedad, no me alteraba nunca, no incitaba a hablar a los clientes y tampoco yo hablaba, y si los otros hablaban yo los oía con mínimos, educados, asentimientos de cabeza. Al término de la jornada, me quitaba la bata, regresaba a casa, cenaba algo y me sentaba en el sofá, no a ver la televisión ni a leer y aún menos a hablar, sino que me limitaba a esperar que me viniera el sueño.

Vamos, me decía Leo, y me daba una palmada en la rodilla, que esto no va a ser para siempre.

Y si intentaba provocar una discusión para acabar peleándonos y revolcándonos por el suelo, yo no respondía jamás a sus estímulos. Pero tampoco estaba de mal humor, ni hacía gestos bruscos, ni blasfemaba, ni ponía malas caras. Al revés, yo creo que nunca estuve tan manso, tan sosegado, tan formal como entonces.

En la peluquería, de vez en cuando y como por arte de magia, al abrir un cajón, al remover un mueble, al desplegar una toalla o un babero, aparecían o salían rodando por el suelo algunos clavos, bisagras, tornillos y arandelas, y yo, imperturbable, no me alteraba, no decía nada, no celebraba las bromas de los pelucandos, ni participaba en las tertulias, ni hacía un alto a media mañana para comer algo o tomarme un descanso. Como un autómata, salía cada día de casa para ir a trabajar. Es verdad que podía hacer muchas cosas para escapar del círculo infernal de la monotonía y de la tristeza de un trabajo ingrato. Podía no haber ido a trabajar una mañana y tomar un tren hacia no importa dónde e iniciar así una nueva andadura, mudar la piel como las serpientes. Podía haberme suicidado, cambiar de profesión y de domicilio, porque nada salvo la fatalidad me obligaba a ser peluquero, podía haber hecho nuevas amistades, o aprender a tocar la trompeta: todo un mundo de posibilidades se abría ante mí, y de entre todas, yo siempre elegía la misma: llegar a la peluquería, ponerme la bata, saludar a los clientes, aplicarme a mi tarea, y al final del día regresar a casa por el mismo camino, siempre el mismo camino. Y no anhelaba más. A lo mejor es que me estoy curando del afán, pensé en algún momento, porque esa ha sido siempre mi enfermedad crónica, el deseo inagotable, la fiebre y el ansia del futuro, la ambición de querer excederme a mí mismo, y acaso sea verdad que contra ese mal de juventud no hay mejor medicina que los años. Con los años, uno se acomoda a lo que hay, negocia con uno mismo y con el mundo, porque, como bien decía mi padre, todo en la vida es negociable, ahora comienzo a comprenderlo, ahora que empiezo a vivir en el presente sin otra patria que el presente. Quién sabe, quizá aceptando mi fracaso, es decir, aceptándome, consiga, si no ser feliz, al menos un poco de sosiego y de paz.

¿Qué piensas?, me preguntaba Leo.

Nada.

Algo pensarás.

No, no pienso nada.

¿Por qué estás tan callado?

No tengo nada que decir.

Tienes una mirada muy rara.

Y yo me encogía apenas de hombros, pero era cierto, ahora lo sé. De tanto trabajar sin vocación ante el espejo, mi cara había adquirido una expresión ofuscada de irrealidad.

¿Y qué sientes?

Nada.

¿Ya no lees?

No, ya no leo.

¿Estás bien?

Sí, muy bien.

¿Seguro que no te pasa nada?

Seguro.

Esas venían a ser todas nuestras conversaciones. Y era cierto. No pensaba nada, ni me pasaba nada ni sentía nada. Protegido por los hábitos, acunado por la rutina, apenas se percibía el paso del tiempo. No pasaba nada, y sin embargo yo sabía que algo se iba gestando muy adentro de mí, una fuerza interior que pugnaba por salir afuera, y yo escuchaba su rumor y por eso callaba, para poder oír el eco de aquel ruido de fondo que venía de camino, como el trueno lejano que anuncia la tormenta.

Y resulta curiosa, o mejor dicho extravagante, la manera en que esa cosa, ese ruido que había dentro de mí, terminó por salir a la luz. Por muy hermosa que sea a veces, o por muy trágica, al mismo tiempo, y sin contradicción, la vida casi siempre es una mojiganga, un esperpento, una enorme idiotez. Y es el caso que, en mi trayecto habitual de casa a la peluquería, acostumbraba a disminuir el paso al cruzar por el escaparate de una vieja tienda de ultramarinos donde había un tapón de corcho escondido entre unas latas de melocotones en almíbar y una caja de dulces que tenía pintado un rosal y unos jilgueros y que nadie quería, a pesar del reclamo: Dulces imperiales, Calidad Extra Superior.

No sé por qué, yo siempre me fijaba en aquel tapón, y de tanto mirarlo, un día y otro día, me obsesioné con él, de modo que el tapón de corcho se me metía en la cabeza y ya no había forma de expulsarlo de allí por más que lo intentara. Como esos estribillos que te persiguen sin tregua durante muchos días. Quería recordar algo, o meditar sobre cualquier cuestión, y no podía, porque el tapón ocupaba de tal forma mi mente que cegaba el manantial de la memoria y del conocimiento y lo llenaba todo, y era imposible pensar en nada porque él siempre estaba allí, interponiéndose, estorbando, cortando el acceso al pasado y al futuro y a todo cuanto no fuese la visión menuda y neutra del presente, del momento exacto del aquí y del ahora. Me quedaba medio lelo mirando las cosas de alrededor, como si no acertara a reconocerlas. En esos trances, Leo me miraba e insinuaba una sonrisa trémula de ánimo.

La peluquera que teníamos era muy joven, casi una niña, y se llamaba Susana. Y pasaron los años y vimos cómo Susana se convertía en mujer, y Leo aprendió también a cortar el pelo, y llegó a ser una peluquera casi tan buena como yo, y Susana se casó y tuvo una niña y luego un niño, y la clientela se estabilizó, y yo seguía trabajando y callando y escuchando el rumor creciente que había dentro de mí, y no solo pagamos nuestras deudas sino que nos mudamos a un piso más amplio y luminoso, y los dos nos sacamos el carné de conducir y nos compramos un Renault 5, y en agosto nos íbamos a la playa, y en cuanto a nosotros, ya ni siquiera peleábamos sino que de tarde en tarde hacíamos el amor a oscuras y en la cama, como si nos diera vergüenza, sin inspiración, sin alegría, deseando acabar cuanto antes con aquel trámite enojoso, y lo único que permaneció invariable fue el tapón de corcho, que seguía escondido entre las latas de melocotones y la caja de dulces imperiales que nadie quería, y señoreando en mi mente y entorpeciendo el paso hacia los estratos más hondos de mi conciencia. Y durante siete años yo aflojaba el paso todos los días laborables al pasar ante el escaparate para mirar aquel tapón, que se había convertido ya en algo magnético, mágico, para mí.

Una tarde, al volver a casa, de pronto entré en el ultramarinos y, ante la sorpresa del dueño, solicité la caja de dulces. Mientras la envolvía, pregunté si podía llevarme también el tapón de corcho.

¿Qué tapón?

Uno que hay ahí detrás de la caja.

El dueño, lleno de prevenciones, fue a buscarlo y regresó con él, examinándolo a fondo. Yo me sumé al examen, explicando que era un capricho que tenía, y que lo había visto al pasar tantas veces que ya no me imaginaba la caja de dulces sin el tapón. Pero el dueño no se resignaba a abandonar sus pesquisas y le dio vueltas y vueltas, lo golpeó, intentó mirarlo al trasluz y hasta se lo puso en la oreja y lo agitó por si se oyera algo y fuese un tapón sonoro, y miraba al tapón y luego me miraba a mí, como buscando entre ambos una secreta relación. Al final me lo dio como un policía devuelve a su dueño un documento de identidad: con pesadumbre, con recelo y a regañadientes.

Durante unos meses anduve con el tapón de corcho en el bolsillo, y a menudo jugaba con él: lo tiraba al aire y lo recogía al vuelo, lo hacía girar entre los pulgares o saltar entre las palmas de las manos, exagerando mi destreza en felices malabarismos. Era un talismán y nunca me separaba de él, ni siquiera para dormir.

Te estás convirtiendo en un maniático, me decía Leo, viéndome con el tapón a todas horas.

Y yo callaba y seguía jugando con mi tapón. Como los frailes mendicantes, yo había reducido mi vida a casi nada, al trabajo y a la manía pacífica y pueril del tapón, como si el tapón fuese mi enseña de mendigo, un símbolo casi religioso que me permitía vivir en la inocencia y en la santa idiotez. Hasta que un día, ¡oh mundo prodigioso!, en que había ido al centro de Madrid a hacer una gestión, se me cayó el tapón en plena Puerta del Sol, que iba llena de gente. Alguien le dio una patada y yo me apresuré entre el gentío, agachándome y culebreando para no perderlo de vista. Lo vi rebotar en un bosque de piernas mientras le iba ganando terreno, y ya lo tenía casi a mano cuando otra patada lo lanzó limpiamente a la calzada, donde fue a caer en la boca de una alcantarilla. Me quedé allí en medio de la acera, rodeado de gente apresurada, paralizado por un sentimiento de orfandad, igual que aquella noche en que mi padre me envió a entregar un documento y yo me perdí en un barrio lejano y no sabía ni encontrar el camino para cumplir con mi misión ni para regresar a casa. Solo y perdido en medio de la oscuridad. Habían pasado los años y aquí seguía yo, tan solo y perdido como entonces. Los viandantes se estorbaban entre ellos para sortearme, y un hombre que venía a toda velocidad chocó conmigo y me dijo:

¡Vamos, hombre, apártese o camine!

Me arrimé a una pared. Raptos de inspiración, trances casi místicos, he tenido muchos en la vida, pero ninguno como aquel.

Porque al perder el tapón, y con él la manía compulsiva que me atoraba el pensamiento, algo cedió en mi memoria y el pasado regresó a mí como un torrente incontenible. Con una claridad maravillosa, vi a mis padres, jóvenes y felices. Vi al niño inocente que fui, no corrompido aún, y luego al joven de ojos pérfidos y alma de diablo en que me convertí después. Vi, como en un relámpago, pero con todas sus minucias, la historia entera de mi vida. Arrimado a la pared, me quedé espantado de mí mismo. Entonces entendí a mi modo lo del pecado original y lo de la culpa que no cesa, porque solo ahora el pasado empezó a dolerme de verdad, y de qué forma. Y después de examinar el pasado, volví los ojos de la imaginación hacia el futuro. Entonces aquel ruido o rumor que había dentro de mí se convirtió en estruendo. Porque era el viejo, el incansable, el desaforado, el sucio y querido afán que regresaba una vez más a mí, después de un prolongado letargo en la penumbra acogedora y sedante de la costumbre, y que me invitaba y urgía a abandonar la holganza del presente para ponerme otra vez en marcha y emprender nuevas aventuras, nuevas vidas todavía por inventar y por vivir, nuevos sueños a los que perseguir sin un momento de tregua ni descanso. Lo sentí físicamente, como un animal que empieza a removerse en sueños queriendo despertar.

Y entonces allí, arrimado a la pared, vi con entera lucidez cuál habría de ser el próximo proyecto grande de mi vida. ¿Cómo no se me había ocurrido hasta ahora? Eso es. Buscaré y encontraré a mi madre y me reconciliaré con ella, y a través de ella también con mi padre y conmigo mismo, porque mientras no ajuste cuentas con los tres, no encontraré en el presente ni un momento de paz. De pronto, ya estaba otra vez enamorado de la vida. Y todo por un tapón de corcho, o al menos esa fue la forma caprichosa que tomó el azar en aquella ocasión, y que vino a ser como perder la última moneda de una gran fortuna, el último bastión de un reino, el último harapo de un disfraz... Así de ridícula, de confusa, de ocasional, resultaba mi vida.

Me apresuré hacia casa para contarle cuanto antes a Leo lo que me había pasado. Pero ¿cómo contarlo, con qué tono de voz, con qué palabras, para que me creyera? ¿Cómo contarle una vez más la vieja historia de otras veces, que de pronto se había hecho la luz, que necesitaba purificarme de mis pecados para comenzar una vida nueva, una vida digna, como correspondía al hombre también nuevo que había nacido en mí? Esta vez es diferente, le diría, porque la experiencia que había tenido era comparable a la de san Pablo al caer del caballo, a la de Newton con la manzana, al eureka de Pitágoras, esas cosas pasan, la historia está llena de casos así, hay un proceso en marcha que apenas notas y que de pronto, en cualquier momento y por cualquier tontería, bummm, eclosiona y da lugar a una criatura nueva, y quizá ella me entendiera y pudiéramos rehacer nuestras pobres vidas malogradas.

Y hablé con ella, y ella escuchó muy seria, sin alterar el gesto, sin un atisbo de sonrisa o de burla ni siquiera cuando le conté lo del tapón, ni tampoco cuando le dije que quería redimirme (esa fue la palabra que usé) del pasado, encontrar a mi madre y que ella me redimiese del pasado, y no tuve que recurrir a san Pablo, ni a Newton, ni al pecado original, porque se le veía en la cara que creía en la sinceridad de mis palabras y en la verdad de mi arrepentimiento.

Luego, tras una larga pausa que venía como a autentificar la validez de mi relato, habló Leo. Dijo que también ella tenía algo importante que contarme, que también en aquellos años tristes había pensado mucho en nuestra situación, que no soportaba ya más la rutina de la peluquería y que también ella necesitaba emprender una vida nueva que se pareciese un poco, aunque solo fuese un poco, a sus ideales de siempre. Me sorprendió el tono seguro y sereno con que lo decía. Es más, aseguró que esta vez sería ella la que tomaría la iniciativa y trazaría el rumbo de nuestro futuro.

¿Y sabes por qué?, susurró. Porque quiero tener un hijo.

¡Cómo! ¿Un hijo? ¿Nosotros?

Sí. ¿No te gustaría tener un hijo?

Y yo dije, como si aquel fuese el impedimento principal e insorteable:

¿Y qué nombre le vamos a poner?

Lo he pensado mucho y ya me queda poco tiempo. Quiero tener un hijo y no quiero que nuestro hijo crezca en un ambiente triste, con unos padres tristes, que en realidad no se quieren, ni se gustan, ni se soportan, que están juntos porque sí, porque se han resignado a eso, como se han resignado a todo lo demás. Se llamará José Luis, y nacerá bajo el signo Aries.

Y yo, al oírla, me llené de cariño por Leo, y hasta creo que en ese momento me enamoré de ella de verdad.

¿Y sabes lo que he pensado?

Qué.

Irnos a vivir al campo, como habíamos planeado desde el principio. Es muy fácil. Me he enterado de que hay pueblos casi deshabitados donde te dan casa y tierra gratis. Cultivaremos productos ecológicos y los venderemos a través de Internet. Esta vez seré yo la que mande, y se hará lo que yo diga. Quiero que nuestro hijo se críe en el campo, al aire libre. Y a lo mejor allí también a nosotros nos va mejor, y hasta volvemos a pelearnos, como en los buenos tiempos.

Y yo pensé en el niño inocente y puro que había sido y me puse a llorar ante la perspectiva de aquella vida nueva, de aquel proyecto que daba ya por hecho, y no solo eso, sino que empecé a ilusionarme con el hijo, como si ya estuviese por nacer, y también a Leo se le saltaron las lágrimas y se las enjugó con un pañuelito que llevaba en la manga.

Allí, en el campo, encontraremos también el amor, pensé, y aunque no me atreví a decirlo, yo creo que también ella pensó lo mismo, porque nos miramos con timidez, casi con pudor, llenos de lágrimas y con sonrisas vergonzosas, como novios primerizos.

Y así fue como en nuestras vidas, vacilantes siempre entre la comedia y el drama, apareció de pronto el folletín.

10

Y tal como yo había previsto, no habíamos comenzado apenas con el folletín, cuando nuestras vidas dieron un giro inesperado hacia el género policíaco. Encontrar a mi madre me parecía una tarea larga y difícil, pero dar con la tumba de mi padre era la cosa más sencilla del mundo. Empezaría, pues, por ahí. Iría a visitarlo al menos una vez al mes, le llevaría flores, me sentaría a su lado y le contaría mi vida, y las novedades que se habían producido en el mundo durante su ausencia, lo acompañaría en su soledad, y de algún modo él me respondería y yo sabría escuchar y entender sus palabras. Ya no recuerdo si hasta entonces había ideado tres o cuatro proyectos de regeneración, porque cada tanto tiempo estaba intentando recomenzar mi vida, pero ahora sabía con total certeza que este era el definitivo, el de verdad, y eso me alegraba el alma y me hacía paladear por adelantado las mieles de la expiación, de la conciencia aligerada al fin de fantasmas y culpas, y de un tiempo nuevo abierto ante mí hacia un porvenir sencillo y luminoso.

Con ese buen ánimo, me puse enseguida a la tarea. Empecé por solicitar un certificado de defunción, y cuál no sería mi sorpresa cuando me dijeron que mi padre no constaba como fallecido. ¿Qué hacer entonces? Contraté los servicios de una gestoría, que indagó en todos los cementerios de Madrid y en los registros públicos de todas las provincias, por si mi madre lo hubiese llevado a enterrar a otro lugar, y en ninguna parte aparecieron noticias del difunto.

¿Podría tratarse de un error, o de un documento perdido o traspapelado, de modo que mi padre hubiera ido a parar a una especie de limbo burocrático? En la gestoría me dijeron que sí, que podía ser, y que en ese caso tendría que empezar a buscar a mi padre no como muerto sino como desaparecido, lo cual suponía un proceso incierto, que podía durar años. Pensé incluso si aquello no sería una venganza de mi madre, la última de todas, para que no encontrase la tumba adonde ir a clamar perdón cuando me alcanzase, como así había ocurrido, la hora funesta del arrepentimiento. ¿Podía tratarse entonces de una estrategia urdida contra mí por los parientes de mi padre por motivos de herencia o de venganza?, pregunté. Podría ser, me dijeron, pero eso era cosa ya de la policía.

Entonces, excitado por el misterio (al fin en mi vida ocurría algo interesante de verdad), me puse a pensar en el modo de dar con el paradero de mi madre. Ahora bien, ¿por dónde empezar?

Lo mejor es buscar a un detective, dijo Leo.

Y fue oír aquella palabra, detective, cuando di un salto en el sofá y dije:

¿Cómo que un detective? Yo puedo hacer de detective.

Mucho tiempo estabas ya tardando en volver a tus temas, dijo Leo.

¿Qué temas ni temas? Lo que hace un detective lo podemos hacer igual nosotros. Todo es cuestión de pensar con método. Mucha lógica y un poco de intuición, esas son las dos únicas armas del oficio. Y no me digas que no te gustaría vivir una aventura así. Los dos de detectives, interrogando a la gente, espiando, siguiendo a un sospechoso por la calle, investigando y deduciendo, y quién sabe, dije ya en broma, si nos va bien podemos montar una agencia de detectives tú y yo.

Y a Leo le sedujo la idea, ya lo creo que sí. También a ella le gustaban las películas y las novelas policíacas, y en el fondo también pensaba que para hacer de detective no se necesitaba mucha ciencia.

Vamos a ver, dije, te voy a hacer una demostración. Empecemos por el principio. Primera regla: no dar nada por demostrado. Todo, de entrada, está bajo sospecha. Comencemos por el falso doctor Ruiz, ese es el primer cabo del que vamos a tirar. ¿Tú estás segura de que él y mi madre eran amantes?

¿Que si eran amantes? ¿Y qué iban a ser si no?

A lo mejor solo iba a recibir clases de piano.

Qué ingenuo eres. Y entonces, ¿por qué iba a verlo tan en secreto? ¿Y por qué te decía a ti que iba al médico? ¿Por qué te engañó? ¿Por qué no te dijo la verdad?

Pues quizá, imagínatelo, porque no quería que mi padre supiera que iba a ver a un hombre a solas dos veces por semana, aunque fuese para recibir clases de música. Digamos que lo hacía para no darle celos, para que no sufriese.

Eso es absurdo.

No estás actuando con método. Te estás dejando llevar por la pasión. Yo lo que te pregunto es: ¿es posible o no es posible mi hipótesis? Imagínate por un momento que tengo razón, y veamos adónde nos conduce esa pista.

Vale, me lo imagino. ¿Y ahora qué?

Pues que, si fue así, como yo digo, ¿por qué tú me contaste que hacían las mismas cosas que viste en aquel vídeo de tus padres? ¿Por qué estabas tan segura si no lo viste con tus propios ojos ni tenías una sola prueba para fundamentar tu convicción?

Por un momento, Leo se quedó desconcertada ante la contundencia de mi frase.

No sé, pues porque eran amantes, y los amantes hacen todos lo mismo.

Pero ¿y si resulta que no eran amantes?

Ah, ¿no? Y entonces, ¿por qué huyeron juntos?

Y yo, metódico y paciente, atento a poner entre interrogaciones cualquier palabra:

¿Y cómo sabes que huyeron juntos?

Joder, desaparecieron el mismo día, ¿no?

¿Por qué estás tan segura de eso?, ¿qué pruebas puedes aportar?

¿Pruebas? Porque ese día el señor Ruiz fue a ver a mi madre para decirle que se iba.

O sea, que no lo sabes por ti sino por tu madre.

Sí...

Bien. ¿Ves cómo, con método, vamos avanzando en la investigación?, y le di un puñetazo en el hombro. Colega, mañana mismo vamos a ver a tus padres.

Bastantes de los episodios de esta historia son ahora dialogados, como en el teatro, cada cual interpretando el papel que le ha caído en suerte. Y es que en mi vida, como en todas las vidas, ha habido épocas en que ha predominado el género dramático, y esta fue una de ellas. Preguntar y escuchar, preguntar y escuchar, como Sócrates. Esta era la pasión que dominaba ahora mi vida.

Los padres de Leo seguían de porteros donde siempre, aunque estaban ya al borde de la jubilación. Habían envejecido mal. El padre se había encorvado y torcido y caminaba ayudándose con una muleta, o se apuntalaba en ella cuando estaba de pie. Daba pena verlo así, tan estropeado, con lo fuerte y atlético que había sido siempre. La madre había cerrado ya su consultorio de videncia y ahora se dedicaba a ver la televisión y a hacer ganchillo. A veces se quedaba dormida y seguía en sueños haciendo ganchillo como si tal cosa. En eso parecía haber quedado ahora su ilusión de vivir.

Nos sentamos los cuatro en el salón. La madre sacó de merendar, y merendamos, y luego limpió la mesa y puso cuatro copitas y una botella de whisky y otra de coñac. Nos servimos, bebimos, y enseguida empezamos con los interrogatorios. Les pregunté primero por el nombre completo de Ruiz, el pianista.

Don Arturo Ruiz, dijo el padre. Pero del segundo apellido no me acuerdo.

Miró a la madre, que se había puesto ya con el ganchillo: ¿Tú te acuerdas?

Era algo así como Méndez, o Menéndez, dijo ella. Manejaba la aguja a gran velocidad, y el ovillo de lana no dejaba de dar vueltas y saltitos en su falda. O Hernández. Algo así era.

Sí, algo así, dijo el padre. Era un nombre corriente.

¿Y era buen pianista? Quiero decir, si tocaba en público y si se ganaba la vida con eso. Porque yo había mirado en Internet y no encontré ni una sola noticia sobre él.

Ya lo creo que era bueno, dijo el padre. Supongo que muy bueno. De hecho, tocaba por temporadas en el Pasapoga. Vosotros no lo habéis conocido, claro, pero el Pasapoga era el cabaret más importante no solo de Madrid sino de toda España. Y uno de los mejores del mundo. Yo nunca he visto nada más lujoso que aquello. Era como un palacio, con salones y escalinatas, arañas, alfombras, cúpulas, columnas, terciopelos, de todo. Se cenaba, se bebía, se alternaba, había espectáculos y varietés por todo lo alto, con los mejores artistas del mundo, y luego se bailaba. Allí iba lo más selecto de la sociedad. A nosotros, don Arturo nos invitó una vez, ¿te acuerdas?

No me iba a acordar, si aquello fue como un sueño.

En el Pasapoga todo el mundo iba de rigurosa etiqueta. Allí no dejaban entrar a cualquiera. Y allí, por temporadas, don Arturo era el pianista de la orquesta. Una orquesta que tendría, qué sé yo, treinta o cuarenta músicos.

Se hizo un silencio largo y evocador, y cada cual acudió a su copa, y yo las rellené para que todos hablaran con mayor libertad.

Hugo quiere saber, dijo Leo, si su madre y el señor Ruiz eran amantes. Yo le he dicho que sí, porque eso es lo que eran, ¿no? A ver qué otra cosa iban a ser.

Los padres se removieron en sus asientos, incómodos, ganando tiempo, sin saber qué decir.

Bueno, dijo al fin el padre, y empezó a dar suavemente, nerviosamente, con la muleta en el suelo, yo supongo que ella venía a recibir clases de piano y de canto. Se les oía tocar y cantar. ¿Qué más podemos decir?

No tengan escrúpulos conmigo, les dije. La verdad ante todo. ¿Eran o no eran amantes?

¿Y eso quién puede saberlo?, dijo la madre.

Usted, que es adivina.

Ay, hijo, yo solo adivino el futuro.

¡Claro que eran amantes!, se sulfuró Leo. Eso lo sabía todo el mundo. ¿Por qué si no te iba a decir que el señor Ruiz era médico?

¿Y no era médico?, caí yo entonces en la cuenta. ¿Están ustedes seguros de que no era médico?, pregunté, frío e incisivo, arrastrando las palabras, siguiendo mi método de no descartar ninguna hipótesis, por ridícula que pareciese.

¿Médico don Arturo?, dijo la madre, sin levantar los ojos de lo suyo, y en el tono extrañado de su voz estaba la respuesta a su propia pregunta.

Una vez, dijo el padre, con el deje arduo de quien hace

memoria de algo remoto, y apuró la copa con un golpe de muñeca, y esto lo digo por decir algo, recuerdo que una vecina se cayó por las escaleras y se abrió la cabeza. Bueno, pues don Arturo bajó con un maletín, sacó de él lo que fuera y la curó allí mismo. Con esto no quiero decir que fuese médico, pero algo de medicina sí debía de saber.

Eso no me lo habías contado nunca, dijo Leo. Pero es igual, porque una cura de esas la puede hacer cualquiera. No sé por qué has tenido que sacar ahora esa reliquia, le recriminó al padre, que lo único que hace es confundir y embrollar las cosas.

Hija, yo digo lo que sé, dijo el padre.

Además, tu madre hablaba de un psiquiatra, ¿no?

Mi madre estaba mal de los nervios. Quizá la música era una forma de terapia.

Ya, de terapia. ¡Menuda terapia! Y entonces, ¿por qué huyeron juntos?

Y ahí aproveché yo para centrar la conversación en ese punto.

Esto es lo que yo quiero saber, si huyeron o no juntos. A ver si entre todos sacamos algo en claro.

Huyeron el mismo día y a la misma hora. ¿No habló contigo antes de irse?, le preguntó a su madre. Me acuerdo que te dijo, y eso me lo contaste tú, que cerraras el agua y las ventanas y que mirases en el frigorífico. Es decir, que huyó de repente y a toda prisa. Y eso ocurrió el mismo día en que huyó la madre de Hugo. ¿Es o no es verdad?

El mismo día y a la misma hora, dijo la madre, y por un momento suspendió la labor. Ay, hija, ¿cómo quieres que tenga yo recuerdos tan exactos de hace ya tantos años?

Pues yo bien que me acuerdo, dijo Leo, con un acento de rencor.

Cada cual se acuerda de sus cosas, dijo y concilió el padre

en tono magistral. No hay memorias iguales de un mismo suceso. Haz la prueba de algo que pasó ayer, y no digamos ya de algo antiguo, y de equis testigos no habrá ninguno que no haga del suceso alguna variación. Y además don Arturo viajaba mucho. De pronto se iba de turné y estaba fuera unos días, o semanas, o meses incluso. Daba conciertos por todo el mundo, o acompañaba a cantantes, o tocaba en hoteles y en salas de fiestas. Donde lo contrataran.

Pero aquella vez ya no volvió, dijo Leo. Aquella vez se fue ya para siempre, ¿no?

Pues no lo sé —el padre movió apesadumbrado la cabeza—. Yo no me acuerdo si se fue o no se fue para siempre. ¿Cómo me iba a acordar? Date cuenta que él trabajaba de noche, y cuando volvía de gira a veces tardábamos muchos días en enterarnos de que había vuelto. Era tan discreto que nunca se sabía si estaba en casa o de viaje.

O sea, que a lo mejor aquel día en que mi madre abandonó el hogar, el falso o no falso doctor Ruiz no se fue de aquí para siempre. Quizá ni siquiera desaparecieron el mismo día. O quizá él volvió, y siguió viviendo aquí y tú ni te enteraste, y miré a Leo.

Leo se llevó un dedo a la boca y se mordió la uña, furiosa, desconcertada.

Él no era español, dijo de repente la madre. Él era argentino.

En efecto, dijo el padre. Yo hice una gira por Argentina, y alguna vez hablé con él de su país. Recorrimos toda América, de norte a sur, con muchísimo éxito. Entonces la lucha libre estaba en su esplendor. Había salas de fiesta donde dábamos combates de exhibición. Los luchadores éramos considerados entonces casi como artistas. Son tiempos que ya no volverán.

De allí, y saltando de una cosa a otra, salió a relucir su

aspecto físico. ¿Cómo era Ruiz? Y tampoco en aquella cuestión se pusieron de acuerdo.

Era alto, y tenía un aspecto juvenil. Parecía un actor de cine, dijo Leo. O por lo menos así lo recuerdo yo, añadió, insegura ya de su memoria.

Tampoco era tan alto, dijo el padre, que él sí que era alto, y quizá se tenía a sí mismo como canon para juzgar la estatura de un hombre. Lo que sí era es muy elegante. Vestía a la bohemia, pero en fino, y con mucha clase.

Guapo, lo que se dice guapo, no era guapo, dijo la madre, pero sí atractivo, además de muy atento y caballeroso, que también es una forma de hermosura. Al despedirse, te hacía siempre una reverencia, y sonreía con mucha gracia. Ahora que recuerdo, era un poco calvo, ¿no?

Pero también en eso hubo discrepancias.

¿Y qué edad tendría?, pregunté.

Debía de andar ya por los cincuenta y tantos, dijo el padre.

¡Hala!, dijo Leo. ¡Cincuenta y tantos! Sería como Hugo y yo ahora, treinta y pico, cuarenta como mucho.

Estuvieron un rato discutiendo sobre su altura, su calvicie, su edad, sus atractivos físicos, y no llegaron a nada concluyente. Por momentos, parecían estar hablando de tres personas distintas.

Cuando salimos a la calle, yo iba muy enfadado con Leo, porque era ella la que me había contado (sin saber bien de lo que hablaba, dando por seguro lo que acaso era solo una fantasía o una sospecha) que mi madre y Ruiz eran amantes, y que quizá yo no era hijo de mi padre sino del falso doctor Ruiz, con lo cual yo empecé a mirar a mi padre con desconfianza y a cogerle ojeriza y a verlo como un pobre cornudo, e inventado además a un Ruiz alto, joven y guapo, y enfadado también conmigo mismo, por haberla creído tan ingenuamente, sin haber salido al menos en defensa del honor de mis padres. Ella, ella era la que había podrido mi mente y había destruido mi inocencia infantil, la que había destrozado mi vida y la de mis padres con su mala fe y su obsesión enfermiza con el sexo, y la que también y de paso había arruinado mi vida erótica y sentimental. Y ya iba a alzarme en imprecaciones y reproches, cuando oí un llantito reprimido e histérico. Iba encogida sobre sí misma, como abrumada por un peso, y sus pasos eran un tanto erráticos, y movía la cabeza como intentando sacudirse algo, supongo que la arpía de la culpa y del remordimiento. Y, de pronto, con una carrerita me adelantó unos pasos y va y se pone ante mí de rodillas, allí, en plena calle Mayor.

¡Perdóname!, ¡perdóname!, dijo, y lo repitió qué sé yo la de veces, y se abrazó a mis piernas con toda la fuerza de su desesperación.

Yo la levanté, y entonces me di cuenta de que, en el acto de inclinarme y levantarla, o más bien de invitarla a levantarse, porque apenas le toqué los hombros, había ya inevitablemente un gesto de perdón, y yo no quería perdonarla y por eso me sentí como víctima de un chantaje. Ella se levantó y se puso a llorar y a temblar en mi hombro y yo no sabía qué hacer, porque por un lado la acción de perdonarla me parecía un gesto de lo más hermoso, y era muy tentador aquel alarde de magnanimidad y de grandeza, pero por el otro yo quería hacerla sufrir, y demostrarle hasta qué punto era la responsable de los fracasos de mi vida, y que ella asumiera su culpa y que, poco a poco, perseverando en el arrepentimiento, se fuese ganando mi perdón. Oí cómo se sonaba los mocos, y luego le dio el hipo. ¿Y qué puede hacer uno cuando le piden perdón entre lágrimas, mocos, hipos y temblores?

Bueno, ya vale, ya está, le dije, de modo que no disfruté ni de la grandeza del perdón instantáneo, ni de los lentos placeres del castigo y del perdón concedido a crédito y cobrado con altos intereses y muy a largo plazo.

Había un bar allí mismo.

Ven, le dije, y le eché una mano por el hombro, y ella se encogió y se arrebujó contra mí, rodeándome el torso con los dos brazos, el rostro hundido en mi costado, entregada y sumisa como nunca, y entramos en el bar y nos tomamos un gintónic, y en todo ese tiempo ella no se atrevía a mirarme a la cara, siempre con el burujo del pañuelo en los ojos, y sacudida por el hipo. Pero con el segundo gintónic se fue calmando y entonces me pidió formalmente perdón. Que entonces era una niña, que qué sabía ella, que lo único que quería era ayudarme, que no era consciente del mal que podía hacer, que a lo mejor tenía razón y que quizá eran amantes de verdad, porque no había pruebas claras ni a favor ni en contra y todo seguía estando en el aire, y tanto habló y argumentó que al final no me dejó el menor resquicio para los muchos reproches que le tenía guardados.

Yo te he metido en esto y yo te sacaré de esto, dijo. Tú y yo hacemos una buena pareja, si no de amantes sí de detectives, y me arreó un puñetazo en el pecho. ¿Sabes lo que vamos a hacer mañana?

Y yo, como un gilipollas, dije:

Qué.

Vamos a ir por donde estaba el Pasapoga y les vamos a preguntar a los porteros y a los vecinos viejos de por allí. Tú y yo, los dos juntos, como siempre. ¡Joder, tío, te quiero!

Y salimos del bar reconciliados y contentos.

11

Tal como habíamos convenido, al sábado siguiente fuimos a investigar por los alrededores del Pasapoga y hablamos con algunos viejos, contando que éramos periodistas y que estábamos haciendo un reportaje sobre los años dorados de aquel local mítico, y especialmente sobre un pianista llamado Arturo Ruiz. Nadie lo conocía, nadie había oído hablar nunca de él. A los viejos, no hay más que sacarles a relucir los buenos tiempos de su juventud para que acudan en tropel, como moscas, y se pongan a disertar y a lucirse y a discutir entre ellos para llevar la voz cantante, de manera que nos dieron muchos detalles que no les pedíamos, pero ni uno solo de lo único que nos interesaba. Uno de los viejos, sin embargo, que nos recibió en su casa y nos pintó un panorama magnífico de aquel entonces, cuando ya íbamos a despedirnos, dijo, recordando de pronto:

Esperen. Había un músico que tocó toda su vida en el Pasapoga. Nos conocíamos del café, y llegamos a tener cierta amistad. ¿Cómo se llamaba? Creo que tenía por alguna parte una tarjeta suya.

Vació sobre una mesa un cajón repleto de papeles y, buscando entre los tres en aquella montaña, al fin logramos encontrarla. «Claudio Ros. Saxofonista», ponía, y su dirección.

Debe de ser ya muy mayor, dijo el viejo, y seguramente ya ni vive. Pero de haber alguien que conozca a ese pianista de ustedes, ese es él.

Y allá que fuimos esa misma tarde. Era una casa humilde en una calle angosta con muchos pequeños talleres de artesanos que iba a dar a la calle principal del Rastro.

Nos abrió la puerta su mujer y nos invitó a pasar a un saloncito donde el viejo músico se balanceaba en una mecedora. Debía de tener muchos años y era muy menudo, o más bien había encogido con la edad, los ojos achicados, la boca sumida como si no tuviera dientes, las muñecas y tobillos delgados como patas de pollo, y esa imagen contrastaba con su vestimenta, porque lucía una alegre camisa hawaiana, pantalones blancos impecables y zapatos de charol en blanco y azul de lo más elegante. La mujer era más joven, incluso mucho más joven, pero también era vieja, y también vestía prendas alegres y cuidadas. Tenían una música orquestal de fondo. La mujer bajó el volumen y se sentó en otra mecedora idéntica junto a su marido.

Vosotros diréis, dijo.

Por el telefonillo, Leo le había contado lo del reportaje, de modo que, antes de llegar a Ruiz, lo invitamos a hablar sobre sus experiencias en el Pasapoga. El viejo músico, que tenía una voz grave y melodiosa, comenzó a contar que él era uno de los pocos artistas (El único, lo corrigió su mujer, y él: El único, repitió) que habían trabajado en el Pasapoga music hall desde su fundación en 1942. Balanceándose al mismo ritmo y compás en sus mecedoras, atrás y adelante, se explayaron sobre los viejos tiempos. La mujer hablaba más que el hombre, pero el protagonista del relato era siempre el hombre, y solo al mucho rato nos enteramos de que la mujer formó parte del cuerpo de baile del music hall y que se habían conocido allí, hacia 1950. El viejo músico contó, siempre con la ayuda de la mujer, que lo interrumpía a menudo para glosar o puntualizar, su estancia en París, donde ejerció de músico callejero mientras ampliaba estudios de saxo, llegando a actuar en el Folies Bergère, donde acompañó a figuras de la talla de Maurice Chevalier, Édith Piaf, muy jovencita entonces, casi una niña, o Fernandel, entre otros. Después de la guerra, regresó a España.

En el Folies, una noche acompañé a Enrique Santos Discépolo en su inmortal *Cambalache,* que lo había compuesto hacía muy poco, y se puso a cantarlo, acompañado enseguida de su mujer, y cuerpeando los dos en sus mecedoras como si fuesen virtuosos del tango.

Callaron y se quedaron prendidos de un dulce ensueño, y yo aproveché la pausa para preguntar:

¿No conocieron ustedes en el Pasapoga a un pianista que se llamaba Arturo Ruiz?

Antes de que el viejo músico tuviera tiempo de hacer memoria, la mujer dijo que no.

Seguro que no. Yo conocí allí a todo el mundo y allí no había ningún Arturo Ruiz.

No era fijo, dijo Leo. Tocaba por temporadas, y era argentino, y daba conciertos clásicos.

¡Ah, entonces vosotros habláis de Arturo Turó!, dijo el viejo músico, sin dejar nunca de balancearse, adelante y atrás. Un pianista muy bueno, y todavía mejor persona. En efecto, el gran Arturo tocaba en el music hall cuando él quería, o cuando lo necesitaba, e hizo con los dedos la señal del dinero. Siempre había sitio para él. Pero a Arturo lo que le gustaba de verdad era la música grande, aunque ganara menos. Daba conciertos, siempre ante un público minoritario. Era experto en los Nocturnos de Chopin, y durante una época formó un cuarteto de cámara, piano, chelo, viola y violín. ¡Cómo sonaba aquello! ¿Te acuerdas?, le dijo a su mujer, y se puso a tararear un pasaje clásico, secundado de inmediato por la mujer, los dos meciéndose a ritmo, y el viejo músico llevaba ampulosamente el compás con las manos, como el director de un coro o de una orquesta.

Tú hacías un dúo con él.

Cierto, dijo el viejo músico. Interpretábamos juntos, como número de lucimiento, las *Czardas,* de Monti, y el *Tico tico,* dos piezas para virtuosos, difíciles de ejecutar si se tocan deprisa, que es como hay que tocarlas. Aquí donde me veis, que ya no tengo aliento para soplar una cerilla, yo era un buen saxofonista.

Muy bueno. De los mejores, dijo la mujer.

Y también tocábamos un poco de jazz con otros dos o tres músicos, y se puso de nuevo a tararear, y su mujer con él, y a marcar el ritmo con los dedos, y a esbozar pasos de baile en sus mecedoras también a compás.

¡Ah, qué tiempos! ¡Y la de celebridades que pasaron por allí! Jorge Negrete,

Ava Gardner,

Gary Cooper,

Sinatra y Machín,

Josephine Baker...

Yo los acompañé a todos, y también el gran Arturo, cómo no. En el music hall contrataban a grandes orquestas internacionales, y a veces a algunos de los músicos fijos nos integraban en ellas. Yo toqué bajo la batuta de Xavier Cugat.

¿Te acuerdas?, y ya iban a ponerse a hacer música cuando les pregunté si Arturo Turó era médico además de pianista. O si tenía, al menos, conocimientos de medicina.

El viejo músico se quedó desconcertado, y durante un rato solo se oyó el leve gemir de las mecedoras adelante y atrás.

Era un hombre muy culto, dijo la mujer. ¡Sabía tantas

cosas! Y daba gusto oírlo hablar. Pero, ahora que lo dice, yo tuve una vez un esguince en el tobillo y él me dio una friega y una crema y me lo vendó, y a la noche siguiente ya estaba yo bailando. Y siempre daba buenos consejos para ser feliz, para vivir en armonía, para no dejarse vencer por las penas. Aunque, la verdad, él tampoco era una persona especialmente alegre.

Los grandes artistas siempre tienen un fondo triste, dijo el viejo músico.

¿Estaba casado, o tenía pareja?

Casado no, pero a veces lo vimos con una mujer, y parecían muy enamorados.

¿Y cómo era la mujer? ¿Era menudita?

Era guapa, dulce, elegante..., y sí, creo recordar que también era menudita, dijo vagamente la mujer.

¿Y él? ¿Cómo era él físicamente?

Atractivo y seductor...

Refinado y apuesto...

¿Y qué edad tendría?, pregunté.

Era mucho más joven que nosotros, dijo la mujer. Cuando lo conocimos, allá por los años sesenta, debía de andar por los veintitantos, treinta como mucho, y se quedó pensando, como insegura de sus propias palabras.

Quizá haya por ahí algunas fotografías suyas.

Y, en efecto, las había, pero eran todas fotos de conjunto, en blanco y negro, de poca calidad y desgastadas por los años, donde se veía a alguien tras un piano, pero sin que fuera posible precisar su cara o su figura.

Nos miramos desalentados. El viejo músico y su mujer, después de haber examinado las fotografías, se columpiaban ahora con los ojos cerrados y concertados ambos en una expresión inocente y feliz.

¿Y no han vuelto a saber nada de él?, preguntó Leo.

Y cuál no sería nuestra sorpresa cuando la mujer dijo, sin abrir los ojos ni alterar el balanceo:

Sí, lo vimos hace años, ¿verdad?

Unos ocho o diez, diría yo.

Nos lo encontramos aquí mismo, en el Rastro.

Nos dimos un abrazo y no supimos qué decir.

Estaba muy envejecido y parecía enfermo.

Nos preguntamos lo que se pregunta en esos casos, qué tal nos iba, y los dos, supongo que por decir algo, dijimos que bien.

¿Iba solo?, pregunté yo.

No, con una mujer. Nos la presentó como su esposa.

Con voz atropellada yo pregunté si era la misma de antes, cuál era su nombre, cómo se llamaba, qué aspecto y qué edad tenía, pero ellos no se acordaban de su nombre, y en cuanto a su aspecto solo sabían que era también mayor, y que llevaba un sombrerito de terciopelo con un aderezo de bayas y cerezas, eso es todo lo que recordaban.

Fue un encuentro muy breve, dijo la mujer.

Debía de ser domingo, porque la calle estaba a rebosar de gente.

¿No dijo algo de regresar a la Argentina?, preguntó el viejo músico.

Sí, es posible, dijo la mujer, y se quedó pensando, con los ojos cerrados y los dos dándoles con ganas a las mecedoras, adelante y atrás, y allí los dejamos, perdidos en el tiempo, acunados por el ritmo orquestal que sonaba de fondo.

Todo es inconcreto, todo es confuso, le dije a Leo ya en la calle. Nada es lo que parece. Ningún camino lleva a ninguna parte. Cuando vamos a alcanzar algo, se nos convierte en espejismo. Ya no sabemos si Ruiz era joven o viejo, alto o bajo, guapo o feo, si era o no era médico, o si huyeron o no juntos. Cuanto más investigamos, menos sabemos de él. Antes lo conocíamos mejor, y todo era más seguro, porque creíamos que era joven y apuesto, que era amante de mi madre, que era solo pianista y que después huyeron juntos. Es decir, el Ruiz que tú te inventaste.

No me lo inventé. Esas cosas no se inventan. Quizá la mujer que iba con Ruiz era tu madre, y ahora viven los dos en Argentina. Es lo más lógico de todo.

¿Lógico? En esta historia no hay nada lógico. Esta historia es como mi vida, un completo absurdo. Pero, bueno, sea como sea hemos llegado al final y ya no queda nada por hacer.

Eso pensaba, y más cuando busqué noticias de Arturo Turó y solo encontré una mención de pasada sobre un concierto en una pequeña universidad francesa. Anduvimos así muchos días, intentando archivar el caso y olvidar el pasado, taciturnos y huraños, hasta que una noche de desvelo, dándole vueltas al caso, se nos ocurrió visitar los inmuebles que administraba mi padre y hablar con quienes lo conocieron, a ver qué nos decían. Y de paso, yo aprovecharía al fin para limpiar su nombre y reparar su honor, porque pensaba contarles a todos la verdad sobre el robo de los relojes, y cómo mi padre, noble y abnegado, cargó con la culpa para librarme de ella a mí. Era lo menos que podía hacer por él.

Casi todos los porteros, proveedores y contratistas de la época de mi padre se habían jubilado o habían muerto, los dueños de las joyas y relojes ya no vivían allí, pero así y todo, entre unos y otros logré encontrar a cuatro de los de entonces, y a los cuatro les conté la verdad, y les rogué que la difundieran por todos los inmuebles. Ninguno de los cuatro tenía noticias de su muerte. Pero el último de ellos, al decirle yo que había muerto poco después del robo, y que acaso fue el disgusto lo que lo mató, arrugó la cara con un gesto de infinito asombro y así se quedó durante un buen instante.

No puede ser, dijo como para sí mismo.

Sí, murió en mil novecientos noventa y cuatro.

No, eso es imposible, y no salía de su extrañeza.

¿Qué quiere decir?

Que no puede ser, porque alguien lo vio años después, y estaba tan vivo como nosotros ahora mismo.

¿Alguien? ¿Qué alguien? —yo estaba ahora aún más desconcertado que él.

Un jefe de obras que trabajó mucho tiempo para tu padre. Un tal Galindo. Ya murió.

No, dije yo, con una sonrisa amarga, desgraciadamente no es verdad. Debió de confundirlo con otro.

No, no, era tu padre. Lo vio y habló con él. Galindo y yo lo estimábamos mucho, y por eso me lo contó con gran detalle.

Yo sentí por la espalda una culebrilla de terror, y aunque quise hablar, preguntar, saberlo todo en un instante, no me salían las palabras, y hasta me faltaba el aire para respirar.

Me acuerdo muy bien del año y hasta del día, porque fue el uno de enero del dos mil dos, justo cuando salió el euro. Galindo y su señora, me contó Galindo, fueron ese día a comer a Aranjuez, para estrenar los billetes, y porque tenían por allí a un familiar, y paseando esa mañana por los jardines se encontró con tu padre. Iba solo, me contó Galindo, y estaba muy bien, más delgado, mucho más delgado, y con un aspecto juvenil. Hablaron, y tu padre contó que había estado dos o tres años en la cárcel, en el penal de Ocaña, y que al salir, ya se quedó a vivir por allí. Eso es lo que me contó Galindo. Y ahora vienes tú y me dices..., y se quedó cavilando. ¿Tú lo viste muerto?, ¿tú estuviste en el entierro?, me preguntó.

Y a mí me faltaron las fuerzas para hablar y apenas pude negar con la cabeza. Yo había pensado al principio preguntar por Olivia, qué había sido de ella, pero ni me acordé de semejante asunto, sino que salí a la calle como un sonámbulo y como un sonámbulo llegué a casa, y necesité aún recuperarme para poder contarle a Leo aquella noticia, que todavía hoy conserva la misma aura de irrealidad que entonces.

Ahora entendía que mi madre urdió su muerte para alejarme de ellos y expulsarme de sus vidas de una vez para siempre. Quizá por eso no tenía derecho a buscarlos, en el caso de que vivieran juntos, pero mi anhelo de concordia, de arrepentimiento y de perdón, y el amor tardío que ahora sentía por ellos, y la pura curiosidad, eran más fuertes que cualquier otro escrúpulo. Así que nos pusimos a buscarlos, y con esa búsqueda y poco más, me acerco ya al final de mi historia.

12

Como yo sospechaba, sus nombres no constaban en la guía telefónica. Solo quedaba ir a Aranjuez y recorrer sus jardines esperando a que algún día, en algún momento prodigioso, apareciesen por allí, si es que vivían juntos. Era principios de primavera, y durante algunos fines de semana Leo y yo nos íbamos bien temprano en el coche a Aranjuez, dormíamos en cualquier pensión, y nos pasábamos las horas en los jardines, vigilando los senderos y aguardando el prodigio, aunque a mí me parecía imposible que algo así pudiese ocurrir en la realidad, o por lo menos en mi realidad. Como a mi madre le gustaba tanto la música, merodeábamos en torno a todo tipo de conciertos, y como mi padre era tan religioso, merodeábamos por las iglesias a la salida de las misas, y a veces paseábamos por las calles principales y por los lugares más vistosos y concurridos.

En aquellos días, Leo y yo hablamos mucho de nuestro futuro. De nuestro hijo, de cómo sería nuestra vida en el campo. Hablábamos con calma, con dulzura, y sobre todo con realismo. Hablábamos del porvenir como si recordásemos algo que sucedió en nuestro pasado, en un pasado remoto y ya borroso, y que ahora volvía a la memoria como las notas de una canción largamente olvidada. Cuando callábamos, compartíamos el mismo silencio, arrullados por el rumor sedante de las fuentes. No nos preguntábamos cuánto tiempo seguiríamos esperando. Al contrario, nos gustaba pasar allí los sábados y los domingos, sin nada que hacer sino vivir en un estado de expectación, pero también de serenidad. Un fin de semana que amaneció lluvioso, recorrimos y exploramos en coche los alrededores de Aranjuez, y aún más allá, mucho más allá, hacia la Castilla más profunda, y descubrimos y exploramos pueblos pequeños, algunos abandonados o habitados por unos pocos viejos, llanuras baldías, campos florecidos, arroyos y arboledas, todo tan bello y tan solitario y dejado de la mano de Dios, y no necesitamos hablar para compartir un mismo pensamiento y una misma ilusión.

Y así pasó el tiempo, y tan obcecados estábamos con los jardines, que hasta un domingo de finales de abril no se nos ocurrió ir a preguntar a las residencias de ancianos, donde acaso pudieran darnos norte de ellos. Decíamos quiénes éramos, nos identificábamos, y, para evitarnos explicaciones, contábamos que habíamos vivido en el extranjero durante muchos años, y en las dos primeras residencias miraron en los archivos y no encontraron ni rastro de ellos, pero en la tercera, en cuanto oyó sus nombres, la chica de la recepción dijo:

¡Anda!, ¡don Hugo y doña Clara!, y nos preguntó quiénes éramos.

Yo soy su hijo, dije, y en ese momento no tuve valor para mentir sobre mi pasado, o quizá es que me urgía mucho, y me quemaba ya en la lengua, la pregunta que necesitaba hacer y cuyas palabras se me atropellaban en la mente:

¿Quiere decir que, no sé, que viven, es decir, que viven juntos, los dos, y que están vivos?

La chica se quedó muy sorprendida, se rio de buena gana y dijo:

Voy a llamar a la directora.

Mientras esperábamos, di unos pasos y me asomé a un pasillo. Al fondo había un gran ventanal lleno de luz que daba a un jardín muy bien cuidado por cuyos senderos se veían ancianos caminando o sentados en algún banco. La inminencia del prodigio me dio tanto miedo que, de no ser por Leo, habría huido de allí, espantado de lo que estaba a punto de ocurrir.

Vámonos, le dije, por favor, vámonos.

Tenía hormiguilla por todo el cuerpo.

Leo me agarró la mano y dijo:

Chsss.

En eso estábamos cuando apareció la directora, anunciada por un enérgico y diligente taconeo. Era una mujer madura, de buen ver, y con un aire grave y distinguido. Nos dio la mano, y enseguida ladeó el rostro y entornó los ojos con una expresión intrigada y vehemente de curiosidad:

¿Así que usted es hijo de don Hugo y de doña Clara?

Algo en el tono de su voz me invitó a identificarme, y lo hice, y ella tomó el carné con dos dedos pero ni siquiera lo miró.

¿Cuánto tiempo hace que no los ve?

Muchos años. Casi veinte. ¿Sabe? Es una historia muy larga de contar.

En realidad, yo fui la culpable, dijo Leo.

No, no, dije yo, todo fue un malentendido...

Con una mano afable y categórica, la directora nos impuso silencio.

Vengan conmigo, dijo.

Nos llevó a su despacho y allí nos explicó que don Hugo y doña Clara llevaban viviendo muchos años en Aranjuez, que desde hacía tres, desde que doña Clara perdió casi por completo su autonomía, ingresaron en la residencia, que nunca les habían dicho que tenían un hijo, que se querían mucho y que a pesar de la edad y de las adversidades parecían muy enamorados, que siempre estaban juntos y que no sabían vivir el uno sin el otro.

Les cuento esto porque doña Clara no los va a reconocer. No reconoce ya a nadie. Pero don Hugo sí, porque aunque tiene fugas y lagunas de memoria, y las funciones cognitivas muy deterioradas por la edad, a pesar de eso, conserva un resto de lucidez. En cuanto a doña Clara, y yo noté que estuvo a punto de decir «su madre» pero que al final se arrepintió, no intente comunicarse con ella con palabras. Es inútil. Pero debe saber que conserva la memoria emocional, y que quizá, a través del tacto, de la mirada, de la sonrisa, del tono de voz, reconozca más cosas de las que nosotros suponemos.

Nos levantamos, por un corredor salimos al jardín, y caminamos por sus veredas y glorietas, no al azar, buscándolos, sino a tiro hecho, y como la directora se imaginó nuestra extrañeza, dijo:

Ellos están casi siempre en el mismo lugar. Aquí todos lo saben y todos respetan ese pequeño privilegio.

Mientras estábamos en su despacho, tan pulcro y luminoso como su dueña, yo me había ido serenando y haciéndome fuerte en la idea de que era yo y solo yo quien había tomado la iniciativa de buscarlos, en tanto que ellos, contentos y felices, engolfados en sí mismos, no habían hecho nada por encontrarme a mí, o al menos por saber qué sería de su hijo. ¿Tanto daño les había hecho para tanto rencor y tanto olvido? Al resguardo de esa idea, yo me sentía ahora aplomado, y hasta crecido, y dispuesto a exigir un desagravio en el caso de tener que defender ante quien fuese mis derechos de hijo. Por fuera, sin embargo, debía de tener una cara desencajada por la emoción, porque tanto la directora como Leo me daban ánimos y suavemente me agarraban del brazo, como para ayudarme a andar. Me acordé de aquella escena de *El verdugo,* cuando entre todos tienen que sostener al verdugo, como si la víctima fuese él y no el reo. Y así fuimos hasta que, al revolver un recodo, la directora nos detuvo y señaló con la barbilla:

¿Ve?, me dijo. Allí los tiene.

Estaban sentados en un viejo banco de madera bajo un dosel de hiedra. El banco estaba metido en un entrante, entre dos pilastras, y adosado a un muro de piedra cubierto de verdín. Aquel rincón íntimo y umbrío tenía algo de estampa romántica, de delicado idilio de otros tiempos. Mi padre, robusto pero no gordo, vestía un impecable traje claro de lino y apoyaba ambas manos en el puño de un bastón, y mi madre lucía un elegante vestido de color rosa pálido. Los dos, concertados en una misma actitud, miraban al frente, pero no a nosotros sino más bien a su propio y exclusivo horizonte.

Vayan, y hablen con ellos, nos apremió la directora. Yo me quedaré por aquí cerca. Y ahora mandaré que les traigan dos sillas.

Leo me empujó, para que fuese yo delante, y yo avancé y me planté ante ellos, con la sola fuerza de mi figura por toda causa y fundamento, como si dijese: Este soy yo, aquí me tenéis ante vosotros, y esto es todo lo que puedo ofrecer, mi presencia, y con ella, la voluntad de buscaros, de haber recorrido un nada fácil laberinto, y el mundo entero si hubiese hecho falta, hasta llegar aquí, donde al fin os encuentro. Y pensé aún: Donde os habíais escondido de mí.

Ellos me miraron con un semblante risueño y beatífico, supongo que el mismo que hubieran ofrecido a cualquier otro que apareciese por allí. Pero entonces, al ver que mi madre llevaba en la mano una rosa roja envuelta en papel celofán, recordé que aquel día, 24 de abril, era su cumpleaños. Cumplía 66, pero conservaba intacto lo esencial de su belleza juvenil. Me incliné hacia ella:

Felicidades, mamá.

Ella acentuó apenas su sonrisa, pero por la mirada y la expresión entera de su rostro se notaba que no sabía a quién le sonreía, ni por qué. Mi padre, sin embargo, me miró con la boca chafada de asombro y extendió un brazo, como si estuviera ciego, para tocarme el rostro:

¡Huguito! ¿Eres tú?

Sí, papá, soy yo, que he vuelto.

¡Has vuelto! ¡Oh mundo prodigioso! Estaba muerto y ha vuelto a la vida, se había perdido y ha sido hallado. ¿Y cómo te ha ido en tu viaje? ¿Has encontrado lo que buscabas?

En ese momento trajeron las sillas y nos sentamos frente a ellos.

Mira, esta es Leo, mi mujer.

Leo le dio dos besos, y otros dos a mi madre, que seguía con su sonrisa inocente y feliz.

Así que vivís aquí, le dije.

Él se distrajo un instante, y al mirarme otra vez comprendí que la distracción se había consumado ya en olvido.

Volví a repetir de otra manera la pregunta:

¿Lleváis mucho tiempo viviendo en Aranjuez?

Es verdad, debemos de llevar aquí mucho tiempo. Estuve en el penal de Ocaña y tu madre se vino a Aranjuez para esperarme y estar cerca de mí. ¿Sabes, Huguito? Las reinas y las princesas venían todas a morir a Aranjuez. Pero hoy es un día alegre. Hoy nos van a preparar una comida especial para celebrar el cumpleaños, y miró alrededor como olfateando el aire. Ya es el tiempo de los espárragos.

Estuvimos un rato en silencio, sin saber qué decir.

Así que huiste de la casa del padre para recorrer el mundo

y gastar tu herencia y ahora has vuelto al hogar. ¿Tú también vives aquí?

Somos campesinos, dijo Leo. Cultivamos productos ecológicos. Hacemos nuestro propio pan. Y pronto tendremos un hijo. Van a ser ustedes abuelos.

Entonces habrá que enseñarle a andar, a hablar, a comer, a todo. Los niños aprenden y nosotros, los viejos, desaprendemos. Nosotros cada vez andamos peor, hablamos peor, nos aseamos peor, y en todo vamos a peor. ¿Ves, Huguito? Los extremos se tocan. ¿Ves?, y abrió la boca y se señaló con el dedo, ya no tengo ningún diente mío. Se me cayeron todos, y se quedó absorto en ese pensamiento.

Y vivimos cerca de aquí, dije yo. Así que ahora vendremos a veros a menudo. ¿Me oyes, mamá?, y le agarré una mano y se la apreté, os visitaremos casi todos los días.

Ella no alteró su sonrisa dulce y celestial.

Así que el hijo ha vuelto a casa, donde reina la abundancia. Ay, Huguito, aquí tenemos de todo y estamos en la gloria. Yo tengo cuatro trajes hechos a medida, dos de verano y dos de invierno, y a tu madre no le caben ya en el armario los vestidos. Antes íbamos a pasear por los jardines y a tomar el aperitivo con nuestros trajes nuevos, pero ya no nos dejan ir solos. ¡Y aquí estamos tan bien! Tenemos calefacción en invierno y aire acondicionado en el verano, misa a diario, clases de punto, de ajedrez, de papiroflexia, y rara es la tarde que no hay atracciones, músicos, humoristas, magos, teatro, baile, fiestas de disfraces. ¿Verdad, Clarita? Y luego, en tono pícaro: Quizá hoy también nos pongan langostinos.

¿Qué tal está mamá?

Bien, bien, aunque ella nunca fue una gran cocinera.

A mí me gustaban sus platos. Estaban muy ricos.

Ella no nació para la cocina. Los ángeles no saben guisar.

Pero aquí se come muy bien. Hacen unos platos de cuchara riquísimos. Y el cocido, con su tocino y su morcilla. Hoy nos pondrán también una tarta de hojaldre, nata y chocolate, con sus velas de colores. Y habrá regalos y canciones, y yo diré unas palabras, y luego habrá baile. ¿Me oyes, Clarita? Hoy es un día grande.

Me alegro de que estéis tan bien.

Aunque, eso sí, aquí cocinan con muy poca sal. Y de vino, solo un culito. Pero yo me bebo el de tu madre y alrededores, y se echó a reír con reminiscencias de sátiro. Y tenemos muy buenos doctores.

Cuando vengamos a visitaros, podemos ir a comer a un restaurante.

Él desmesuró los ojos ante esa perspectiva.

Yo conozco algunos buenos por esta zona. Pero tengo los dientes postizos y, ¿ves?, mira, me bailan en la boca, dijo con amargura, y movió la cabeza lleno de pesimismo. La carne me da mucho trabajo, y el turrón ya no puedo con él. Hasta la sopa se me derrama por la boca, y me tienen que poner un babero para que no me manche.

He vuelto, papá, le dije, para sacarlo de su tristeza.

Es verdad, dijo él. Clarita, nuestro hijo ha vuelto a casa. Dadle los mejores vestidos y el mejor calzado, y sacrificad el becerro más gordo y hagamos una fiesta en su honor. ¿Ves, Huguito? Dios existe, los milagros existen, y cerró los ojos y alzó la cara al cielo, como ofreciéndola a la inspiración divina. Si vamos a comer fuera, pediremos albóndigas y pastel de cabracho, ya te enseñaré yo el camino, y se quedó así, con la cara en alto, la boca entreabierta y medio adormilado.

Me hubiera gustado preguntar muchas cosas, entre ellas por qué no habían intentado buscarme en todos esos años, y luego abrazarlos y llorar en sus brazos, pedirles perdón, reconocer cada cual sus culpas y errores y reconciliarnos de una vez para siempre, pero era inútil, porque hasta mi padre parecía vivir en otro mundo, en una dimensión de la realidad a la que solo tenían acceso ellos. Y además para qué, pensé. Tanto hacer planes, tanto construir y demoler, tanto esperar el prodigio, para venir a parar a esto, a una conversación rutinaria, de tema casi exclusivamente gastronómico, carente de toda emoción y cariño, porque ni ellos ni yo nos habíamos echado mucho en falta ni parecíamos muy afectados por el reencuentro, después de tanta ausencia. Al contrario, yo estaba ya deseando irme (ya he cumplido, llegué a pensar incluso), y a ellos supongo que les ocurría lo mismo, porque varias veces mi padre había mirado el reloj y ahora salió del sopor para preguntar:

¿Qué hora es?

Ya pasa de la una, le dije.

Aquí se come a la una y media, así que habrá que ir levantando la sesión.

Y eso hicimos. Se pusieron en pie, se agarraron del brazo y, muy despacito, nos fuimos yendo hacia la entrada. Mi madre, liviana y de pisadas leves, caminaba como ingrávida con su sonrisa celestial y su rosa en la mano, y mi padre, aunque arrastraba un poco los pies, andaba tieso y hasta con una elegancia y apostura que yo nunca hubiera sospechado en él. Y le había desaparecido por completo la joroba. No quedaba ni rastro de ella.

Nos despedimos en la puerta del comedor.

¿No hueles ya a paella?, dijo.

De pronto hizo el gesto de quien recuerda algo importante de repente, se echó la mano al bolsillo, sacó una moneda de un euro, nueva y reluciente, y antes de entregármela me dijo:

Diviértete, Huguito, pero no olvides que Dios todo lo ve, y se metieron en el comedor.

Cuando salimos de la residencia, yo estaba confuso como nunca hasta entonces. No entendía que la vida pudiese ser tan irrisoria, tan fea, tan trivial, y a la vez tan dramática, tan misteriosa y llena de belleza... Un breve río hacia la mar, es cierto, pero un río tan ancho y caudaloso que sus orillas no se ven ni se logra hacer fondo. Todo tan evidente y tan sencillo y todo a la vez tan extraño, tan inexplorado. Todo tan a la vista y todo tan ignoto. Y tan superficial como profundo. Y todo esto, este extraño negocio de vivir, con su mágico laberinto, con sus grandes palabras y sus grandes promesas de futuro, con su incansable afán de plenitud, y todo más soñado siempre que vivido, todo esto, ¿qué sentido tiene?, ¿en qué proporción se mezclan lo ridículo y lo sublime, lo trascendente y lo banal, la comedia y el drama, la épica y el folletín...? Era domingo, y yo caminaba con mi moneda nueva bien guardada en el puño. Y así iba, intentando sacar una moraleja para mi historia, cuando cerré los ojos, súbitamente deslumbrado por el sol, y me llené por dentro de chiribitas y explosiones de luz.

Tengo hambre, ¿tú no?, dijo Leo.

Y allá que nos fuimos también nosotros a comer. Y en eso, ¡oh mundo prodigioso!, quedó todo el prodigio.

13

Y ahora ha pasado el tiempo, es noche cerrada de septiembre y nosotros estamos aquí, en la plaza de este pueblo cuyo nombre yo no conozco, quizá Leo sí, sentados en un banco y esperando a que amanezca, esperando no sabemos bien qué. Leo se ha dormido hace ya tiempo, reclinada en mi hombro, pero a mí no me viene el sueño y me he pasado las horas a vueltas con mi vida, a ver si así logro entender algo de ella, averiguar por qué vericuetos he llegado hasta aquí, hasta este pueblo y hasta esta noche de septiembre, e intentar entrever qué ocurrirá mañana, qué nueva sorpresa me tendrá reservada el destino, y si será un drama, una comedia, una novela de aventuras o qué. Y para mejor contar mi vida, con orden y rigor, me he imaginado que me dirigía a un auditorio fiel de pelucandos: Señores, amigos, cierren sus periódicos y sus revistas ilustradas, apaguen sus móviles, pónganse cómodos y escuchen con atención lo que voy a contarles. Y les he contado mis andanzas, desde aquella tarde lejana en que mi madre me confió su secreto —y ese fue el manantial de donde brotó inexorable el río de mi vida—, hasta esta noche de septiembre, hasta este mismo momento en que apenas queda ya nada que contar.

Llevamos sentados en este banco desde ayer por la tarde. Antes estuvimos viendo una finquita de ocho hectáreas que vendían aquí cerca. La encontramos por casualidad. Se vende, ponía en el portillo, y nosotros paramos el coche y entramos a ver y a preguntar. Desde mayo hasta hoy, hemos recorrido muchos pueblos, algunos casi abandonados y ya en ruinas, y visitado muchas tierras en arriendo o en venta, buscando un lugar propicio donde establecernos como agricultores e iniciar así una nueva vida, para nosotros y para nuestro hijo, que ya está en camino. Y de todas las tierras que hemos visto, ninguna nos gustó tanto como la de ayer. Era el lugar exacto con el que habíamos soñado. Una buena tierra de labor, con buenos pastos, cercada, con huerta, con viña y olivar, con colmenas, con tinado, con una charca grande, y un gallinero con sus gallinas, y una pequeña casa rústica que resultó estar, para rematar la ilusión, junto a un arroyo de aguas claras y alegres. ¿Qué más podíamos pedir? El encargado de enseñarnos la finca, cuando nosotros le hablamos de nuestros planes, nos dijo que, bien atendida, aquella tierra daba mucho de sí, no para hacerse rico, claro, pero sí para vivir bien y hasta con cierta holgura. Nos dijo también que el dueño, ya viejo, y con hijos que habían emigrado a Madrid, no quería arrendarla sino venderla, y eso sí, con el dinero por delante. El precio nos pareció caro, pero nosotros habíamos vendido ya la peluquería y no solo podíamos comprarla sino también reformar la casa, y hacerla más grande y confortable, al gusto de nuestros sueños juveniles.

Nos gusta, le dijimos, y es posible que la compremos. Pero antes queremos pensarlo y hablarlo entre nosotros.

Me parece muy bien, dijo el encargado. Pero si quieren apalabrarla dense prisa, porque hay otra familia que anda también detrás de ella.

Estuvimos más de dos horas recorriendo la finca y mirándola a fondo. Leo, que había aprendido mucho en esos meses de las cosas del campo, se puso a hablar de ovejas, de vacas, de cultivos ecológicos, de un tractor de segunda mano, de huevos camperos, de quesos, de una página web donde anunciar nuestros productos. Hablaba con entusiasmo pero con realismo. Y se veía que estaba contenta y feliz. En cuanto a mí, no sé bien qué decir, porque por un momento, mientras oía a Leo, tuve una crisis de vocación, como de las que hablaba el brigada Ferrer. Miré la tierra cuarteada y la hierba reseca por el largo verano, oí el cloqueo ronco de una gallina y el pito sinfín de las chicharras, y entonces me imaginé viviendo allí, vestido de campesino, y pensé que, en efecto, ese era el tipo de vida que había anhelado tantas veces, pero ahora que estaba a punto de tocar el sueño con los dedos, ya no acudían a mi mente las escenas idílicas de antes, con sus ciervos mansos bajando a beber al arroyo, la alta hierba de la pradera mecida por el viento o la plenitud épica de los grandes horizontes, sino cosas más ciertas y menudas, el azadón, el tractor, el ordeño, el pienso y el estiércol, y entonces me fue entrando la tristeza, y más aún cuando de pronto se me vinieron a la imaginación, con un verismo sobrecogedor, los largos y tediosos anocheceres del invierno ya próximo, los dos junto a la lumbre, horas y horas, sin saber qué hacer o qué decir, quizá viendo la televisión, como siempre, agotados por el trabajo y con la amenaza de un mañana idéntico al ayer. De repente no supe si esa era la vida que yo quería llevar. No lo sabía. No sabía si quería o no ser campesino. Me sentí cansado, sin ganas ya de pelear, y sin fuerzas ni voluntad para enfrentarme al porvenir.

Algo debió de barruntar Leo porque me preguntó con un eco anheloso en la voz:

¿Qué te parece?

Bien, bien, respondí, y se notó mucho que dije dos veces la misma palabra para disimular mi escasa convicción.

¿Solo bien? ¿No era esto lo que tú habías querido siempre?

Entonces desperté de aquella breve pesadilla y me acordé de mi padre, y una vez más vino en mi auxilio aquello que él decía de que todo en la vida es negociable, y que hasta con Dios se puede negociar. Y es verdad. Si no con todo, uno tiene que aprender a negociar con muchas cosas, empezando por uno mismo, y también la felicidad se negocia, y los sueños y las ilusiones también se negocian, y del mismo modo que antes evoqué los tediosos anochecеres del invierno, ahora me imaginé las lluvias mansas del otoño y el paso gustoso del tiempo, lejos y a salvo de los míseros afanes del mundo y de los hombres. Respiré hondo, y tal como llegó la tristeza se fue, y otra vez me volvió la alegría de vivir. Así, sin más ni más. Aquello parecía de nuevo un folletín, con su final lacrimoso y feliz.

Como tardaba en responder, Leo enfatizó en tono retador:

¿Es o no es esto lo que tú querías?

Sí, esto es, dije. Es el lugar ideal. Si no somos felices aquí, no lo seremos nunca en ningún lado.

Leo sonrió y me amagó un puñetazo al estómago:

Eso mismo creo yo, dijo, y sin más hablar, fuimos a ver al encargado y lo informamos de nuestra decisión, y él nos dijo que hablaría con el dueño y que este nos llamaría al móvil para concertar una cita.

Ágiles y resueltos, nos fuimos al pueblo, nos sentamos en una terracita que había en la plaza, en esta plaza donde estamos ahora, y yo me tomé unos cuantos gintonics, y hablamos con alegría, pero sin euforia, de nuestro futuro. Estábamos contentos de verdad, felices y serenos como pocas veces en la vida.

Pero pasó el tiempo y el móvil no sonaba, y nosotros no teníamos a nadie a quien llamar y preguntar. Caminamos un rato por el pueblo y luego regresamos a la plaza y nos sentamos en este banco y nos pusimos a esperar, solamente a esperar, un tiempo en estado puro, sin otro contenido que no fuese la espera. Y lo que son las cosas. Enfrente, al otro lado de la calle, había una peluquería. Como tenía el toldo echado, Leo al principio no se dio cuenta, pero yo sí. La reconocí nada más verla, los espejos, una silueta blanca moviéndose apenas por un entorno que me era tan odioso como familiar, y yo creo que incluso antes de verla la adiviné por el olor y por el puro instinto de la fatalidad. ¿Sería aquella una señal del destino, como ya había ocurrido en otras ocasiones? Una luz de alarma se encendió en mi conciencia, y ya iba a engolfarme en algún pensamiento sombrío, cuando de repente hubo un revuelo en la plaza. La gente corría, gritaba y elevaba los brazos con grandes gestos de adioses y saludos. Algunos se subieron incluso al templete de la música, a las farolas y a los árboles para mejor ver y ser vistos. Otros sacaron sus móviles y se pusieron a hacer fotografías. Un globo aerostático multicolor cruzaba sobre la misma plaza, y también los viajeros nos saludaban jovialmente con las manos, y como volaba tan bajo y el aire de la tarde era tan transparente podían distinguirse sus caras risueñas, y los alegres colores de sus vestimentas. Había uno que iba vestido o llevaba una careta de payaso, y que nos sonreía con su enorme sonrisa roja e inalterable. Hacía una tarde calma y limpia, y la luz, que ya empezaba a declinar, definía sin violencia las cosas. Cuando pasó el globo, la gente se quedó triste, en silencio, como desencantada. Empezaba a atardecer y a refrescar, y poco a poco, cada cual fue desfilando hacia su casa.

¿Sabes lo que te digo?, le dije a Leo. Que el dueño ha cerrado el trato con los otros. Por eso no llama, ni llamará. ¿Para qué? Su silencio lo dice todo.

Leo no contestó, y también su silencio lo decía todo.

Al rato, salió el peluquero, aún con la chaquetilla blanca, le dio a la manivela y recogió el toldo. Y según lo recogía, fue apareciendo poquito a poco un cartel cuyo mensaje yo presentí desde el primer momento: Se vende o se traspasa, ponía. Volvió a entrar, reapareció enseguida vestido de calle, apagó los fluorescentes, cerró la puerta y se marchó. Leo y yo no nos dijimos nada, qué nos íbamos a decir, y ni siquiera nos miramos, pero yo sé que los dos sentimos el roce de la fatalidad, y supimos que justo en ese instante se iniciaba un nuevo capítulo en nuestras vidas.

Finalmente se apagaron las últimas luces, y solo quedó en la plaza desierta una farola, una pobre y pálida farola escondida entre un rumor de árboles, y arriba el cielo cuajado de estrellas y la noche protectora a nuestro alrededor. Y nosotros, sin fuerzas para buscar un sitio en que dormir, nos quedamos aquí sentados, descansando, porque creo que eso es lo que necesitábamos, descansar. Leo se acurrucó en mi hombro y se durmió enseguida. Pero yo, incapaz de dormir, no he dejado de recordar y pensar en mi vida, buscándole un sentido, un argumento, una moraleja, alguna certeza sobre mí, algo que me sirva para orientarme, y saber quién demonios soy yo y adónde voy, ahora que todavía soy joven y me queda tanto camino por andar. Pero no se me ocurre nada. A lo mejor es que la vida, o al menos la mía, consiste solo en eso, en ir de camino a lo que salga, que no hay más trascendencia que esa, y que más allá de este viaje incierto solo nos queda, como último gran recurso, como el gran naipe ganador que nos guardábamos en la manga, negociar con quien corresponda el sueño de la eternidad, que hasta eso al parecer es negociable en esta vida. Pero entretanto, yo me reafirmo en lo mío y sigo pensando, como ya dije al principio, que dentro de mí hay magníficas cualidades innatas esperando a salir a la luz, y que con un poco de suerte mi gran momento aún está por llegar.